바람이 우리를
데려다주겠지

바람이 우리를 데려다주겠지

오소희 지음

북하우스

PROLOGUE

아장아장 걷는 아이와 손을 잡고 터키를 여행한 지 어느덧 오 년이 지났다.
그 사이 아이는 쑥쑥 자랐고 더 빨라진 걸음으로 나와 많은 곳을 디뎠다.
사막에서 별을 바라보았고 정글에서 길을 잃었다.
기차를 타고 국경을 넘었고 열다섯 시간 넘게 버스를 탔다.
모래 바람에 코가 헐거나 열대의 햇살에 살갗이 따갑게 부풀었다.
이제 여행은 우리에게 소중한 일상이 되었다.
왜 그렇게 돌아다녔느냐고 사람들이 묻는다.
우리의 대답은 늘 같다.
"좋으니까요."

이제 우리는 손도 잘 잡지 않는 독립된 두 여행자가 되었다.
낯선 곳에 도착했을 때, 아이는 내게 말한다.
"엄마가 삼십 분 뒤에 와. 난 여기서 애네들과 놀고 있을게."
이것이 우리의 주된 협상안이다.
"엄마, 한 시간만 더 놀다 와. 나 애네들과 다 놀려면 멀었어."
이것은 우리의 베스트 협상안이다.
아이가 낯선 동네아이들과 어울려 노는 동안, 나는 골목을 돌아다닌다.
사람들과 수다를 떨거나 뭔가 끄적거리거나 그도 아니면 주저앉아 곧잘 공상에 빠진다.
한마디로, 우리는 이제 완벽하게 대책 없는 여행자가 되었다.

대책 없는 1.5인의 여행자로 떠돌며 세상에 다가가는 동안 세상도 우리에게 다가왔다.
잠든 아이를 안아주거나, 초대해 만찬을 베풀거나, 나무에 올라가 코코넛을 따주었다.
가난하거나 넉넉지 않았던 그들은 대부분 따스함으로 하루하루를 살아가고 있었다.
우리는 언제나 꾸려 간 가방보다 훨씬 커다란 마음의 선물로 채워진 채 집에 돌아왔다.
힘을 가진 자들은 여전히 커다란 나무를 베거나 국경을 넓히는 것에만 관심이 있지만,
내가 아는 지구는 그 커다란 나무 밑, 국경과 국경을 경계 없이 넘나들며 돋아나는
선한 풀들로 인해 아직 아름다운 곳이다.

이 글은 그 아름다운 풀들과 만나는 첫 기록이다.
1.5인의 여행자가 부끄럽게 마음을 열고, 서툴게 호흡을 맞춰가는 과정이다.
처음은 누구에게나 쉽지 않은 법, 주저했던 나를 나보다 더 믿고 등 떠밀어주었던
남편에게 깊은 감사를 전한다.

CONTENTS

ROUTE

SLOVAKIA
UKRAINE
KAZAKHSTA
AUSTRIA
MOLDOVA
HUNGARY
RUSSIAN FEDERATION
SLOVENIA
ROMANIA
CROATIA
SERBIA
BULGARIA
ITALY
GEORGIA
TURKEY
ALBANIA
MACEDONIA
GREECE
II
CYPRUS
SYRIA
LEBARON
IRAQ
TUNNGIA
ISRAEL
JORDAN
EGYPT
SAUDI ARABIA
LIBYA

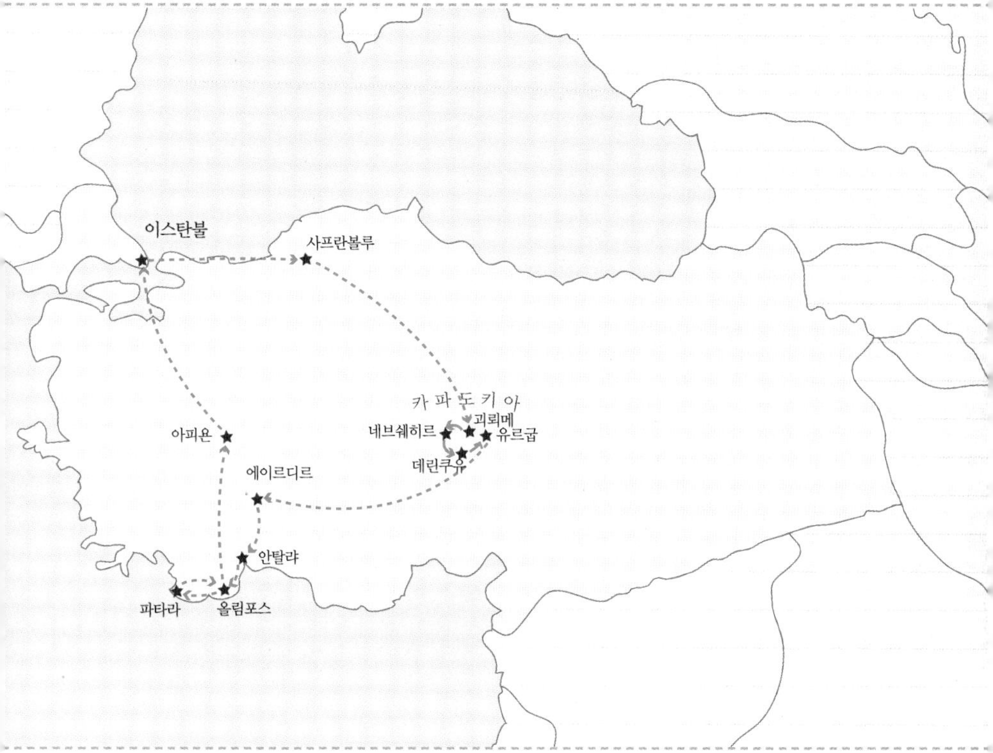

카파도키아

이스탄불 → 사프란볼루 → 괴뢰메 → 네브쉐히르 → 데린쿠유 → 유르굽 → 에이르디르 → 안탈랴 →

올림포스 → 파타라 → 올림포스 → 아피욘 → 이스탄불 떠나고 싶다고 말하는 이는 많지만 정작 떠나는 이는 적다.
일상의 짐을 내려놓는 것이 그만큼 어렵기 때문일 것이다.
누구에게나, 언제나, 떠나지 못할 나름의 이유가 반드시 있다.
아이와 단둘이 터키로 떠나기로 했을 때, 나도 마찬가지였다.
회사원인 남편은 한 달 간의 휴가를 낼 수 없었고
아이는 이제 고작 세 번째 생일을 맞았다.

소식을 들은 사람들이 전화를 했다.
그들의 질문은 같았다.
"애랑 둘이서 배낭여행을 간다고?"
"응."
"중빈이가 이제 몇 개월이지?"
"36개월."

그다음 말은 제각각이었다.

감정적인 사람들은 말했다.

"너 미쳤구나."

이성적인 사람들은 말했다.

"시간과 돈 낭비야."

점잖은 사람들은 말했다.

"……."

그래도 나는 떠나고 싶었다.

Mommy, is it Christmas Eve?

2004년 3월. 한 손엔 가방을 끌고 다른 한 손엔 아이의 손을 잡고 비행기에 올랐다. 터키까지의 비행은 총 열두 시간 남짓. 터키항공 승무원이 장난감 비행기를 주자, 아이는 천진하게 묻는다.

"Mommy, is it Christmas Eve today?"

(엄마, 오늘이 크리스마스이브야?)

아이는 좌석에 달린 모든 스위치들을 수십 번씩이나 작동시켜본다. 의자에서 일어선 채로 폴짝거리며 어린이 영화를 보고, 동화책을 읽는다. 장난감을 가지고 노는가 하면, 승무원을 불러 세 번이나 연거푸 주스를 마신다. 쉴 새 없이, 협소한 공간에서 할 수 있는 모든 일을 다 해본다. 그리고 또 뭔가 저지를 일이 없는가 하여 나를 빤히 쳐다본다. 나는 한숨을 쉰다. 시계를 보니, 아직 4시간밖에 지나지 않았다.

우리 부부는 여행을 좋아한다. 외아들 중빈은 글자 그대로 Made in India이다. 결혼 3년차에 떠난 인도 북부 여행에서 풍광 좋은 히말라야 설산이 안겨준 선물인 것이다. 햇빛과 바람을 좋아하는 부모를 만난 덕분에 녀석은 무지하게 돌아다녔다. 생후 한 달 반만에 국내여행이 시작되었고, 기저귀를 잔뜩 짊어지고 캄보디아로 떠난 것이 채 두 돌이 되지 못한 무렵이었다.

해가 뜨면, 아이가 "나가 놀자" 말하기 전에 나는 먼저 "나가 놀까?" 묻는 엄마였다. 밖에 나팔꽃이 소담스럽게 피어났는데, 사람들이 TV를 보느라 이를 눈치 채지 못하는 것이 내게는 신기한 일이었다. 김치 냉장고를 사고 에어컨을 사느라 세상 곳곳에 보물처럼 흩어져 있는 비경과 원주민들의 미소를 찾아 떠나는 일을 뒤로 미루는 것 또한 내겐 이해하기 힘든 일이었다.

당연히 여느 엄마들이 언제쯤 한글나라를 시작할까 생각할 때 나는 언제쯤이면 아이가 제 발로 걸어 세상의 보물들을 찾아 떠날 수 있을까를 생각했다. 십 년이 다 된 고물차를 끌고 다니면서도 여행 적금을 들었다. 그리고 예행연습이라도 하듯, 비가 오나 눈이 오나 아장아장 걸어나가 동네 골목골목을 탐험했다. 가장 소중한 우리의 하루일과는 언제나 흙과 개미와 지렁이와 함께였다.

더는 할 일이 없어지자, 세 번이나 얻어 마신 주스가 슬금슬금 효과를 나타내기 시작하는 모양이었다. 오줌이 마렵다는 것이다. 드디어 동네방네 기내산책이 시작되는군. 흔들리는 통로를 더듬어 화장실로 데리고 갔다. 아이에게는 작고 시커먼 기내 변기 또한 인상적이었나 보다. 쉬를 하면서도 조잘거린다.

"It looks like a cave, Mommy."

(엄마, 꼭 동굴같이 생겼다.)

"There's a bear! Watch out, Pee!"

(저 안에 곰이 있어! 쉬야, 조심해!)

중빈은 2개 국어를 한다. 엄마인 내가 능숙하게 영어를 구사하는 편이기 때문에 돌 이후부터 꾸준히 2개 국어로 대화했던 것이다. 아이는 이 두 언어를 모두 '엄마의 말'로서 자연스럽게 받아들여주었지만, 정작 아이가 두 나라 말을 제대로 표현해내기 전까지 주변의 시선은 따가웠다.

"그러다 두 나라 말 다 못한다."

어른들은 혀를 찼다. 아마도 몹시 극성스런 조기교육 신봉자처럼 비춰졌기 때문이리라. 한국 사회에서 영어란, 취업이나 승진에 꼭 필요한 '잘 나가기 위한' 기회로 그 의미가 축소되어 있으므로 그러한 오해도 무리는 아니었다. 하지만, 내가 아이에게 일찍부터 2개 국어를 사용한 것은 집 밖에 지렁이가 있다는 것을 알려주는 것과 같은 맥락에서였다. 영어란 더 넓은 세상의 많은 것들과 '소통하는' 기쁨을 알게 해주는 주요한 수단이기 때문이다.

책 한 권을 고를 때에도 국문학에 그치지 않고 그 몇 십 배에 달하는 선택의 가능성이 눈앞에 펼쳐지는 것, 팝송 한 곡이 그 음운 그 느낌 그대로 가슴에 알알이 박히는 것, 여행 시 관광지의 유적을 힐끔 보고 돌아서는 것이 아니라 그 지역민과의 대화를 통해 그들의 삶 속에 잠겼다 나오는 것…….

내가 아이에게 영어를 통해 만나게 하고 싶었던 것은 이런 것들이었다. 아이가 미래에 '남보다 더' 좋은 직장을 잡고 더 좋은 자동차를 살 수 있기 위해서가 아니라, 모쪼록 더 많은 세상의 즐길 거리를 찾아내 신명나게 놀면서, '남과 함께' 하는 기쁨을 알게 되기 바랐던 것이다.

다행히 아이는 기내산책을 생략해주었다. 자리로 돌아오자마자 곧바로 잠이 들었던 것이다. 잠든 아이에게 담요를 덮어주고 나자, 비로소 내게 말할 수 없는 평화와 해방감이 밀려들었다.

istanbul 이스탄불

이스탄불은 여행자에게 참 친절한 도시이다. 사람들이

다. 그랑바자르에서 블루 모스크까지는 어른 걸음으로

련한 여행자라면 하루에 이 모든 곳을 둘러볼 수 있다. 시간에 쫓기지 않고 느긋하게 여행지의 아름다움을 음미하고자 하는

내리쬐는 햇빛 속에서 앞으로 전진해야 할 필요를 전혀 느끼지 못하고 수시로 지나가는 트램만 쳐다보다 출렁이는 세 살짜리

사람이 있는 곳, 그랑바자르

이스탄불의 아타투르크 공항에 도착한 것은 현지 저녁 8시경. 우리나라 시간으로 새벽 3시경이었다. 약간의 갈등 후에, 곤히 자는 아이를 흔들어 깨웠다. 호텔까지는 지하철을 타고, 다시 트램으로 갈아탄 뒤, 또 다시 걸어서 가야 하는 먼 길. 가방과 아이의 몸무게를 더하면 거의 내 몸무게를 초과하는 수준이었으니, 어차피 안고 갈 수가 없다면 처음부터 이곳의 시간에 맞춰 움직이는 편이 낫다고 생각했다. 아이는 잠과 피로에서 헤어나기 위해 잠깐 격렬하게 울었지만, 고맙게도 이내 말짱해져서 제 발로 비행기에서 걸어나왔다.

공항청사를 나오자마자, 아이가 흥분의 도가니에 빠져들었다.

"Mommy! Look at the cars! Look at the taxies! Look! Look!"

(엄마! 저 차 좀 봐! 저 택시 좀 봐! 봐봐! 봐봐!)

한국의 차들과 조금씩 다른 터키의 차들이 아이에게는 몹시 새롭고 신기하기만 한 듯했다. 한동안 꼼짝 않고 서서 흥분과 긴장이 교차되는 얼굴로 주변을 찬찬히 돌아보고 있었다. 검게 내린 어둠 속에서 차를 통해 비로소 자신이 살던 곳과 다른, 머나먼 곳으로 왔다는 것을 실감한 것이다.

이스탄불은 세계에서 가장 로맨틱한 도시 가운데 하나다. 아시아 대륙과 유럽 대륙을 연결하는 보스포루스 해협, 웅장한 돔과 첨탑들……. 역사를 더듬어보면 처음엔 비잔티움으로, 이후 동로마제국 시대의 수도인 콘스탄티노플로, 다시 현재의 이스탄불이라는 이름으로 오스만 제국의 수도가 되었다. 1922년 앙카라에 수도 역할을 넘겨준 뒤에도 터키의 가장 큰 도시이자 항구, 산업과 문화의 중심지, 모든 관광객들의 도착 지점으로 터키의 심장부 역할을 톡톡히 하고 있다.

—론니 플래닛

아침에 눈을 뜨니 창밖으로 큼직한 새들이 날아다닌다. 갈매기들이다. 이스탄불이 해협과 바다로 둘러싸여 있다는 것은 알았지만, 도심의 호텔에 누워 갈매기가 날아다니는 것을 보는 일은 어쩐지 생경하다.

호텔에 딸린 식당에서 뷔페식 아침식사가 제공되었다. 음식들을 둘러보니, 다양한 터키 뷔페 음식을 맛볼 수 있으리란 기대가 여지없이 무너진다. 차와 커피, 산처럼 쌓여 있는 바게트, 한 쟁반 가득 썰어놓은 생토마토, 생오이, 익히지 않은 햄, 시큼한 슬라이스 치즈……. 말로만 듣던 터키식 브랙퍼스트의 정체였다.

익혀 먹기 좋아하는 우리 개념으로 보면 마치 조리 전 재료를 일렬로 늘어놓은 느낌이라고나 할까? 아이에게 이것저것 실컷 먹일 수 있겠다는 예상은 보기 좋게 빗나갔다. 하지만 식사를 마쳤을 때는 간이 전혀 되어 있지 않은 생식만이 줄 수 있는 깔끔하고도 개운한 느낌이 의외로 몸에 생기를 불어넣었다.

아이는 아침식사를 마치자마자 트램을 타겠다고 성화였다. 한창 자동차나 기차를 좋아하는 녀석에게는 터키에 오는 목적이 단 한 가지였다. 이스탄불의 트램을 타보는 것. 우리는 그 목적을 실현시키기 위해 걸어가도 될 만큼 가까운 그랑바자르까지 트램을 타고 가기로 했다.

서너 개의 차량이 연결된 아담한 트램은 좁다란 이스탄불의 차도를 다른 차량들과 앞서거니 뒤서거니 사이좋게 달린다. 출근시간이라고는 하지만, 서울이라는 거대도시에서 아침마다 맞닥뜨리는 속도전을 생각하니, 이곳의 적당히 바쁘고 적당히 붐비는 인파는 새삼 '작은 것이 아름답다'는 말을 실감나게 한다.

트램 창밖으로 웅장하고 우아한 블루 모스크와 세인트 소피아가 지나간다. 가슴이 뛰기 시작한다. 지금 저 아름다운 것들 바로 곁에 있다는 것, 그리고 우리의 시간이 그것들을 향해 한껏 열려 있다는 것이 잘 믿어지지 않을 지경이다. 그랑바자르에 갔다가 세인트 소피아부터 들러봐야지.

그러나 곧 나는 회의적이 된다. 과연 그럴 수 있을까? 지금 내 곁에는 제 키보다 높은 창밖을 내다보기 위해 북적대는 트램 안에서 "안아줘, 안아줘"를 연발하는 꼬마 녀석이 있는 것이다. 녀석은 아까부터 사람들과 눈이 마주칠 때마다 사나운 고양이처럼 으르렁대고 있다.

사람들은 모두 우리를 쳐다보고 있다. 정확하게는 중빈을. 드물게 보는 동양인, 특히 아직 아기 테를 벗지 못한 동양인 아이에게 모든 관심이 쏠려 있다. 아시아적인 가족주의가 강한 터키인들은 아기를 너무나 예뻐할 뿐만 아니라, 아기를 다루는 방식 또한 우리와 비슷하다. 누가 먼저랄 것도 없이 중빈을 주무르고 쓰다듬고 끌어안고 뽀뽀를 해댄다.

그러나 그들 모두 낯선 언어와 외모를 지닌 데다 허락 없이 자신을 만지는 것이 싫었는지 아이는 어떠한 호의도 달갑잖은 듯 계속해서 작은 짐승처럼 으르렁거린다. 그래도 그들은 개의치 않는 듯하다. 으르렁대는 것조차 귀여운지 껄껄 웃으며 사탕을 쥐어주거나 초콜릿을 입에 넣어준다.

그랑바자르는 4500여 개의 상점이 어우러져 있는, 중세시대로부터 내려온 쇼핑타운이다. 소란스러움, 끈질긴 호객행위 등이 언뜻 보면 우리의 남대문 시장과 흡사한 데가 있다. 카펫, 보석, 도자기 등이 주종목이지만 그 외에도 없는 것이 없고 섬세하게 매만져진 골동품이나 세공품들은 과히 예술이다. 15세기에 지어진 야트막한 석조 건축물 안에 총총히 박혀 있는 상점들, 좁은 통로를 빼곡히 오가는 상인과 행인들의 모습을 바라보노라면 먼 과거로 거슬러 올라간 듯한 착각을 불러일으킨다.

인파가 좀 덜한 골목을 택해 접어드니 책 골목인 듯하다. 헌책과 고서적, 새 책까지 한데 모여 있는데, 새 책의 장정이나 내용은 우리의 80년대를 연상시켜 그들 출판문화의 현주소를 알 수 있게 하는 반면 코란을 위시한 옛 종교서적들은 풍성한 볼거리를 제공한다.

그런데 문제는 내가 이 볼거리들을 단 1분도 제대로 들여다볼 수 없다는 데에 있다. 이른 아침부터 장난감이라고는 하나도 없는데다 눈썹이 새카만 낯선 사람들로 붐비는 시장 골목에 내던져진 아이가 계속해서 나가자고 졸라대는 까닭이다.

이때 어디선가 구세주처럼 고양이가 나타났다.

"Mommy, it's a kitty!"

(엄마, 고양이야!)

아이가 흥분해서 외친다. 그런데 또 한 마리, 또 한 마리. 세상에! 열 마리 남짓한 고양이가 우리 앞에서 어슬렁대고 있다. 자세히 보니 고양이들은 가게와 가게 틈바구니에 놓인 낡은 의자가 집인 듯하고, 그 의자는 사람 좋은 미소를 짓고 있는 할아버지의 것이다. 할아버지의 좌판은 그 옆 구석에 벌려

졌는데, 좌판의 물건을 통째로 산다 해도 만 원이 채 들지 않을 듯 남루한 좌판이었다.

할아버지는 이브라힘이라고 자신을 소개한다. 우리 기준에서 보면 가난하기 이를 데 없는 노점상이지만, 내게 미소를 짓는 할아버지의 평화로운 얼굴은 '내 인생에 필요한 건 이미 다 가지고 있어요'라고 말하는 듯하다. 열 마리 남짓한 고양이들을 보살피는 것은 바로 이 평화로운 얼굴의 할아버지였다. 그는 식당에서 남은 빵부스러기를 가져다가 이들을 먹인다고 했다. 터키에는 거리를 떠도는 고양이들이 참 많았는데, 할아버지가 보살피는 고양이들만큼은 집고양이만큼이나 깨끗하고 온순하기 짝이 없었다.

"지지! 지지!"(착하다!)

할아버지는 같은 말을 반복하면서 아이에게 고양이를 쓰다듬도록 권유한다. 어린아이가 고양이를 쓰다듬는다는 것은 자연스러운 행위이지만, 유감스럽게도 아이는 이것이 금기시되는 환경에서 자랐다. 서울의 고양이들은 뒤틀린 생태계의 영향으로 꼬리가 뭉툭하거나 다리를 전다. 더러운 병원균의 온상처럼 취급받으며, 심지어 불길함의 상징처럼 여겨지기도 한다. 이 가운데서 살아남기 위해 고양이들은 더 포악해지거나 인간에게서 멀어질 수밖에 없다.

그런데 아이는 지금 생애 처음으로 고양이를 쓰다듬도록 권유받고 있는 것이다. 게다가 지지, 지지…… 이 투박하고도 단순한 놀이 방식이 아이의 맘에 꼭 들었다. 드디어 새로운 환경에 대한 경계를 풀고 어느새 할아버지의 손을 붙잡은 채 고양이를 따라 책 골목 끝에서 끝까지 뛰어다니는 것이다. 오, 알라여! 감사합니다.

이때를 놓칠세라 나는 헌책방으로 들어가 고서적을 뒤적거린다. 서점 주인이 다가와 친절하고도 열정적으로 이슬람 문양들을 설명해준다. 그의 설명이 길어지자, 솔직히 나는 그가 좀 부담스러워졌다. 우리 관점에서 본다면 그곳은 남대문 시장이었는데다 그것도 이제 막 마수걸이한 시점이었고, 나는 아이를 데리고 관광 온, 돈 많아 보이는, 동양여자였던 것이다. 나는 익숙한 대로 그의 접근을 상행위와 연관지어서만 생각했다.

알다시피, 우리네 상인들은 사지 않을 사람에겐 말도 걸지 않는다. 즉, 내게 이득이 될 것인가 아닌가가 그 사람과 관계를 맺을 것인가 아닌가를 결정하는 것이다. 그런데 그는 달랐다. 가게 물건을 하나하나 밖에 내놓는 바쁜 와중에도 이슬람 종교와 문화에 대한 차분한 설명을 곁들였고, 내가 분명하게 사지 않겠다는 눈치를 주는 것으로도 모자라, 바보같이 가게 밖으로 나와서 아이를 기다리며 서성일 때에도 내게 "차를 마시겠느냐?"고 묻는 것이었다.

나는 비로소 그의 얼굴을 찬찬히 바라보았다. 아무런 사심이 없는 눈. 그의 눈은 나를 하나의 '인간'으로 바라보고 있었다. 꼬셔볼 '여자'도 물건을 팔아줄 '돈지갑'도 아닌, 그저 사람. 사람 대 사람. 왜 이렇게 간단한 공식이 생경한 것일까. 어쩌면 나의 삶이 그만큼 비인간화된 공간에 자리하고 있기 때문이리라.

만약 이 사람이 오늘 밤 집에 돌아가 나와 아이를 떠올린다면, 그는 분명 우리의 얼굴을, 어쩌면 차림새까지도 기억해낼지 모른다. 그러나 나의 삶은 어떠한가? 내가 대형 할인매장에서 고기를 살 때, 그 고기를 썰어주고 봉투에 넣어주고 내게 건네주며 감사하다 말한 그 사람의 얼굴을 기억하는가? 나는 그 사람의 얼굴을 보지 않고 그 사람이 준 고기와 거기에 붙어 있는 가격표만을 살핀다. 한 사람이 내 앞에 있었으되 그 사람은 내 앞에 없었던 것이다.

그가 가져다준 따뜻한 차를 마시며, 아이가 할아버지와 뛰노는 것을 바라본다. 할아버지는 벌써 한참동안 좌판을 살피지 않았다. 그리고 깨닫는다. 이곳 사람들은 우리와 다르다는 것을. 이들에게는 노동하는 하루 열 시간이 비즈니스 아워가 아니라, 그냥 삶의 일부라는 것을. 우리가 비즈니스 아워를 살 때는 경제적 행위만을 극대화하고 싶어지지만, 삶을 살 때에는 모든 것이 그 안에서 공평해진다.

삶 속에는 물건을 팔아주는 사람도 걸어 들어올 수가 있지만, 나처럼 단순히 호기심 어린 관광객도 들어올 수가 있는 것이며, 물건을 팔기 위한 흥정만큼이나 나와 같은 사람과의 대화 또한 소중한 것이 되는 것이다.

터키에서 만난 한 한국인 관광객은 터키인들은 느려터지고 게으르며 머리를 쓸 줄 모른다고 했다. 그러나 우리나라 사람이 똑똑하다거나 부지런하다는 것은 어느새 '경제적이다'라는 것과 동의어이며, 이익과 무관하지만 삶을 건강하고 풍요롭게 하는 여타의 것들이 명백히 우선순위에서 밀려나 희생되고 있다는 뜻이다. 여유 없고 쫓기며, 따스함과 유머를 잃는다는 것, 그것은 슬픈 일이며 어리석은 일이다.

나는 우리 가족을 떠올렸다. 아이는 아빠가 돌아오기 전에 잠들고 아이가 깨었을 때 아빠는 이미 회사에 가고 없다. 어느 날 아이는 왜 아빠를 볼 수 없느냐고 울면서 묻고, 어느 날은 밤 10시가 넘어 들어온 아빠를 반기며 "아빠가 일찍 들어와서 너~어~무 행복해!"를 말하고, 말하고, 또 말한다. 시간적 의미에서, 우리 가족은 오래전 가족의 정의를 벗어났다. 그리고 그러한 사실을 인정할 때까지 무수한 말다툼과 현실에 대한 타협과 복종이 있었다.

그랑바자르 한 구석에서 어쩐지 나는 자꾸만 부끄러워졌고, 같이 올 수 없었던 남편을 떠올리며 가슴이 먹먹해졌다.

ŞAMPİYON
KARADENİZ

© Andy Lachance, 그랑바자르

© Kaare Iverson

© Tim O'Brien, 블루모스크

원하는 것 앞에서 돌아서는 법

이스탄불은 여행자에게 참 친절한 도시이다. 사람들이 친절할 뿐 아니라, 이스탄불에서 여행자가 놓치지 말아야 할 세계적인 유적들이 모두 '술탄 아흐멧'이라는 한 자리에 모여 있는 까닭이다. 그랑바자르에서 블루 모스크까지는 어른 걸음으로 15분 정도. 블루 모스크에서 세인트 소피아까지는 5분 정도. 세인트 소피아에서 하렘으로 유명한 톱카프 궁전까지는 또 5분 정도.

부지런한 여행자라면 하루에 이 모든 곳을 둘러볼 수 있다. 시간에 쫓기지 않고 느긋하게 여행지의 아름다움을 음미하고자 하는 사람, 옛 것에서 자신만의 상상력으로 시대를 재현해낼 수 있는 사람은 몇 날 며칠을 두고 천천히 둘러볼 수도 있을 것이다.

그리고 나처럼 내리쬐는 햇빛 속에서 앞으로 전진해야 할 필요를 전혀 느끼지 못하고 수시로 지나가는 트램만 쳐다보다 졸려하는 세 살짜리 어린 아이와 함께하는 여행자라면 코앞에 톱카프 궁전이 있어도 눈물을 머금고 돌아서야 한다.

그랑바자르에서 빠져나오니 점심 무렵이다. 먹거리가 발달한 터키에서는 천 원짜리 바게트 샌드위치도 훌륭하지만, 이 또한 입이 짧은 세 살배기에게는 무용지물. 술탄 아흐멧 근처의 식당에 들어가 밥과 토마토 요리 한 가지를 주문하고 보니 가격이 만만치 않다.

결국 하나를 시켜 아이를 먼저 먹인 뒤 나머지를 먹고 나니, 나는 앞으로 계속 이런 식으로 허기에 시달릴 것만 같은 불길한 예감이 든다. 대로에서 한두 블록만 벗어나면 저렴하고 맛있는 식당을 찾을 수 있다는 것을 알지만, 그렇잖아도 내내 걸어 피곤한 아이를 데리고 한두 블록을 더 간다는 것은 마라톤 주자가 마지막 5킬로를 한 번 더 뛰는 것과 맞먹는 일이다. 앞으로도 우리는 동선 안에 자리한 비싸고 맛없는 관광객용 식당을 선택하게 되리라.

점심식사 후 아이가 다시 트램을 타자고 한다. 이번엔 좀 오래 타보고 싶다는 것이다. 엄마는 저쪽에 가서 다른 걸 구경하고 싶다고 하니, 너무나 간절히 트램을 원한다. 억지로 다른 곳에 데리고 가봤자 맘 편히 구경할 수 있을 것 같지도 않다. 나는 '그래, 그럼 트램 타고 이스탄불 시내를 구경해보자'고 애써 마음을 바꿔본다. 그런데 트램을 탄 지 한 10분이나 지났을까?

"엄마, 졸려."

아이가 축 늘어지며 내게 머리를 기댄다. 이, 이럴 수가! 대낮에 텅빈 호텔로 돌아와 아이와 함께 침대에 눕자니 눈물이 찔끔 나려 한다.

이게 뭐야! 나도 모르게 한탄이 절로 나온다. 낮잠에서 깨어나면 네다섯 시. 그때쯤이면 대부분의 관광지들이 문을 닫을 시간이다. 그럼 저녁 시간. 나가서 또 먹기 싫다는 녀석을 붙들고 한 시간 내내 밥을 먹이고 나면 오늘 하루가 끝날 판이다.

아무것도 못했지만 칼같이 호텔비는 나갈 것이고. 아, 앞으로의 여행이 모두 이런 식이면 어떡하나. 돈 안 드는 집에 앉아서 돈 안 드는 된장찌개나 먹을걸. 내가 터키에 비싼 밥 사먹으러 왔구나! 그런데 그 비싼 밥은 먹어도 배도 안 부르고, 우씨, 배고파.

나는 잠든 아이 얼굴을 내려다본다. 서울의 제 침대에서 자는 모습과 꼭 같다. 그렇다, 문제는 아이에게 있지 않다. 바로 내 안에 있다. 여행을 시작하면서 나는 아이가 아프지 않기만을 바랐다. 빵이 되었든 밥이 되었든 한국과는 다른 음식을 먹어주기만 하면 고마울 것 같았고, 장난감과 친구들이 있는 한국으로 가자고 조르지만 않는다면 성공이라고 생각했다.

그러나 그것은 여행을 가능케 하는 근간이 될 수 있을 뿐, 한 달이나 지속될 이 여행에서는 그 이상의 무엇이 절실히 필요하다는 것이 자명한 사실이다. 그 이상이란, 과연 어느 수위까지가 적절한 것일까?

때마침 남편에게서 전화가 왔다. 나는 혼란스러운 마음을 있는 그대로 떠들어댔다. 마침내 듣고 있던 남편이 말했다.

"시간이 필요해. 시간이 흐르면 여행의 패턴이 정해질 거야. 너무 조급하게 이것저것 생각하지 말고, 힘들 땐 한 가지만 생각해. 지금 놓인 상황이 사실은 얼마나 오랫동안 바랐던 순간인지……."

아이를 낳은 지 삼 년. 나 아닌 타인에게 그토록 기꺼이 헌신할 수 있다는 것, 내 육신과 정신을 위한 모든 활동들이 아이의 똥기저귀를 갈고 난 마지막 순간에 자리한다는 것, 그것은 다분히 매혹적이면서도 신선한 일이었다. 아이의 존재는 그만큼 신비로웠다. 아이는 내 젖을 먹고, 옹알이를 하다가 앉고 기고 일어서고 뒤뚱뒤뚱 걸었다. 그리고 이제 더는 내 손을 잡지 않아도 달리기 선수처럼 잘 뛰어다닌다.

그러던 어느 날, 문득 뒤돌아보니 '이 세상에는 아이를 키워본 사람과 그렇지 않은 두 부류의 사람이 있다'는 황당한 이분법적 사고를 하게 될 만큼 아이가 내 시간과 공간, 사고와 판단의 모든 준거를 장악해 들어와 있었다. 외면하고 있었던 나의 자아는 의식적으로 덮어두었던 다른 기억들까지 기다렸다는 듯 선명한 스펙트럼이 되어 떠오르게 했다.

아이가 젖을 물고 있을 때 무심코 내다본 창밖의 아카시아꽃, 고열에 시달린 아이 곁에서 밤을 지새우고 새벽녘 베란다 문을 열었을 때 밀려들던 붉은 양떼구름, 어느 밤인가 멀리 떠나라 다 잊어라 무시무시하게 종용하던 장마 끝의 비바람…….

얼마나 바랐느냐고? 꼭 그만큼 바랐다. 그 모든 것들이 혼란스럽게 뒤섞여 나를 터키로 밀어낼 만큼. 그래, 나는 조금 힘을 내기로 했다. 남편의 말이 옳다. 여행의 패턴이 정해지고 그 용량을 알아내면, 그 용량만큼만 담으면 된다. 아이의 느긋한 베이비 스텝과 나의 조급한 스텝 가운데 어딘가 서로 조금씩 양보함으로써 모두가 만족할 만한 지점이 있을 것이다.

다행히 아이는 잠에서 조금 일찍 깨어났다. 그리고 충전된 에너자이저처럼 원기를 회복했다. 내가 나가서 트램을 타고 블루 모스크에 가자고 꼬드기자 선선히 "그래!" 하면서 따라나선다.

신발을 벗고 일정액을 헌금한 뒤 블루 모스크에 들어선다. 아이는 뭔가 대단한 것을 기대했던 듯, 컴컴하고 나직이 웅성대는 사람들로 가득한 내부에 바로 실망감을 나타냈다. 들어서자마자 "나가자!" 한다. 그러면서도 내가 손가락으로 아름다운 돔형 천장을 가리키자, 그 색다른 웅장함에 잠시 압도당하는 듯하다.

푸른 타일로 장식된 외부의 화려함과 위용에 비하면 블루 모스크의 내부는 단순하고 소박하다. 많은 신도들을 수용하기 위한 기능에 충실한 구조이다. 메카에서 가져와 메카를 향해 놓인 성스러운 검은 돌, 신도들이 제 시간에 도착했는가를 확인하는 데 유용한 그랜드 파더 시계, 금요일마다 지도자가 설교할 때 사용하는 정교한 의자.

관광객들은 깊숙이 들어갈 수 없게 철망이 쳐져 있고, 철망 너머 저 멀리 안쪽에서 남성 이슬람교도 두 명이 기도를 올리고 있다. 아이는 그들이 무엇을 하는지 궁금해했다.

"저들은 이슬람교도들인데, 이슬람교도는 알라를 믿어. 지금 코란을 읽으면서 알라에게 기도를 드리고 있는 거야."

"인제 나가자!"

설명이 끝나자마자 이제 더 볼 것도 없다는 듯 아이는 내 손을 잡아끈다. 그래, 내가 5분을 더 본들, 10분을 더 본들 눈 속에 블루 모스크를 구겨 넣어 집에 가져갈 수 있는 것도 아니고. 가자. 느긋하게…….

술탄 아흐멧 공원 옆 카펫 가게가 많은 길목에서 식당을 찾았다. 해가 떨어지자 갑자기 이가 달달 떨리도록 추워졌지만, 아이는 끝까지 밖에서 먹을 것을 고집한다. 식당 주변에 유난히 많은 고양이 때문이다. 아이가 고양이를 따라 이리 뛰고 저리 뛰자 손님도 뜸한 가게의 카펫 딜러들이 하나둘 밖으로 나와 아이의 친구가 되어준다.

"Meow-"(야옹~)

관광객을 상대하는 사람들이라 아이의 마음을 쉽게 사로잡는다. 평소에도 역할 놀이를 좋아하던 아이는 눈을 빛내며 스스럼없이 다가간다.

"Who are you?"(누구세요?)

"We are cats."(우리는 고양이야.)

"Mommy, here come cats!"(엄마, 여기 고양이가 왔어!)

아이는 이내 "I'm a lion!"(나는 사자다!)을 외치며 그들을 뒤쫓기 시작한다. 그들은 고맙게도 겁에 질린 시늉을 하며 가게 안으로 도망쳤고, 따라 들어간 아이는 한참이 지나서야 되돌아왔다. 어느새 가슴에 남색 장신구를 달고 내게 보여주며 자랑을 한다. 영화배우같이 잘생긴 청년이 뒤따라 나와 '세르지오'라고 자신을 소개하며, 자신이 주었다고 한다.

'굿 럭'(Good Luck)이라 불리는 남색 돌을 자세히 보니 눈동자와 똑같이 생긴 흰 돌이 그 안에 박혀 있다. 굿 럭을 달고 다니면 그 눈이 악귀를 다 지켜보고 있기 때문에 나쁜 것들이 범접하지 못한다고 설명해준다. 다수의 사람들이 그 영험함을 존중하는 듯 굿 럭의 문양은 테이블보에서부터 그릇까지 차용되지 않은 곳이 없었고, 가게나 집, 관공서 등 출입문이 있는 곳에는 거개 하나씩 매달려 있어 터키의 상징과도 같은 것임을 알 수 있었다.

추운 곳에서 식은 음식을 먹는 게 안됐던지 식당 주인이 들어와 차를 마시라고 권한다. 터키인들은 언제 어디서나 차를 즐겨 마신다. 모든 대화의 시작과 끝이 "짜이?"(차)라고 해도 과언이 아닐 정도다. 좁은 부엌으로 들어가 중년의 식당 주인과 그 아내와 함께 수다를 떤다. 수다라고 해야 영어권이 아니기 때문에 주로 눈치와 숫자로 대화가 이루어진다. 나이가 몇이고 아이의 나이가 몇이며, 자녀는 몇이고, 몇 학년인지 등등. 그들 또한 내 남편이 어디서 뭘 하고 있는지 궁금해한다. 설명을 하니, "He working, You spending. Great!"(남편 벌고 당신 쓰고, 좋아!) 하며 웃는다.

차를 반 정도 마셨을까? 다급한 얼굴로 아이가 뛰어 들어온다.

"엄마, 응가!"

터키에서는 거의 모든 공공화장실이 유료화 되어 있어, 500원가량의 돈을 내고 이용해야 한다. 가장 가까운 화장실로 데려가니 변기에 좀 앉았다 말고 "엄마, 안 되겠어. 안 나와" 한다.

"중빈아, 여기는 응가 한 번 할 때마다 500원이야. 웬만하면 하고 나가자, 응?"

"그래도 안 나와."

노력해도 안 나오는 것을 억지로 어쩌랴. 화장실을 나온 지 5분쯤 지났을까? 중빈이 또 "엄마, 응가!" 한다. 그렇게 곳곳의 화장실을 지나칠 때마다 코트에 내복에 겹겹이 입은 옷을 벗기고 입히기를 반복했지만, 아이는 끝끝내 성공하지 못했다. 모든 화장실 순례를 마치고 마지막 화장실을 나서니 벌써 밤이었다.

유네스코에서 선정한 아름다운 것들을 눈앞에 두고, 그 앞의 화장실만 다 둘러본 소감이라니. 오, 중빈! 우리 여행의 첫날밤에 걸맞은 화려한 마무리였다. 그러나 아직도 다 끝난 것이 아니었다.

"엄마, 우리 트램 한 번만 더 타자. 오~래 오~래, 응?"

© Eni Turkeshi, 트램

© Eni Turkeshi, 양 내장 요리사

우리는 서로 다른 것을 본다

아침부터 호텔 식당 쪽이 소란스럽다. 내려가 보니 귀에 익숙한 한국말이 시끄럽게 울려 퍼진다. 간밤에 한국에서 단체관광객들이 투숙한 것이었다. 테이블마다 사발면이 하나씩 놓여 냄새를 풍기고 있고 고추장도 빠짐없이 나와 있다. 뷔페식 식당에서 아무도 줄을 서거나 차례를 지키지 않는다. 물론 서로 부딪치거나 새치기를 하는 일이 예사로 일어나고 아무도 미안하다는 말은 하지 않는다.

"어쩌면 이렇게 먹을 게 없어!"

누군가 큰 소리로 터키식 브랙퍼스트에 대한 불만을 터뜨린다.

"어딜 가도 우리나라만한 음식이 없다니까."

누군가 맞장구를 친다.

차나 커피를 위해 준비된 뜨거운 물이 사발면 때문에 일찌감치 동이 나고, 물이 모자라자 "무슨 호텔 서비스가 이래?" 하는 원성이 가득하다.

물이 끓기를 기다리는 동안 사람들은 시장에라도 온 듯 큰 소리로 '빨리빨리'를 외친다. 물이 다시 채워져도 '고맙다'란 말은 들리지 않을뿐더러 음식을 나르는 터키인들을 대하는 그들의 눈빛은 구로역에서 방글라데시 노동자가 지하철에 올라탔을 때 그를 위아래로 훑는 바로 그 무례한 눈이다. 한

편, 저쪽 구석에서는 중년의 아주머니가 미리 준비한 커다란 비닐가방에 잼과 버터를 뭉텅뭉텅 쓸어 담고 있다.

정말 숨을 데가 있으면 숨고 싶다. 어제까지만 해도 느리고 평화롭던 이곳이, 저들로 인해 바쁘게 돌아가고 무질서해져 버렸으며 그 무질서가 서로를 미워하게 만들고 있다. 한국에서 일상적으로 일어나는 어떤 것이 장소를 바꿔 재현되자 그것 그대로 폭력이 될 수 있음을, 순식간에 작은 지옥을 만들 수 있음을 목격하는 순간이었다. 우리에게 익숙한 시간의 흐름, 우리에게 익숙한 폭력의 강도는 바로 이런 것이었구나. 무시무시한 일이다.

이스탄불에서 만난 어떤 터키인은 내게 "한국인도 배낭여행을 하나요?" 하며 깜짝 놀란 표정을 지어 보였다. 나름대로 우리의 배낭여행 인구도 많이 증가했다고 생각하고 있었는데 이들의 눈에 많이 띄는 건 그게 아닌 모양이었다. 그가 본 한국인들은 모두 버스에서 우르르 뛰어내려 후다닥 구경하고 다시 우르르 버스를 타고 떠난다는 것이다. 실제로 그는 화장실에 줄 서 있던 한국인들이 가이드의 재촉에 못 이겨 그대로 버스에 올라타는 것도 여러 차례 목격했다고 한다. 그는 물었다.

"그들은 왜 그렇게 바쁜가요?"

왜 그렇게 바쁘냐고? 나는 급소를 얻어맞은 사람처럼 더듬거렸다.

"한국인들은…… 매우 경제적으로 움직입니다. 여행에 투자한 경비만큼…… 때로는 그 이상의 것을 얻고 싶어하기 때문일 겁니다."

나는 그가 '왜 여행을 할 때도 경제적이고자 하나요?' 하고 물을까봐 조마조마했지만 다행히 그는, 대다수의 터키인들이 그러하듯 그쯤에서 고개를 끄덕이고 미소 지었다.

오늘 우리의 목적지는 톱카프 궁전이다. 톱카프 궁전은 4세기 동안 오스만 제국시대 술탄의 거처였다. 1453년 아흐멧 점령 직후 첫 궁전이 지어졌고, 그 뒤를 잇는 술탄과 그들의 군대가 19세기 마흐무트 2세 때까지 이곳에서 오스만 제국의 모든 극적인 순간을 연출하고 음모를 꾸몄다.

나는 전날의 경험을 바탕으로 막대사탕과 초콜릿을 몇 개 준비해서 톱카프 궁전으로 향했다. 내가 궁전 입구에서 아치형 석조 문을 보고 기대에 부풀어 있으면, 아이는 그리로 아슬아슬하게 빠져나오는 덩치 큰 관광버스를 보고 스릴을 느끼는 식으로 우리의 둘째 날 여정은 시작되었다.

입장권 판매소 앞에는 단체로 관람 온 터키 초등학생들이 있었다. 백여 명쯤 줄을 서서 선생님을 기다리는 중이었는데 중빈을 보더니 일제히 소리 지르며 줄을 무너뜨린다. 마치 유명 연예인이라도 된 듯한 기분이다. 기념으로 사진을 찍어달라고 부탁하며 카메라를 건네자, 아이들은 서로 찍겠다고 아우성치다가도 금세 중빈이 잘 나오게끔 그 앞을 터주고 배려해준다. 착한 아이들이다.

"Sorry."

내가 말하자, 다시 줄 세우기에 바쁜 선생님도 예의상 웃어준다. 어차피 아이들에게 줄은 다시 서라고 있는 것.

한번 전시실을 둘러본 아이는 밖의 정원이 훨씬 마음에 든 눈치였다. 넓디넓은 푸른 잔디 위에 눈송이처럼 뿌려져 있는 흰 들꽃을 일일이 가리키며 "여기도 있네. 여기도 있네" 하며 쫓아다니기 바쁘다. 아침 이슬을 머금은 흰 꽃들은 아직 꽃잎을 꽉 오므리고 따스한 햇살을 기다리고 있다. 그리고 그 밑으로는 개미도 있고 지렁이도 있다. 이것은 곧 아이가 여기서 한참을 지체할 것을 의미한다. 그래, 느긋하자. 나는 주문처럼 되뇌인다.

아이는 톱카프 궁전에 개미와 지렁이를 보러 온 첫 관람객이 될 것이다. 그러므로 오늘 개미와 지렁이들은 기쁠 것이다. 중생대 이래로 수천만 년 진

화해 온 개미가 톱카프의 보석만 못하란 법이 어디 있는가. 나는 아이 곁에 쭈그려 앉아 개미의 행렬을 함께 지켜보기로 한다.

술탄은 드물게 대중 앞에 나섬으로써 황실의 신비를 유지했다고 한다. 제3정원 입구의 지복의 문(Gate of Felicity)을 지나니 이제부터가 술탄의 사적인 공간이다. 황실의 번영기에는 외국 사신들이 조공을 바치기 위해 이 문을 드나드는 것이 허용되었다. 사신들은 거대한 은화 자루를 황실의회로 가져왔고 이들이 경외의 눈으로 바라보는 가운데 관료들이 완벽하게 의장을 갖추고 정렬한 군인들에게 이 돈을 나눠주었단다.

서서히 아이와 내가 호흡을 맞춰간다는 느낌이 들기 시작한다. 우리는 난간 위를 나란히 걸으며 기차놀이를 하고, 기차는 그대로 다음 전시실로 들어간다. 기차가 전시실에 들어가기를 거부하면, 나는 설득한다.

"저 안에는 재밌는 그림도 있고 왕이 사냥할 때 쓰던 멋진 칼도 있어. 엄마는 저 안에 있는 것이 굉장히 보고 싶고 궁금해. 네가 보고 싶지 않다면 여기 밖에서 기다려도 좋아. 아니면 같이 들어가 보고 맘에 들지 않으면 다시 나오자."

내가 전시실을 둘러보는 동안, 아이는 나름대로 제가 흥미로운 것들을 쓰윽 훑어본 뒤 내게 와 나갈 것을 요구한다. 나는 조금만 인내심을 가지고 엄마가 보는 것을 기다려줄 것을 부탁한다. 내가 거듭 이해를 구하면 아이는 포기하고 계단에 앉아 막대사탕을 먹는다. 가끔 아이를 좋아하는 경비아저씨라도 있으면 아주 편해진다. 아저씨가 아이와 상대해주는 동안 편히 관람할 수가 있으므로.

어제의 경험에서 나는 내가 아이에게 요구할 것이 있을 때는 단호하게, 그러나 인내심을 가지고 여러 차례 설득해야 함을 깨달았다. 아이와 내가 필요에 따라 '따로 또 같이' 움직이지 못한다면 반드시 나중에 후회한다는 것을 알았기 때문이다. 대견하게도 아이는 엄마의 의사를 그런대로 존중해주었다. 평소에 잘 구경하지 못했던 막대사탕이 일등공신이기는 했지만.

보스포루스 해협이 내려다보이는 톱카프 내 야외테라스에서 점심식사를 한다. 해협에는 페리와 수많은 대형선박이 떠다니고 바로 밑으로는 수시로 기차가 지나간다. 온갖 운송수단을 좋아하는 아이는 떠억 벌린 입을 다물 줄 모른다. 나 또한 해협 기슭에 자리한 아름다운 건물들에 눈을 빼앗긴다.

서울을 가로지르는 한강변에 돈 많은 사람들이 살듯 이스탄불을 가로지르는 해협 기슭엔 부자들의 별장과 옛 성들이 가득하다. 차이가 있다면, 한강 주변의 건물은 미학적으로 전혀 내세울 것이 없는 아파트 건물뿐이어서 그 안에 사는 사람들은 즐거울지 몰라도 밖에서 보는 사람이 즐거울 일은 없지만, 이곳 건물들은 아름답고 고풍스럽기 그지없어 보는 이까지도 덩달아 즐거워진다.

해협에서 불어오는 훈풍에 마음속 먼지 한 톨까지 다 날아가는 느낌이다. 이렇게 황홀한 순간이면 여전히 잘 실감나지 않는다. 여느 때 같으면 지금 점심 먹고 설거지할 시간인데 이렇게 아름다운 곳에 앉아 있구나, 저 사람들이 음식도 가져다주고 설거지도 해주는구나, 우와, 조오타!

오후 3시경. 뜨거운 햇볕이 내리쬐는 가운데 중빈이 제3정원에서 눈을 동그랗게 뜨고 발길을 멈춘다.

"엄마, 저거 봐!"

나는 바로 그 의미를 알아채지 못했다.

"꽃들이 활짝 피었어!"

정말이었다. 아침에만 해도 굳게 입을 다물고 있던 조그만 흰 들꽃들이 일제히 만세를 부르고 있다. 그것은 아이에게도 큰 발견이었지만 내게도 큰 발견이었다. 아이는 아이가 보고 싶은 것을 본다. 내가 그림을 볼 때 개미를 보고, 해협의 별장을 볼 때 그 옆을 지나가는 기차를 본다. 때로는 같은 것을 보고 즐거워하기도 하지만 대체로 아이는 나와 다른 것을 '선택'한다. 나는 그 사실을 여행 초반부에 알게 되어 기뻤다. 그것은 곧 '엄마, 나는 나름대로 여행을 즐기고 있어요' 하고 말하는 것과 다름없었던 것이다. 게다가 아이는 마치 선물처럼, 내가 미처 깨닫지 못하고 있는 것들을 알게 해주었다.

아이가 그 옛날 술탄의 삶에 관심이 없듯 오늘 구석에 핀 들꽃은 나의 관심을 끌지 못했다. 그러나 생생하게 현재를 좇는 아이의 눈은 죽은 자의 흔적을 따라가느라 치열하게 피어나는 생의 에너지를 발견하지 못하는 나의 어리석음을 깨우쳐주는 것이다. 그런 일은 터키를 여행하는 내내 일어났다. 아이의 보폭은 좁고 일정은 늘어졌지만 아이는 그렇게 걷지 않았으면 결코 보지 못했을 것들을 내게 보여주었다. 그것들은 모두 작고 조용하고 낡은 것들이었다.

가난한 소년이 호숫가에 띄운, 호숫가 식당에서 종업원으로 일하는 그의 늙은 아버지가 만들어준 녹슨 양철 배이거나, 아이가 서슴없이 친구 삼아 노는 거지 아이의 슬리퍼에 뚫린 구멍이거나, 부지런히 흙을 물어 무너진 집을 복원하는 개미들의 눈물겨운 노력…… 말하자면 그런 것들이었다.

나를 무장해제시킨 하렘

일반적으로 하렘하면 섹스와 연관된 장면들이 먼저 연상된다. 희대의 행운아인 왕과 그 왕 하나만을 경쟁적으로 바라보는 팔등신의 미녀들. 실제로 무랏3세는 무려 112명의 자녀를 두었다 하니, 이 같은 연상이 그릇된 것만도 아니다. 그러나 하렘은 실질적으로 황실 가족의 거처였으며, 이곳에서의 생활은 전통과 복종, 의식에 철저한 바탕을 두고 이루어졌다고 한다.

하렘은 45분 간격으로 그룹 단위로 입장이 허용된다. 300여 개의 크고 작은 방들이 미로처럼 이어져 있고, 대부분의 방들은 보존을 위해 공개하지 않기 때문에 가이드를 따라 정해진 루트로만 이동이 가능한 까닭이다. 아이는 의외로 좁은 복도를 따라 움직이는 단체 행렬을 재미있어 한다.

"이곳에서는 뛰면 안 되고 목소리도 낮춰야 해."

나의 말이 오히려 아이에게는 재미를 더해 주는가 보다. 누군가 목소리라도 높일라 치면, "Shh! Shhh! Be quiet!" 일일이 주의를 주면서 잘 따라다닌다.

하렘에 들어간 소녀들은 전쟁 포로이거나 선물로 바쳐진 외국인들이었다. 이들은 이슬람과 터키 문화, 언어, 메이크업, 옷 입는 법, 올바른 처신법, 음악, 독서와 작문, 무용 등을 교육받았다. 그러고 나면 학업 성적순에 따라,

먼저 술탄의 첩들과 자식들의 시중을 들고, 다음에 술탄의 어머니, 마지막으로 최고의 실력임을 인정받으면 술탄의 시중을 들도록 허락받았다.

주변을 두리번거리던 아이가 묻는다.

"왕은 어딨어?"

나는 아이에게 왕은 오래전에 죽었고, 그가 살던 성만 남아서 그것을 구경하는 것이라고 설명해준다.

"왕이 왜 죽었는데?"

아, 이걸 뭐라고 대답해야 하나? 늙어서 죽었다고 해야 하나, 왕위를 놓고 싸우던 자기 아들 칼에 맞아 죽었다고 해야 하나? 나는 쉬운 길을 택한다.

"아마 너무 늙어서 죽었을 거야."

과거와 현재, 생과 사의 경계가 모호한 아이는 그래도 왕의 집에 와서 왕을 볼 수 없는 것이 잘 이해되지 않는 모양이다. 구석에서 덩치 좋은 경비아저씨가 유니폼을 입고 나타날 때마다, "저 아저씨가 왕이야?" 반드시 확인을 한다.

하렘을 지배하는 것은 밸리드 술탄, 즉 술탄의 어머니였다. 그녀는 광대한 부동산을 소유했고 아프리카에서 데려온 흑인 내시를 이용해 하렘을 관리했다. 술탄의 어머니는 수상에게 직접 명령을 내릴 수 있을 만큼 강력했으며, 술탄이나 국가 중대사에 미치는 영향력 또한 대단했다.

그렇다면 술탄은 몇 명의 아내를 둘 수 있었을까? 이슬람법에 의하면 네 명의 적법한 아내를 둘 수 있었다. 그러나 오스만 왕조는 장자 계승제도를 따르지 않았기 때문에, 원칙적으로 왕위가 어느 아들에게라도 넘어갈 수 있었다. 이에 모든 여인들이 자신의 아들을 왕위 계승자로 만들어 그녀 스스로 밸리드 술탄이 되기 위해 치열하게 경쟁했음은 불을 보듯 뻔한 일이었다.

그러나 그들의 처절한 경쟁이 사라진 지금, 하렘의 방들은 아름답기만 했다. 채색 타일, 황금과 대리석, 꽃과 과일 그림으로 가득한 창틀과 문……. 그 옛날 이 안을 채웠을 각종 가구와 장식품들, 하렘의 여인들이 입고 있었을 화려한 의상과 장신구까지 떠올려본다면 그 숨막힘은 몇 배가 된다. 하지만 하렘의 숨 막히는 아름다움은 오스만 제국이 얼마나 강력했는가를 보여주는 동시에, 그것이 퇴락할 수밖에 없었음을 보여주는 증거이기도 하다. 대제국의 말로에는 언제나 엄청나게 번성한 매음굴이 있다. 치열한 대접전이 제국을 무너뜨리는 것이 아니라, 제국이 안에서 썩고 병들어 스스로 무너지고 있을 때 사방에서 그 틈을 비집고 들어와 마지막 순간을 돕는다는 표현이 더 정확할 것이다.

하렘은 입장할 때와 마찬가지로, 나올 때에도 그룹 인원을 정확히 체크한다. 아이가 뒤에서 대리석 계단을 오르내리느라 무리의 맨 끝으로 뒤처졌더니, 출구에서 관리인이 성난 표정을 지어 보이며 내게 빨리 나올 것을 재촉한다. 잠시 뒤 어슬렁어슬렁 아이가 뒤따라 나오자, 그는 이제야 알았다는 듯 순식간에 엄격함을 허물고 얼굴 가득 따스한 미소를 짓는다.

아이는 전혀 분위기 파악을 하지 못한다. 저 혼자 흥얼거리며 뱅글뱅글 돌며 하렘 안에서 있는 대로 시간을 끈다. 그러나 그는 조금도 채근하지 않는다. 마지막 순간에 아이를 끌어안으려 했는데 아이가 도망가버리자, 그는 애처로울 정도로 낙담한 표정을 짓는다.

밖으로 나오자 오후 햇살이 눈부시다. 마치 아름다운 영화 한 편을 보고 극장을 나서는 기분이다. 달콤한 피로를 느끼면서 우리는 드넓은 정원을 다시 되밟아 나온다.

돌아와 아이를 먼저 씻기고 빨래를 하는 동안 아이가 잠이 들었다. 그것도 변화라면 변화였다. 혼자 잠들 뿐 아니라, 한번 잠들면 열두 시간은 너끈히 잔다. 그러고 나면 나의 시간이다.

자리에 누워, 내일은 보스포러스 해협에서 운항하는 페리를 타볼까, 아니면 세인트 소피아를 가볼까 고민하고 있을 때였다. 꼭 해야만 하는 것이 있는 것도 아니고, 하루가 온전히 우리를 위해 열려 있구나, 정말 자유롭구나, 생각하고 있을 때였다.

무언가 가슴속에서 질기게 나를 잡아당기고 있던 것이 툭 끊어지는 듯했다. 오랜 시간에 걸쳐 굵어지고 딱딱해진 어떤 것이 날카롭게 잘라지고 저며져서 완전히 가루가 되어 흘러내리는 느낌이었다. 그러더니 미처 막아볼 사이도 없이 뜨거운 눈물이 흐르기 시작했다. 나는 조금 당황스러운 가운데 그냥 내버려두었다. 깊게 베인 상처에서 흐르는 피처럼 눈물은 멈출 생각을 하지 않았다.

한참이 지난 뒤에야 깨달았다. 한 아이의 엄마가 되고서부터 이런 식으로는 울어본 적이 없다는 것을. 나는 항상 '나 이상'으로 강해야 했고, 거기에는 나 하나만을 위해 열린 감수성 같은 것이 끼어들 자리는 없었다. 나라는 개체만을 위한 욕구, 내 안의 여성으로서 욕구, 이런 것들은 아이의 목마르다거나 춥다는 말 한 마디에 정신없이 사라져버리곤 했던 것이다.

예전에 아름답다고 느꼈던 것들 앞에서도 나는 무감각해져 있었다. 예술 영화가 주는 감동에는 점점 눈물이 말라가는 대신, '병원 24시'에서 병들어 신음하는 아이를 보면 수도꼭지처럼 눈물이 흘렀다. 피카소의 그림보다는 아이의 자는 얼굴이 몇 백 배 더 예술이라는 확신도 생겼다. 나는 언제나 아이와 함께하는 1.5인의 인간이었으며, 그 1.5인의 인간이 하나의 성장곡선을 그리며 한 그래프 안에서 달리고 있었던 것이다.

그런데 지금 이 눈물은 오롯이 나만의 것이었다. 나는 오늘 아이나 가족과는 무관한 것, 그럼에도 그 자체로 아주 아름다운 것 앞에서, 한 아이의 어미가 되기 이전처럼 흔들렸고 흔들려서 행복했다.

톱카프 궁전과 하렘, 그것이 나를 무장해제시켰던 것이다. 나는 비로소 온전히 부드러워졌고 열렸으며 행복했다. 그리고 살아 있음에 감사하고, 감사하고, 또 감사했다.

© Ann P

© mserogul

© melih_ozcanli

© Jon Eben Field

베이코즈의 골목에서 잃어버린 유년을 찾다

보스포러스 해협에서 운항되는 페리를 타는 날이다. 항구로 가기 전, 호텔도 옮겨야 하고 페리에서 아이가 먹을 도시락도 준비해야 한다. 그런데 아이가 침대에 딱 달라붙어 장난감 버스를 굴리면서 절대로 식당으로 안 내려간단다. 이렇게 달래보고, 저렇게 꼬셔도 보지만 요지부동. 하는 수 없이 하던 걸 모두 중단하고 의자에 앉아 마음을 다스리기 위해 호흡을 조절한다.

스케줄이 빠듯하여 아이에게 소홀히 한 게 있던가? 계속해서 명령조로 말하고 있었던가? 두 번째 질문은 확실히 'Yes'다. 나는 아이 옆에 같이 드러누워 최대한 다정을 가장(?)해본다.

"그럼 우리 중빈이가 하고 싶은 건 뭔데?"

"안 가! 안 먹어!" 하던 아이가 마침내 내놓은 협상안은 "방에서 먹자"였다. 30달러짜리 호텔이지만 명색이 호텔인데 방에서 먹으면 룸서비스를 시켜야 하나 어쩌나 머릿속이 복잡했다. 내내 친절했던 종업원 비요르에게 물어보자, 흔쾌히 식당의 음식을 방으로 가져가서 먹으라고 한다.

아이와 함께 방에서 하는 아침식사는 기대 이상으로 훌륭하다. 무엇보다 고즈넉하고 여유롭다. 창문을 여니 깨끗하고 차가운 바닷바람이 불어오고, 빵장수의 자전거 페달 소리가 평화롭게 하루의 시작을 알린다. 며칠 동안 식당만을 전전해 보니 알 것 같다. 음식을 먹는 행위도 때로는 사적으로 고요히 이루어져야 한다는 것을.

규칙도 없고 스케줄도 없는 아이가 바쁜 순간에 제동을 걸 때, 일단 귀 기울여 보면 예상치 못한 소득을 얻게 될 때가 있다. 아이의 신선한 발상이 바쁜 아침, 내게 작은 휴식을 선사한다.

식사 후 두 블록 안쪽에 위치한 호텔로 짐을 옮긴다. 아이가 적응이 된 상태라 비용을 아낄 때가 된 것이었다. 호텔 AYDIN, 11$.

"싱글 침대에서 둘이 꼭 끌어안고 잘 수 있는데, 더 싼 방은 없나요?"

나의 질문에, 멋진 콧수염의 매니저가 대답한다.

"당신이 예쁜 아기랑 왔기 때문에 싱글룸 가격으로 더블룸을 주는 것입니다. 나에게도 요만한 조카가 있어서 다 알아요. 아이가 침대에서 안 떨어지려면 더블베드여야 하지요."

그는 카운터에서 빠져나와 아이에게 장난감 자동차를 건네받더니 카펫에 주저앉아 부릉부릉 소리 내며 자동차 놀이를 시작한다. 아이의 눈이 반가움으로 휘둥그레지고 둘이서 금세 친구가 된다.

그는 내게 짜이를, 아이에게는 애플티를 내어줄 것을 종업원에서 지시한다. 그뿐만이 아니다. 애플티는 아이가 마시기 좋도록 손잡이가 있는 컵에 담을 것, 물을 미지근하게만 데울 것, 아이는 설탕을 좋아하므로 넉넉하게 내올 것…….

여행을 하다 보면 이런 순간이 있다. 할리우드 영화의 한 장면처럼, 갑자기 모든 것이 의심스러울 만큼 완벽해지는 순간. 주변의 황량함이 오아시스로 바뀌고 미리 각본에 짜인 듯 친절하고 사려 깊은 사람들이 내게 '무얼 도와드릴까요?' 하고 묻는 순간.

혼자서 아이를 데리고 다니다가 이 정도의 세심한 배려를 받게 되면 단순히 고마운 걸 넘어서 눈물이 핑 돌고 그 사람이 막 좋아지려고 한다. 나는 그가 더 좋아지기 전에 서둘러 차를 마시고 페리를 타기 위해 에미노뉴 역으로 향했다.

아이는 곧 페리가 떠나기라도 할까봐 "기다려, 페리! 기다려! 가지 마!"를 외치며 북적대는 출근길의 이스탄불 시내를 달린다. 행인들이 아이와 내게 순서대로 미소를 보내고, 나 또한 그들 모두에게 웃으며 "메르하바!"(안녕하세요!) 인사를 보낸다.

고백컨대, 나는 낯선 이에게 이렇게 다정한 사람이 아니었다. 여행지에서조차 불필요한 시선이나 말과 미소를 아끼는 사람이었다. 그런데 내가 아이를 키우는 동안 변했던가? '아이를 키운다'는 것은 '고마움을 배운다'는 것과 동의어다. 그들이 내 아이를 향해 웃었기 때문에 나 또한 그들에게 고마운 미소를 짓는다. 그러면 그들은 어김없이 두 배로 화사한 미소를 다시 내게 돌려준다.

이제는 누가 먼저 미소를 짓는지 잘 알 수가 없다. 나는 이곳에서 누구에게나 친절하고 누구에게나 인사를 한다. 그리고 어느새 우리에게 관심을 보이는 많은 터키인들 사이에서 손짓 발짓 섞어가며 대화를 하고 있다. 아무런 계산도 긴장도 없이 새로운 사람과 관계 맺기를 즐기는 것. 아무래도 내가 아이를 데려온 게 아니라, 아이가 날 이곳에 데려온 것만 같다.

에미노뉴 항구에서 페리는 하루 두 차례 운항된다. 표를 사는 창구에 외국인들이 즐비하다. 작은 장신구를 파는 할아버지가 다가와 중빈이의 외투에 굿 럭을 달아주신다. 환하게 웃는 그의 눈가에 주름이 깊게 패고, 아이의 외투를 만지는 손끝은 묵은 때로 까맣다. 그는 또 주머니를 뒤적여 몇 차례 녹았다 굳기를 반복한 사탕을 아이에게 건넨다. 사탕을 받아들고 신나서 까불던 아이는 엉덩방아를 찧고는, 제 친할아버지에게 하듯 엄살을 피우며 그에게 손을 내민다.

페리가 지나가는 왼편으로는 유럽 대륙, 오른편은 아시아 대륙이다. 바닷바람은 아직 칼처럼 사나운데, 아이는 부지런히 갑판과 선실을 오가며 이 새로운 탈것에 대한 탐색을 시작한다. 한강 유람선이 그야말로 관광을 목적으로 한다면, 이곳의 페리는 주요 교통수단이기도 하다. 아이는 많은 사람들이 중간중간 타고 내리고, 선원이 굵은 밧줄을 던져 말뚝에 묶고 풀고 하는 과정을 유심히 지켜본다. 그렇게 2시간여. 우리가 도착한 곳은 해협 북쪽으로 거슬러 올라간 베이코즈라는 곳이다.

베이코즈는 아름답고 소박한 어촌이다. 이곳 사람들에게 하루 두 차례 운행되는 페리의 승객들은 주요한 생계수단이 되는 듯하다. 간단한 스낵에서부터 풀코스 생선요리인 메제까지 항구 근처에 다양한 가격대의 먹거리가 넘쳐난다.

긴 꼬치에 끼워진 홍합튀김을 하나씩 들고 아이와 동네 산책을 한다. 학교 근처에서 역시나 아이들에게 붙잡혀 한바탕 사진을 찍고 소란을 피운 후 놀이터를 찾아냈다. 터키에 온 후 놀이터 구경을 못한 중빈이가 굶주린 사냥개처럼 미끄럼틀로 달려간다. 나는 그네에 앉아 고즈넉하기 짝이 없는 마을의 포근함을 누린다.

놀이터 바로 앞에는 낡았지만 개나리 빛으로 페인트칠 된 집이 있다. 바로 옆 공터에는 분홍빛 벚꽃이 흐드러지게 피었다. 노란 집의 창문이 열리더니 안주인으로 보이는 아낙이 이리저리 열심히 창가에 놓인 화분의 위치를 옮긴다. 내가 보기엔 거기서 거기인 위치인데도, 아낙은 지루할 만큼 오랫동안 꽃 화분들을 좌우로 몇 센티미터씩 옮기길 반복한다. 마침내 창가에서 아낙이 사라지기에 이제 되었나 했더니, 곧바로 밖으로 나와 창가를 올려다본다. 이제 아낙은 집 안팎을 오가며 화분의 위치를 수정한다.

화분들은 창가에 매달리는 형태로 집 안에서는 볼 수가 없다. 다시 말해, 순수하게 밖을 지나가는 사람들을 위한 것이다. 그것을 그렇게 오랜 시간 공들여 자리 배치하다니. 우리나라에서라면, '그렇게도 할 일이 없느냐?'라는 핀잔을 듣기에 딱 좋은 행동인지도 모르겠다. 대다수 사람들이 선호하는 우리의 편리한 아파트를 보라. 그 안에서는 거실을 확장하네, 천장을 높이네, 말들이 많지만 그러느라고 엄청난 건설폐기물들이 쉴 새 없이 내다버려지고 있지만 거기에 지나가는 행인을 위한 꽃 한 송이라도 피어 있던가?

한 나라의 수도가—그것이 아무리 거대 도시라 해도—우리처럼 '개발'이라는 단 하나의 지상과제에 밀려 흉측한 얼굴을 하고 있다는 것은 가슴 아픈 일이다. 그것은 미적, 지적 관점을 확보한 어른의 눈에만 그렇게 비쳐지는 것이 아니다.

언젠가 초등학생들과 함께 런던 히드로 공항에 착륙할 때의 일이었다. 아이들은 이제 런던에 도착한다는 기대감에 모두 창밖을 내다보고 있었다. 고도가 낮아지고 런던의 윤곽이 드러났다. 올망졸망 오랜 세월에 걸쳐 자리 잡은 주택들과 그것을 부드럽게 둘러싸고 있는 나무와 잔디……. 순간, 아이들의 얼굴이 일그러졌다. 그리고 물을 끼얹은 듯 조용해졌다. 이해할 수 없다는 낯빛이 영력했다. 그것은 그들이 자신들도 모르게 묵인해온 하나의 형태에 대한 관념이 깨어지는 순간이었다.

한참 뒤 아이들이 수군대기 시작했다.

"이상하다, 이상해……."

그중 가장 큰 녀석부터 순서대로 질문을 쏟아냈다.

"저거 런던 맞아요?"

"저것도 도시예요?"

마지막으로 한 여자아이가 혼잣말처럼 중얼거렸다.

"그런데…… 너무 예쁘다."

베이코즈의 야트막한 산 정상에는 오래된 성곽이 있다. 멀리서 보기에도 아름다웠고, 페리에서 내린 다른 관광객들은 이미 식사를 마치고 하나둘 향하는 중이었다. 나 또한 가볼 요량으로 아이를 이리저리 설득해 간신히 놀이터를 벗어났다. 그러나 동산에 불과한 그 산의 정상은 왜 그리 높게만 느껴지는지.

그런데 산 너머 산. 불과 놀이터에서 십여 미터 올라왔을 때쯤 중빈이가 또래 남자아이를 만났다. 아이가 그동안 놀이터 못지않게 굶주린 것이 친구. 둘이는 무슨 오랜 지기라도 되는 양 동시에 "끼야-!" 소리를 지르더니 무너진 담장 사이를 뛰어다니기 시작한다. 친구의 이름은 메멧. 두 꼬마 녀석에게 장난감 자동차를 하나씩 쥐어주니, 아예 자리를 잡고 앉아 자동차 시합을 한다. 나는 이때다 싶어 다른 동네 아낙과 수다를 떨고 있는 메멧의 엄마에게 아이를 맡기고 성에 다녀오고자 했다.

그러나 아무리 손짓 발짓 해가며 열심히 설명을 해도 아낙들은 성으로 가는 길을 반복적으로 설명해줄 뿐, 내 의도를 파악하지 못한다. 무리도 아니다. 조금만 멀어도 외출을 삼가는 이슬람 국가의 조신한 아낙들이 이역만리에서 생면부지의 사람에게 애를 떼놓고 성에 다녀오겠다는 이상한 외국 여자의 의도를 상상이나 하겠는가.

마침내 답답해진 메멧 엄마가 중빈과 나, 메멧을 이끌고 성으로 가는 길 안내에 나섰다. 차라리 함께 성까지 가주었으면 메멧과 노는 맛에 중빈이 끝까지 갔으련만. 메멧 엄마는 좁다란 삼거리에서 미워할 수 없이 상냥한 얼굴로 위를 가리키며 내게 잘 가라는 인사를 한다.

장난감 자동차를 선물로 받은 메멧은 기분 좋게 엄마를 따라 집으로 가고, 친구가 갑자기 사라져버린 중빈은 마음이 상해 한 걸음도 떼지 않겠다고 으름장을 놓는다. 이제 페리가 출발할 때까지는 불과 30분 정도밖에 남지 않았다.

때마침 고양이 두 마리가 어슬렁대고 있었다. 나는 가방에서 '천하장사' 소시지 네 개를 꺼내 중빈의 손에 쥐어주었다. 고양이들이 몰려들었고 아이는 신이 나서 소시지를 조금씩 떨어뜨린다.

"중빈아, 엄마 올 때까지 다른 데 가지 말고 여기서 고양이랑 놀아. 엄마 저 위에 금방 갔다 올게."

아이가 고개를 끄덕인다.

뭐, 따지고 보면 별로 위험할 것도 없다. 순박한 이곳 사람들이 뉴욕 같은 곳처럼 아이를 납치하여 음침한 지하실에 가둘 리도 없고, 버스도 어쩌다 한 번 들어오니 페리가 떠나기 전에는 밖으로 나갈 방법도 따로 없는 것이다. 설사 아이가 없어진대도 아이의 이름을 부르면 그 대답이 어느 곳에서라도 들릴 만큼 작고 고요한 마을이었다. 내가 이곳에서 이방인이라는 사실만 제외한다면, 서울의 아파트 단지보다도 안전한 것이 사실이었다.

아이를 골목에 앉혀놓고 산으로 향하는 골목길을 걷는다. 깊이 숨을 들이쉬자, 어릴 적 동네에 떠돌던 달큰한 향기가 난다. 오래고 낡은 집의 비딱한 나무 창틀마다 믿을 수 없이 잘 닦인 유리가 끼워져 있다. 유리 안쪽으로는 깨끗하게 손질된 하얀 레이스 커튼이 매달려 있고, 거기서 아이들 소리가 새어나온다. 언뜻 열린 현관으로 깜짝 놀랄 만큼 많은 아이와 어른의 신발이 보인다. 어떻게 저 많은 사람들이 저렇게 작은 집 안에 옹기종기 모여 아무런

다툼이나 고함 소리 없이 이렇듯 조용한 오후를 보내고 있는지 모르겠다.

지나가는 사람들이 내게 조용하고 수줍은 미소를 짓는다. 어딘가에서는 나지막한 비질 소리가 들려온다. 나는 걸음을 멈추고 시계를 보았다. 이미 성에 다녀와 아이의 걸음으로 페리까지 가기에는 늦은 시각이었다.

나는 낡고 작은 것이 가져다주는 심리적 안정을 느끼면서 아무런 아쉬움 없이 먼발치에서 성을 바라보기로 했다. 그리고 딱 오 분만 더, 휴지 한 조각 없이 깨끗한, 나무와 넝쿨과 부서진 돌들로 아름다운 골목골목을 어슬렁대며 산책하기로 했다.

BEYKOZ BELEDİYESİ
BEYKOZ BELEDİYESİ
İSTANBUL
BEYKOZ

safranbolu 사프란볼루

길은 내리막이라 걷기 좋았고, …

한다고 아이도 목청껏 노래를 부…

가을의 정적을 울린다. 혹은 차를 거의 세우다시피 하며 창밖으로 내다본다. 이스탄불에서의 반응을 생각하면, 이곳 사람이

이래. 예쁘지 않니?" 나의 감탄에 아이도 뒤질세라 응수한다. "엄마, 저 빨간 차 좀 봐. 멋있다." 우리의 동문서답은 내리막

© harikakora

터키 남자와는 연애만 하라

드디어 이스탄불을 떠나 카파도키아로 향한다. 이른 아침, 한 손엔 무거운 가방, 한 손엔 아이 손. 그렇게 몇 번이나 차도를 건너고 계단 많은 육교를 지나 항구에 이른다. 이스탄불의 교통 예절은 거의 제로에 가깝다. 그토록 친절하던 사람들이 운전대만 잡으면 무섭게 돌변한다. 아이가 코앞에서 길을 건너고 있어도 예사로 범퍼를 들이민다.

질서가 없기는 보행자도 마찬가지. 출퇴근 시간이면 육교를 바로 곁에 두고도 시청 앞만큼이나 붐비는 사거리로 수십 명의 보행자가 물소 떼처럼 밀고 들어온다. 아직은 자동차를 소유한다는 것이 부의 상징이 되는 경제 상황이므로 제대로 된 교통 문화가 자리 잡으려면 오랜 시간이 걸릴 듯하다.

에미노뉴 항구에서 천 원 내고 수시로 드나드는 페리를 타면, 하렘 버스 터미널에 쉽게 도착한다. 그런데 아뿔싸! 터미널에 도착해 보니, 카파도키아로 가는 버스는 조금 전에 출발했고, 다음 버스는 저녁까지 기다려야 한단다. 이스탄불에서 한평생 살았다는 터키 할아버지에게 듣기로는 수시로 버스가 있다고 했는데 잘못된 정보였던 것이다.

아침에 입맛 없다는 아이를 붙잡고 한 숟갈이라도 더 먹이려고 시간을 끈 것이 갑자기 후회스러워진다. 서둘러 가이드북과 버스시간표를 대조해본 끝에 사프란볼루로 행선지를 바꾼다. 오스만 시대의 가옥이 그대로 남아 있는 아름다운 마을로, 작은 마을 전체가 유네스코가 지정한 문화재다. 가는 데 걸리는 시간은 약 8시간.

고속버스는 터키의 주요한 교통수단이다. 철도 시설은 노후하여 느리고 불편한 반면, 버스는 벤츠 등의 번쩍거리는 수입 차량들로 전국 구석구석 닿지 않는 곳이 없을 정도다. 당연히 버스회사 간 경쟁이 치열한데, 음료나 간식 등 서비스가 항상 뒤따르고, 터미널에서 내리면 '서비스 밴'이 무료로 호텔까지 태워주기도 한다. 큰 터미널에서는 손님을 붙잡으려는 욕심에 가격도 적잖게 오르락내리락하는 편이다.

버스가 출발하자, 남성 차장이 승객들의 손에 일일이 콜롱을 뿌려준다. 콜롱은 남자 스킨만큼이나 진한 일종의 향수인데, 듬뿍 받아 손을 비벼 닦고 마지막으로 관자놀이를 살짝 적셔주면 예상 외로 기분이 전환되는 효과가 있다. 이것은 장미수(薔薇水)로 손님의 손을 적시던 이들의 오랜 전통에서 기인한 것이라고 한다. 처음엔 너무나 강한 향기에 얼굴을 찌푸리던 아이가, 이내 그 용도를 눈치 채고는 차장만 보면 두 손을 내밀며 "Cologne, please!"를 연발한다.

버스가 만석이 될 것 같지 않아 아이 표를 구입하지 않은 것은 나의 실수였다. 터키의 고속버스는 우리와 달리 중간 중간 손들고 있는 사람이 있으면 아무 데서나 태워주는 식이라는 걸 몰랐기 때문이다. 버스가 한 번씩 설 때마다 하나둘 사람이 늘어나 빈자리를 메우기 시작하더니, 마침내 내 옆자리에도 에삽(이슬람 여인들이 머리카락을 가리는 스카프)을 두른 터키 할머니가 앉는다. 꽤 우람한 덩치의 할머니어서, 순식간에 아이와 나는 창가로 밀려난다. 한숨이 절로 나온다. 이미 가방에, 장난감에, 좁아질 대로 좁아진 공간이라 아이는 8시간 동안 내 무릎에 앉은 채로 옴짝달싹 못할 상황이다.

그때 옆자리의 할머니가 상냥하게 미소 지으며 내 가방을 당신의 자리로 옮긴다. 중빈의 장난감도 당신의 미니테이블에 올려놓더니, 심지어 중빈이까지 당신의 무릎에 앉힐 테니 날 보고 편히 가란다. 세상에! 또 한 번 오아시스가 펼쳐지는 순간이다.

그녀와 나에게는 서로 소통할 수 있는 언어가 없지만, 열심히 손짓과 눈빛을 교환해가며 수다를 떨기 시작한다. 손가락으로 가리키고 숫자를 만들어가며 알아내는 사실들은 언제나 말보다 더디지만, 그렇기에 더더욱 소중해진다. 상대방의 눈빛은 완전히 내게 집중해 있고, 하나의 소통 뒤에는 늘 안도의 웃음이 터진다.

그녀의 이름은 하티제. 나이는 서른여덟. 할머니가 아니었다. 손자가 있다 해도 믿겨질 만큼 주름이 많은 얼굴인데 그렇게 젊다니, 나는 깜짝 놀랐다. 그리고 뒤이어 부끄러워졌다. 비슷한 연배의 사람이 험한 노동에 늙어버린 얼굴을 하고 있거나 나무껍질 같은 손을 지니고 있으면 나도 모르게 죄책감 같은 것이 느껴진다. 내가 가끔씩 거울 속에서 찾아내는 나이듦의 징후들은 이들의 '진짜' 주름에 비하면, 한없이 사치스럽다는 생각이 드는 까닭이다.

내가 지구상의 어떤 이들보다 운 좋게도 별다른 노력 없이 많은 것을 수혜 받았다는 사실. 그것을 그들과 나란히 앉아 있을 때 비로소 상기하게 된다는 것은 참 부끄러운 노릇이다. 내가 받은 것보다 받지 못한 것에 대해 전전긍긍하는 사이, 나는 또다시 잊고 지냈던 것이다. 우리가 생각 없이 던져버리는 일회용 플라스틱 컵을 크리스털 컵보다 소중하게 닦아 모셔둔 인도 북부의 깡마른 아낙. 뜨거운 모래밭에서 바람이 다 빠져, 더는 높이 튀어 오르지 않는 공을 차던 맨발의 캄보디아 아이들. 두 살짜리 동생을 업고 있던 네 살짜리 여자아이의 병든 눈. 그 눈에 가득하던 눈곱과 눈곱을 파먹던 파리…….

나는 여행이라는 스승을 통해, 삶에 대해 더 낮아질 것을 배운다. 엎드려 고개를 숙이면 더 많은 것이 보이는 것이다. 지독하게 여행을 떠나고 싶어질 때는 언제나 더는 내가 나를 낮추고 있지 않을 때였고, 스스로 그 직립이 피로할 때였고, 피로함으로 인해 아무것도 보지 못하고 있을 때였다.

하티제에게는 여덟 살 난 아들과 열두 살 먹은 딸이 있단다. 그리고 지금 카라북에 사는 친정엄마에게 다니러 가는 길이란다. 묻지 않아도 몇 년 만의 외유라는 것을 눈치 챌 수 있다. 그녀는 내게 터키에 왜 왔는지, 남편은 어디 있는지, 아이는 몇 살인지, 두루두루 묻는다. 그러자 우리를 호기심 어린 눈으로 지켜보고 있는 주변의 다른 터키 아낙들이 그녀에게 뭐라 말을 건다. 아마도 우리에 대한 질문을 하는 것 같다.

일제히 아낙들이 조용히 웅성대기 시작한다. 그들은 모두 서로 모르는 처지일 텐데도 이웃사촌들마냥 서슴없이 이야기를 주고받는다. 그들의 목소리가 커졌다 작아지고, 눈이 동그래지거나 감탄사를 내뱉거나 고개를 끄덕이거나, 그래도 이해할 수 없다는 듯이 나를 쳐다보거나 한다.

삽시간에 내가 남편도 없이 조그만 아들을 데리고 여행 중이란 것은 물론, 앞으로의 여행 일정까지 소문이 났다. 이제 몇 자리 건너 아낙이 하티제에게 질문을 하면, 하티제가 신이 나서 내게 그것을 통역한다. 그런데 정말 우스운 것은 하티제가 한 마디도 영어를 못한다는 사실이다.

터키의 이슬람은 인도의 이슬람보다 훨씬 진보적이라고 한다. 실제로 이스탄불 시내에서 마주치는 젊은 여성들 가운데 에샵을 쓴 사람은 그다지 많지 않다. 우리나라에서도 흔치 않은 사자갈기 형태의 파마머리도 심심찮게 볼 수 있다.

하지만 이스탄불을 벗어나면 사정이 달라진다. 어린 여자아이를 제외한 대부분의 여성이 머리를 가리고, 몸매가 거의 드러나지 않는 박스형 외투를 걸치며, 언제나 낮은 목소리로 조용조용 이야기한다.

여행하는 내내, 나는 이들과 대화하는 것이 좋았다. 이들이 내게 말을 걸 때면, 이슬람 계율에 짓눌려 창백하고 활기 없던 얼굴에 금세 호기심 많은 소녀 같은 생기가 피어났다. '소녀 같다'는 표현은 이들을 묘사하는 가장 정확한 어휘일 것이다. 경제 활동과 사회 활동에서 모두 배제된 이들은 성장이 정지된 아이처럼 순수한 데가 있었다.

그러나 시장이나 펜션에서 드물게 마주치는, 경제 활동을 하는 여인들은 완전히 달랐다. 이들은 자신의 학력과 상관없이 모두 야무지고 사리에 밝았으며 무엇보다도 억척스러웠다. 마치 우리 어머니 세대를 보는 듯했다.

버스가 다섯 시간을 넘겨 달리자, 뒷자리의 아기가 칭얼대기 시작한다. 뒷자리에는 두 좌석에 네 사람이 앉았다. 아기와 아기 엄마, 열 살쯤 된 아기의 오빠와 그 아빠. 아빠는 다른 터키 남자들처럼 아기의 울음소리에 무신경하다. 안팎의 일이 따로 구분되어 있는 이슬람 문화권에서 남자들은 보는 사람이 화가 치밀 만큼 육아에 관심이 없다.

내가 터키에서 만난, 터키인과 결혼한 외국 여자들은 이구동성으로 말했다.

"터키 남자들은 연애할 때는 최고죠. 내가 무슨 이야기를 하든지, 이 세상에서 말하는 사람이 나 하나밖에 없는 것처럼 들어줘요. 그 눈빛이나 손길이 얼마나 다정다감한지, 마치 공주가 된 기분이죠. 그런데 결혼하고 나면 끝이에요. 내게는 한 푼도 주지 않으면서 하녀처럼 부려먹어요. 게다가 나는 집

밖에도 나갈 수 없죠. 다른 남자와 이야기도 할 수 없어요. 금방 온 동네에 내가 바람피운다고 소문이 나기 때문이에요. 정작 자기는 무슨 남자들 모임이 그렇게도 많은지. 물론 그 자리에 여자인 나는 절대로 갈 수가 없죠. 그러니 내가 할 수 있는 게 뭐가 있겠어요? 다른 터키 여자들처럼 집안일이나 하고 밖으로 도는 남편이 돌아오기를 기다리든지, 아니면 이혼하고 고국으로 돌아가는 것뿐이죠."

아기라면 신고 있는 신발도 벗어주는 중빈이가 우는 아기를 놓칠 리 없다. 좁은 틈을 비집고 뒤돌아 앉아 의자 등받이 밑으로 숨었다 나타나며 까꿍 놀이를 시작한다. 아기가 금세 울음을 그치고 중빈이를 향해 방실거린다. 중빈의 보람찬 얼굴.

갑자기 하티제가 바빠지기 시작했다. 버스가 그녀의 목적지에 도착하려면 아직 꽤 시간이 남았는데 말이다. 그녀가 바쁜 손짓으로 내게 뭔가 의미를 전달하지만, 이번엔 쉽게 그 의미가 와 닿지 않는다. 그녀는 이제 거의 일어서서 열심히 고개를 기웃거리며 창밖을 내다본다.

버스는 쏜살같이 길가의 작은 마을을 지나간다. 마을이라 하기에도 부적절한, 예닐곱 채의 무너져가는 집들이 있을 뿐이다. 한없이 수줍고 친절하기만 하던 그녀의 눈이 커다래지고 불을 뿜듯 강한 반가움과 향수가 어린다.

나는 그제야 바쁜 손짓의 의미를 알았다. 그곳은 그녀가 태어난 곳이었다. 한때 그녀가 구석구석 뛰어다니며 유년을 보냈을 곳. 그러나 지금은 거의 다 무너지고 인적이 사라진 곳. 마을은 이미 완전히 시야에서 사라졌지만, 하티제는 한참을 자리에 앉지 못했다. 수줍은 그녀가 타인의 시선을 모두 잊고 한동안 버스에 서 있는 것을 나는 슬프게 바라보았다. 이렇게 지나치는 버스 안에서가 아니라면, 그녀는 아마도 자신이 태어난 집에 다시는 가볼 수 없으리라. 차조차 닿기 힘든 외진 곳, 굳이 그 외진 곳을 찾아갈 기회를 만들어주지 않는 현실의 규율과 인색함 때문에.

그녀는 다시 자리에 앉았고, 그녀 눈에서 타던 불길은 꺼졌다. 이슬람 국가에서 여자로 살아간다는 것, 그녀들이 안으로만 삼키는 낮고 슬픈 목소리가 들리는 듯했다.

사프란볼루에 도착한 것은 오후 6시경. 버스에서 내리자, 기다리고 있던 서비스 밴이 다시 우리를 사프란볼루 시내에 떨어뜨려준다. 8시간 가까이 버스를 타고 연이어 밴에 탔는데도, 아이는 흰색 밴에 올라타자마자 새로운 엔돌핀이 솟는다.

"엄마, 밴 타서 너무너무 행복해!"

"네가 그렇게 말해줘서 엄마도 행복해."

그런데 알고 보니, 사프란볼루 시내에서 오스만 전통 가옥이 있는 곳까지는 대략 4킬로미터 정도 떨어져 있었다. 시골인지라 영어는 전혀 통하지 않았다. 지나가는 사람마다 붙잡고 가이드북에 있는 지도를 펼쳐 보여주니, 그중 한 사람이 버스나 택시를 타고 아랫마을로 내려가야 한다고 일러준다. 그리고 그는 우리를 위해 마침 지나가는 버스를 불러 세웠다.

그런데 이 무슨 객기일까? 아마도 하루 종일 버스를 타서 좀 걷고 싶어졌던 것일까? 나는 굳이 사양하며, 아이와 가방을 모두 이끌고 울퉁불퉁한 오스만식 보도를 걷기 시작했다.

길은 내리막이라 걷기 좋았고, 공기는 이를 데 없이 상쾌했다. 맞은편 산기슭에 오렌지 빛 노을이 걸려 있고, 저 멀리 오스만식 가옥들이 한눈에 내려다보인다. 피는 못 속인다고 아이도 목청껏 노래를 부르며 즐거워한다. 이곳이 마음에 들었나 보다. 역시 걷기를 잘했다.

이따금 지나가는 차들이 대단한 구경거리라도 만난 듯 우리를 향해 반가움의 경적을 울린다. 혹은 차를 거의 세우다시피 하며 창밖으로 내다본다. 이스탄불에서의 반응을 생각하면, 이곳 시골에서 차를 세우는 것은 무리도 아니다.

"메르하바!"(안녕하세요!)

우리도 반가움에 크게 소리쳐준다.

"중빈아, 저 집들 좀 봐. 오스만식 가옥이래. 예쁘지 않니?"

나의 감탄에 아이도 뒤질세라 응수한다.

"엄마, 저 빨간 차 좀 봐. 멋있다."

우리의 동문서답은 내리막길 내내 계속되었다.

내리막이 있다면, 오르막도 있다는 것을 왜 생각 못했을까? 바로 눈앞에 있는 것 같았는데, 걸어도 걸어도 마을은 멀기만 했다. 서서히 아이가 칭얼대기 시작한다. 에라, 모르겠다. 나는 히치하이킹을 하기로 했다. 모든 가이드북에 히치하이킹은 위험한 것으로 묘사되어 있으나 며칠간 경험해본 터키는, 더더구나 이런 시골에서는 안전할 것이란 확신이 든다. 게다가 내가 데리고 다니는 이 꼬맹이는 이런 상황에서 언제나 나의 든든한 백이다. 우리는 두 명, 그룹이 아닌가? 운전사 혼자인 차를 탄다면 아무 문제 없으리라.

두 대의 자동차가 지나가고, 음료수 배달트럭이 우리 앞에 서주었다. '데쉐큘레'(감사합니다)를 연발하며, 트럭 앞좌석에 올라타자마자 아이가 소리지른다.

"엄마, 트럭 타서 너무너무 행복해!"

마을 광장에서 우리를 내려준 트럭은 다시 오던 길로 되돌아 나갔다. 말이 안 통해 잘 몰랐던 것인데, 그는 우리와 다른 방향으로 가고 있었으면서도 우리를 위해 우회해준 것이었다. 배달트럭이라면 가장 험하고 바쁘게 움직이는 차량 가운데 하나인데, 태워주고 우회까지 해주다니, 시골 인심이 좋긴 좋다.

손바닥만한 광장에서 여행자 안내소를 찾으니, 모두 퇴근하고 굳게 문이 잠겨 있다. 날은 어두워지고 인적은 드물다. 내가 가진 엉성한 지도만으로는 원하는 숙소까지 찾아갈 수 있을 것 같지 않다. 난감했다. 때마침 저 멀리 경찰관 한 명이 보였다. 무조건 손을 들고 외쳤다.

"Hello, police officer! Can you speak English?"

(안녕하세요, 경관님! 영어할 줄 아세요?)

물론 대답은 들으나마나 'No'다. 이스탄불 경찰도 영어를 못하는데, 사프란볼루 경찰이 영어를 할 리가 없다. 그래도 저 사람을 붙잡아야 한다. 경찰을 끝까지 붙잡으면 반드시 해결책이 나온다.

그가 손짓으로 일단 경찰서로 들어오라고 한다. 상황을 눈치 챈 아이가 기겁을 하며 들어가지 않겠다고 버틴다. 아이에게 경찰서란 죄지은 사람을 잡아 가두는 무서운 곳이었던 것이다. 나는 아이에게 우리는 잘못한 것이 없으며 단지 숙소를 찾을 뿐이고, 경찰이 도와줄 것이라고 설명해주었다. 게다가 그가 들어오라는 경찰서는 알프스 소녀 하이디의 집처럼 작고 아늑한 통나무집이다. 아이는 마음을 바꾸었다.

경찰서 창가에는 꽃들이 가득 피어 있고, 바닥에는 푸른색 돌이 타일처럼 깔려 있다. 유치장도 권총도 보이지 않는다. 이렇게 경찰서가 예쁠 수도 있나? 놀이공원에 꾸며진 테마하우스 같다. 이곳에선 아무 범죄도 일어나지 않을 것 같고, 경찰들은 형식적으로 유니폼을 입고 테마하우스를 지키는 배우들 같다.

그러나 의자에 앉아 무표정하게 우리를 바라보는 두 명의 무뚝뚝한 경찰들이, 이곳이 진짜 경찰서임을 말해준다. 이들의 경제상황을 고려해볼 때, 공무원이 얼마나 안정적이고 대접받는 직장인가 하는 것은 의심할 나위가 없다. 그래서인지 그들이 있는 곳에서는 언제나 나태함과 권위주의의 냄새가 난다.

내가 가려는 숙소의 이름과 전화번호를 주자, 예의 그 경찰관이 통화를 시도한다. 한 통화면 모든 게 간단히 해결될 줄 알았는데 그게 아닌가 보다. 뭐가 잘못되었는지 자꾸 여기저기로 전화를 한다. 그는 내게 여러 차례 뭐라고 말을 하다가, 답답한 듯 다시 어딘가로 전화를 건다.

뭐가 어떻게 돌아가는 건지 '될 대로 돼라, 경찰서가 이렇게 훌륭한데 여기서 하룻밤 재워주면 숙박비 굳는다'고 멋대로 생각하고 있을 때였다. 문이 열리더니 앳된 얼굴의 터키 아가씨가 나타났다. 한눈에 보아도 예쁘고 총명한 아가씨였다. 머리에 스카프를 두르고 두툼한 모직 외투를 단정하게 차려입은 그녀는 다소곳이 두 손을 앞으로 모은 채 내게 인사를 한다.

"Hello, nice to meet you. My name is Yasmin. Can I help you?"

(안녕하세요, 만나서 반가워요. 제 이름은 야스민이에요. 제가 도와드릴까요?)

이스탄불에서도 들어본 적 없는, 깜짝 놀랄 만큼 유창한 영어다. 다시금 오아시스가 펼쳐지고 있다.

영리한 그녀, 야스민이 빠진 덫

야스민은 내가 원하는 숙소에서 나온 직원이 아니다. 그녀는 가족과 함께 펜션을 운영하고 있는데, 자신이 영어를 잘하기 때문에 경찰이 연락한 것이라 한다. 아가씨인 줄 알았던 그녀는 결혼한 지 3년 된 새댁이었고, 아직 아이는 없다면서 중빈을 반긴다.

"당신이 원한다면 우리 펜션을 먼저 보여드리고 싶군요. 당신이 가려고 하는 숙소와 마찬가지로 오스만식 전통가옥입니다. 똑같은 내부구조에 가격은 훨씬 저렴합니다. 당신이 원하는 숙소는 이곳에서도 많이 떨어져 있지만, 우리 펜션은 아주 가깝습니다. 게다가 그 숙소에는 영어를 할 줄 아는 사람이 없답니다."

일단 그녀의 펜션에 가보기로 했다. 그렇지만 이미 40% 정도는 싹싹하고 야무진 그녀에게 설득된 상황이다. 그녀를 따라 골목길을 걷는데 가게 안에서 또 다른 마을 사람이 그녀에게 도움을 요청한다. 가게 안을 들여다보니 배낭을 메고 콧수염을 기른 일본 청년이 보인다. 아니, 그런데 야스민이 이번에는 유창하게 일어를 구사하는 것이 아닌가?

터키의 영어 수업은 우리와 마찬가지로 문법과 독해 위주로 이루어지기 때문에, 내가 만난 터키인 가운데 영어회화에 능숙한 사람들은 모두 독학으로 영어를 배웠다고 했다. 야스민 역시 영어와 일어를 모두 독학으로 공부했다고 한다. 그녀는 지역 신문에 대문짝만하게 실린 적도 있는 유명인사로 이 시골 마을에 없어서는 안 되는 해결사처럼 보였다.

야스민이 안내한 집은 펜션 용도로 개보수된, 그렇지만 전통 목재가옥에 비교적 충실한 3층 건물이다. 이들 전통가옥은 2, 3층이 1층보다 넓게 돌출되어 있다. 로비 형태의 1층을 지나, 좁다란 나무 계단을 밟고 올라가니 3층에도 네 개의 방이 있다. 그 가운데 가장 좋은 것을 우리에게 보여준다.

방의 삼면은 나무 벤치가 에워싸고 있다. 벤치는 흰 천으로 깔끔히 덮여 있다. 벽은 하얗게 회칠되어 있고, 벤치가 없는 벽면에는 나무로 된 붙박이장이 있다. 가운데 놓인 침대는 여행객을 위한 것이다. 원래 오스만 시대에는 취침 시 우리네와 마찬가지로 벽장에서 이불을 꺼내 사용했다고 한다.

'이런 게 오스만 스타일이구나' 고개를 끄덕이는데, 아이 또한 이 색다른 방 분위기에 감동하였나 보다.

"야! 이 방 정말 멋지다!"

몇 번이나 감탄을 연발하면서 다람쥐처럼 침대와 벤치 위를 오르내린다. 내가 그 방에서 머물겠다고 말하자, 야스민이 기쁜 미소를 짓는다.

단둘이 남게 되자 우리는 기다렸다는 듯 침대와 벤치 위를 뛰어다니며, 노래를 부르며, 엉덩이춤을 추며 사프란볼루로의 안전한 입성을 자축했다.

투숙객을 위한 부엌으로 라면과 햇반을 들고 내려갔다. 아이가 싱크대 곁으로 오더니 "엄마 배고파"라고 말했다. 처음이었다. 먹는 것이라면 초콜릿도 싫어하던 녀석이 태어나 처음 제 입으로 밥을 먹자고 한다.

철저하게 식욕이 없는 아이를 2년 반 가까이 억지로 밥을 먹이면서, 식욕이 없다는 것도 일종의 장애와 마찬가지여서 주위 사람의 끝없는 인내와 보살핌을 필요로 한다는 것을 깨달았다. 모든 인간이 다 음식에 호감을 지닌 것은 아니며, 어떤 인간은 며칠씩 굶어도 여전히 음식이 이물스러울 뿐이라는 것도 알게 되었다. 어떤 날은 식사 시간이 다가오는 것이 차라리 두려운 적도 있었고, 어떤 날은 아이가 식사를 거부하는 것이 나의 잘못인 양 여겨지는 날도 있었다.

시간이 흐르면서 어떤 문제들은 자꾸 쳐다보고 해결하려 애쓰는 것과 상관없이 아주 느리게, 눈에 띌 듯 말 듯 좋아진다는 것을 깨달았다. 또, 그 문제에의 처방은 기다림과 되풀이 외에 달리 없다는 것도 터득했다. 이 모든 과정은 아이에게도 내게도 시간과 성숙을 필요로 했다.

아이는 밥 반 공기와 라면 반 개를 뚝딱 해치운다. 그때 끼익 소리를 내며 커다란 나무 대문이 열리더니 송아지만 한 개가 이웃 아이와 함께 들어온다. 개의 이름은 쿤트. 개가 너무 커서, 중빈은 극도의 기쁨과 공포를 함께 느끼며 이러지도 저러지도 못하고 자꾸만 나를 부른다.

야스민의 남동생이 이 커다란 개가 실은 얼마나 온순한가를 보여주기 위해 몇 가지 묘기를 시킨다. 앉고 서고 악수하고. 중빈이 개를 쓰다듬기 시작한다. 개가 아이를 핥고 둘이는 금방 다정한 친구가 된다.

쿤트는 커다란 덩치에 어울리지 않게 야스민 가족 앞에서 벌렁 드러눕기를 좋아한다. 게다가 드러누웠을 때 발을 밟아주면 희한한 소리를 내며 즐기는 마조히즘적인 취미를 가졌다. 야스민 가족이 순서대로 돌아가며 쿤트의 발을 밟는다. 쿤트가 기쁨의 신음 소리를 낸다. 기쁨과 슬픔의 신음을 구분하지 못하는 중빈이가 동물을 괴롭히는 야스민 가족에게 분노한다.

"개를 밟지 말아요!"

야스민 가족들은 아이의 반응을 너무나 재밌어한다. 밟고 또 밟고, 아이는 또 소리치고. 나중에는 동네 사람들까지 와서 일부러 쿤트의 발을 밟는다.

그리고 아이가 소리 지르며 못 하게 하면 요절복통하며 즐거워한다.

그 옛날, 우리의 가족과 이웃도 이렇게 기나긴 밤을 함께 보냈을 것이다. 아이의 천진스런 재롱과 할머니의 익숙한 옛이야기가 밤이면 중앙 무대를 차지하고, 이웃과 가족의 소소한 일상사가 주요한 화젯거리가 되었을 것이다. 그때는 지금처럼 밤마다 TV나 컴퓨터에서 쏟아지는 화려한 판타지가 우리의 감각기관을 붙들어 매지 않았을 것이다. 그렇기에 내 이웃들의 살아가는 모습이 사소하거나 초라하게 여겨지지도 않았을 것이다. 그래서 그 기쁨과 슬픔을 생생하게 함께할 수 있었을 것이다. 나는 타임머신을 타고 그 옛날로 돌아간 축복을 누리며, 모처럼 오스만식 소파에 기대어 동네 사람들과 실없이 낄낄대고 또 낄낄댔다.

야스민의 어머니가 나를 데리고 부엌으로 가 찬장 문을 연다. 신라면 한 개와 태양초 고추장 한 통이 가장 눈에 잘 띄는 곳에 놓여 있다. 엄지손가락을 들어 올리며 느릿한 한국어로 말한다.

"코리안 푸드, 마시써요."

그녀는 또 "수제비, 마시써요"라고도 한다. 아마도 예전에 묵었던 한국인 투숙객들과 함께 수제비를 해먹었던 모양이다.

야스민의 남동생이 터키 전통 기타를 들고 나타나 연주한다. 혼자 배웠다는데, 연주 실력이 수준급이다. 그 또한 영어를 잘했고, 일어도 뛰어났다. 모두 야스민의 영향인 것 같았다. 야스민은 여행객들과 대화하는 가운데 조금이라도 새로운 것이 있으면 제일 먼저 남동생을 불러 가르쳐주었다.

남동생 또한 무척 영리해 보였다. 그러나 어쩐지 그의 눈빛은 이제 청소년기에 접어든 다른 순진한 동네 아이들과는 달랐다. 세상 돌아가는 것쯤 대충 꿰고 있다는 식이었고, 안정되고 확정된 미래를 가진 자의 오만함까지도 엿보였다.

그도 그럴 것이, 그는 이미 사프란볼루에서 펜션을 유지하는 데 필요한 것 이상의 정보를 습득하고 있는 상태였다. 누나의 노력 덕에 펜션은 독보적인 위치를 차지했고, 외아들인 그는 그냥 물려받기만 하면 되었다. 그들의 수입은 그곳의 생활수준을 생각한다면 엄청난 것이었다. 10대 초반에 더 이상 고민할 필요가 없는 미래를 갖는다는 것. 그것이 내게는 좀 안쓰럽게 여겨졌다. 아마도 그의 아이답지 않은 눈빛 때문이었으리라. 남동생의 기타 소리에 맞춰 야스민이 전통춤을 추기 시작한다.

시골 펜션에 들어왔는데 커튼과 침대 시트에 얼룩 한 점 없고, 담요에서는 섬유린스 냄새가 폴폴 나고, 영어와 일어를 구사하는 가족들이 부탁하지도 않았는데 기타를 켜고 전통춤을 춰준다면 당연히 입을 쩍 벌리고 기뻐해야 할 터인데, 어쩐지 나는 그러지 못했다. 아직 정체는 불분명하지만 무언가 나를 굉장히 불편하게 하고 있었다.

야스민은 계속 전통 춤을 췄다. 나를 똑바로 쳐다보면서. 그러더니 나를 부엌으로 데려간다. 설마 했더니 역시, 찬장 문을 열어 내게 고추장과 라면을 보여준다.

“우리는 한국 음식을 좋아해요. 특히 고추장을 좋아하죠.”

그녀는 내가 당연히 그 대목에서 깜짝 놀라며 맵지 않느냐고 물어줄 것을 기대하는 얼굴로 나를 바라보고 있었다. 하지만 나는 그럴 수 없었다. 그저 “그런가요?” 하고 힘없이 되물었다. 자신의 어머니가 이미 내게 같은 코스를 구경시켜준 것을 그녀는 모르고 있었다.

“우리는 수제비를 자주 해먹어요. 수제비는 정말 맛있어요.”

어쩐지 나는 이런 생각이 들었다. 이들은 한국 음식을 좋아하지 않는다. 더더욱 자주 해먹지는 않을 것이다. 아마도 내게 보여주지 않은 다른 찬장에는 일본 미소된장과 라면이 들어 있을 것이고, 일본인 관광객이 온다면 그 찬장 문을 열고 일본 음식이 얼마나 훌륭한지 일본 음식을 얼마나 좋아하는지 같은 멘트를 반복할 것이다.

나는 내가 느끼는 불편함의 정체를 알았다. 그것은 부자연스러움이었다. 야스민의 펜션에는 시골 사람, 아니 터키 사람 특유의 순수함과 자연스러움이 없었다. 그들은 투숙객이 올 때마다 각본에 짜인 듯 움직였고, 다른 여행객들에게 자신의 펜션을 홍보해줄 것을 부탁했다.

터키인들이 게으르다고 비난하는 다른 관광객들은 야스민의 펜션이 마음에 들지도 모르겠다. 그러나 터키인들의 느슨함과 여유를 좋아했던 나로서는 계속해서 오버하는 그들의 태도가 피로하기만 했다. 혹자는 '열심히 사는 것이 뭐가 나쁘냐?'고 반문할 수도 있을 것이다. 물론 깨끗한 침구와 얼룩 없는 화장실을 만나는 것은 기쁜 일이다. 그러나 뭐든 빨리 배우고 터득하는 야스민네 가족이 영악하게 상대방의 마음을 사로잡으려는 방식이 나는 피로했다.

그것은 이미 내게 익숙한 방식이었다. 밤낮으로 밀려드는 전단지와 세일즈맨, 물건을 팔기 위해 수시로 내뱉는 아부와 감언이설, 그런 것들은 서울에서 눈만 뜨면 원치 않아도 맞닥뜨리게 되는 삶의 방식이었다. 더구나 조용하고 한적한 사프란볼루에서는 절대로 마주치고 싶지 않은 삶의 방식이었던 것이다.

이미 늦은 밤이었다. 방으로 돌아와 턱 끝까지 이불을 당긴다. 바로 옆집이 카페라고 하더니, 늦은 시각인데도 음악이 요란하다. 동대문 쇼핑몰에서나 나올 법한 기계음으로 가득한 팝이다. 믿을 수 없다. 터키의 시골 마을 사프란볼루에 와서 동대문표 음악 때문에 잠을 이룰 수 없다니.

억지로 잠을 청하는 동안, 다시 한 번 야스민의 얼굴이 떠올랐다. 그녀는 저녁식사 시간이 끝나기 전, 자신의 신혼집으로 돌아갔다. 피로에 지친 그녀의 얼굴에는, 자본주의에 의해 특유의 인간성과 여유가 좀먹는 오늘날 터키의 얼굴이 집약적으로 드러난 듯했다. 나는 그녀에게 말해주고 싶었다.

"당신은 이미 이곳에서 부자잖아요. 쓰지도 못할 만큼 바쁘게 돈을 벌고 있잖아요. 한 호흡만 늦춰요. 조금만 덜 일해요."

그래도 그녀는 그 말뜻을 이해하지 못했을 것이다. 이해한다 하더라도 어떻게 '덜' 일할 수 있는지 방법에 있어서는 묘연해할 것이다. '느리게' '덜' 하는 법을 알지 못하는 것, 그것이 자본주의의 덫이기 때문이다.

Meraklı Ticaret

한국인이여,
인디림은 이제 그만

중빈이가 눈 뜨자마자 커다란 개, 쿤트를 찾는다. 쿤트가 중빈을 무척 반긴다 싶었더니, 다름이 아니라 대문을 열어줄 사람이 필요했던 것이다. 밤사이 쌓인 배설물을 배출하기 위해서.

쿤트와 함께 산책을 나선다. 때마침 사프란볼루의 장날이다. 작은 마을인지라 장도 소규모이다. 그러나 굴러 떨어질 듯 넘쳐나게 쌓여 있는 농산품만큼은 정말 놀랍다. 토마토는 플라스틱 모형처럼 완벽하게 빨갛고 둥글다. 열매 하나하나가 꽃송이처럼 아름답다. 맛을 보니, 그 향기 또한 꽃보다 진하다. 내가 그동안 먹었던 것은 토마토가 아니라 토마토의 사촌이었다.

딸기는 정반대이다. 아주 작고 못생겼다. 유전자 조작으로 아이 주먹만큼 크고 빛깔 고운 우리네 딸기와는 대조적이다. 게다가 우리 관점에서는 이미 시들시들해진 것들을 팔고 있다. 아마도 유통상의 문제이리라. 하지만 우리나라 할인매장에서 파는, 코팅되어 며칠이 지나도 얼음처럼 반짝거리는 딸기보다는 한결 자연스럽게 보인다. 맛을 보니 아주 질기고 시다. 중빈이가 "딸기다!" 하고 덤볐다가 한입 물고는 멀리 도망간다.

밤사이 한국인 아가씨 세 명이 도착했다. 그들과 일본인 아가씨 가나코와 함께 사프란볼루의 민속촌에 가기로 했다. 야스민 아버지가 밴을 운전하고, 야스민이 가이드를 맡았다.

야스민의 아버지는 터키인답게 무척 험하게 운전을 한다. 앞에서 차가 오는데도 중앙선을 넘어 추월도 예사로 하고, 노인이 느릿느릿 길을 비켜주면 거친 말을 내뱉으며 쉴 새 없이 경적을 울린다. 나는 흔들리는 차 안에서 아이를 꼭 끌어안는다. 너무 불안하여 창밖 풍경을 감상할 수 없을 지경이다. 마침 저녁에 떠날지 말지를 아직 결정하지 않은 터라, 야스민 아버지에게 말한다.

"천천히 가세요. 우리 오늘 안 떠나도 되니까요."

그가 너털웃음을 웃더니, 확신에 찬 목소리로 대답한다.

"걱정 말아요. 내 이래봬도 20년 동안 무사고 운전사라오."

"그렇다면 더더욱 당신의 첫 번째 사고에 연루되고 싶지 않네요."

야스민이 웃음을 터뜨리고, 그가 속도를 낮춘다.

먼저 도착한 곳은 사프란볼루를 통틀어 가장 잘 보전되었다는 오스만 가옥이다. 오스만 가옥은 남녀의 공간이 엄격하게 구분되어 있다. 대문을 열면 마당 없이 바로 사방이 막힌 로비에 들어서게 되는 것도, 외부의 남자가 실내의 여자를 볼 수 없도록 하기 위함이라고 한다.

3층 건물인데, 방마다 벽감이 있어 물건을 진열할 수 있게 되어 있고 역시 붙박이장이 있어 이불 등을 수납한다. 야스민이 이 붙박이장이 일명 '게으른 주부의 벽장'으로 불린다는 것을 알려준다. 갑자기 손님이 찾아오거나 하면 어질러놓은 것을 그리로 다 던져넣어 집 안을 깨끗이 하기 때문이라는 것이다.

"정말 내게 꼭 필요한 것이군요."

나도 한마디 거든다.

가장 큰 방의 회칠된 벽은 아름다운 꽃그림으로 장식되어 있다. 부자일수록 그 장식이 정교해진다고 한다.

모두 조금씩 시장기를 느끼기 시작했다. 우리는 그곳에서 유명한 괴즐레메 식당으로 향했다. '괴즐레메'란 화덕에 구워먹는 얇고 넓적한 만두와 같은 것이다. 식당이라고 해봐야 조그만 집에, 창가 쪽으로 나무 벤치가 한 줄 있고 가운데 큰 화덕이 자리한 것이 전부다. 그 마을에서 괴짜이기로 유명한 육중한 체격의 할머니가 그 한가운데서 신기에 가까운 솜씨로 밀가루 반죽을 주무른다.

먼저 공처럼 동그랗게 밀가루 반죽을 떼어, 회초리처럼 가는 막대기를 사용해 만두피만큼 얇게 눌러 편 다음, 솥뚜껑처럼 생긴 화로에 애벌구이를 한다. 실력이 좋은 사람일수록 막대기의 굵기도 가늘어진다고 한다. 애벌구이가 되면 이것을 막대기로 건져 속을 넣고 반으로 접은 다음 재차 익힌다. 속에 들어가는 것은 감자, 시금치, 치즈, 고기 등 다양한데, 따로 넣기도 하고 섞어 넣기도 한다.

갓 구운 괴즐레메를 입에 넣으니 살살 녹는다. 여기에 함께 먹는 것이 짜이나 소금을 넣은 요구르트 아이란. 맛도 환상이려니와 막간을 이용해 시작된 괴짜 할머니의 입담이 걸다.

"내가 가슴이 커서 쭈그려 일하기 더 힘들어. 이래봬도 이 젖이 세 아이 모두 다섯 살이 될 때까지 먹여 살린 젖이야. 우리 영감은 지금도 베개가 필요 없어. 내 가슴을 안 베면 잠이 안 온다니까."

또 찢어진 청바지를 입은 한국 아가씨에게는 "이런 옷 입으면 바람 들어가서 애 못 낳는다"는 말을 얼마나 노골적으로 재미나게 하는지. 터키어를 알아들을 수는 없지만 그 손짓과 표정, 속사포처럼 쏟아붓는 말 빠르기만으로도 배꼽이 빠질 지경이었다.

야스민이 그 자리에서 음식을 나르는 것은 사뭇 인상적이었다. 여행 가이드가 관광객을 데리고 가면 식당 주인이 나와 절을 하는 세상인데 이곳은 달랐다. 괴즐레메가 하나씩 구워질 때마다 할머니는 손녀 딸 이름을 부르듯이 "야스민!"을 외쳤고, 야스민은 새 접시를 가져오거나 짜이를 나르느라 분주했다. 확실히 터키는 아직 '문화'가 '자본' 위에 존재하는 나라다.

해 질 무렵, 야스민이 내게 마지막으로 오늘 밤차로 떠날 것인가를 묻는다. 사실 아이를 데리고 밤차로 여행하는 것이 내키지 않아 내심 하룻밤 더 묵기로 결정한 상태였다. 그녀는 힘주어 나를 바라보며 덧붙인다.

"당신에게 내 신혼집을 보여주고 싶군요……. 하지만 당신은 오늘 떠나잖아요."

아, 그녀는 또 얼마나 많은 사람에게 이 말을 했을까. 이미 어둠이 내리고 있으며 이제 저녁식사가 끝나면 취침 시간이다. 그녀는 평소처럼 저녁식사가 끝나기 전 피곤에 젖어 집으로 돌아갈 것이다. 그녀도 나도, 그녀가 내게 신혼집을 보여주거나 하는 일은 없을 거라는 것을 알고 있다. 아니, 그녀는 내가 알고 있다는 것을 모르고 있다. 나는 하루 더 묵기로 결정했다고 그녀에게 말한다. 그녀가 딱하게도 승리의 미소를 짓는다.

저녁식사는 맛있었지만 가격에 비해 터무니없이 양이 적었다. 그런데 한국과 일본 간의 재미난 대조가 일어났다. 세 명의 한국인 아가씨들은 일찌감치 접시를 비우고, 부족한 양에 노골적으로 불만을 토로하며 앉아 있었다. 하지만 세 명의 일본인 아가씨들은 한 시간에 걸쳐 조금씩 조금씩 식사를 아껴 먹으며, 야스민과 요리를 해준 야스민 엄마에게 끊임없이 "오이시이!"(맛있어요)와 "아리가토!"(고마워요)를 연발하는 것이었다.

왜 같은 상황에 대한 반응이 이렇게 다른 것일까. 한국인들이 일본인들보다 직설적이라는 점, 거기에 일본인들은 적게 먹는다는 편견까지 일반화시킨다 해도, 여기에는 여전히 이것만으로는 설명 불가능한 그 이상의 것이 있었다.

이를테면 이런 식이다. 음식이 차려질 때, 한국 아가씨들은 무표정하게 앉아 TV에 눈을 고정시키고 있었고, 일본 아가씨들은 부엌과 식당을 오가며 열심히 테이블을 행주질하고 접시를 날랐다. 그리고 식사가 시작되자, 예의 바른 유치원생처럼 "잘 먹겠습니다" 일제히 고개 숙여 인사하는 것이었다. 한국인이 손가락 하나 까딱 않고 있다가 접시가 놓이자마자 게걸스레 한 그릇 뚝딱 해치우는 것과는 대조적이었다.

처음에 살갑지만 끝까지 마음의 문을 열기 어렵다는 일본인의 민족성은, 타지에서 하룻밤 보내는 데에 안성맞춤이었다. 이들은 다정하고 깍듯하며 쉼 없이 감사를 표현하는 우아한 손님들이었다. 반면, 처음에 무뚝뚝하지만 한번 마음을 열면 쌈짓돈까지 꺼내주는 한국인의 성격은 짧은 시간에 드러나기에는 너무나 거칠고 무례하게만 비쳐지는 것이었다. 일본인이나 한국인이나 매한가지로 영어가 어렵고 'Thank you'가 입에 설지만, 일본인들은 복고양이 인형처럼 고개를 까딱거리며 인사하고 미소 짓는 것으로 부족한 의사소통을 대신하고 있었다.

터키인과 이와 관련된 대화를 나눈 적이 있다. 펜션에서 배낭 여행객들을 상대로 일하는 마음씨 착한 터키 청년과 함께였다. 나와 친구가 된 후 그는 어렵사리 이렇게 속을 털어놓았다.

"한국인들은 다 거만하고 생기가 없어요. 대화는 거의 없고 단도직입적으로 명령하길 좋아하죠. 대화가 별로 없으니까, 다른 나라 사람하고도 별로 어울리지 않아요. 혼자 오는 사람은 거의 없고 항상 둘 또는 셋이지요. 그리고 늘 자기들끼리만 어울리다 가곤 하죠."

한국인 배낭 여행자들이 거만한가? 나는 그에게 해명했다.

"아마 영어 때문일 거예요. 외국어를 사용하는 게 불편하니까 잘 어울리지 못하는 거겠죠."

"그렇지 않아요, 영어를 잘하는 사람도 마찬가지예요."

나는 잠시 생각한 다음에 말했다.

"한국인은 표현에 약해요. 쑥스러움이 많다 보니, 오히려 뻣뻣해 보이는 걸 거예요."

하지만 그는 여전히 설득당하지 않았다. 아무 말도 하지 않았지만, 팔짱을 낀 채 고개를 가로젓고 있었다. 그가 옳은지도 모른다. 쑥스러움이란 어디까지나 개인적인 사정이고, 그것이 거만함으로 표현되어 상대방을 불편하게 했다면, 그것은 분명 미안한 일인 것이다.

그럼에도 나는 마치 국가사절이라도 되는 양 한 번 더 편을 들었다.

"한국인들도 일단 친구가 되면 굉장히 잘 어울려요. 마음의 문을 열면 속내까지 다 털어놓는 게 한국인의 특징이거든요."

그러나 평소 유순하기 짝이 없던 이 터키 청년은 끝끝내 내 말을 인정하지 않았다. 한국인이 많이 드나드는 펜션을 운영하면서 마음의 상처를 받은 적도 있는 것 같았다. 그는 이렇게 반격했다.

"어울리지도 않는데 어떻게 친구가 되죠?"

이제 양이 적다는 한국 아가씨들의 항의에 당황하던 야스민 가족은, '행복해하는 일본 아가씨들'에 의해 원기를 되찾았다. 바야흐로 야스민 가족과 일본인들이 서로 일본어로만 속삭이는 가운데 분위기가 화기애애하기 이를 데 없었던 것이다. 한국인들의 불만은 정당성을 잃었고 투덜이들의 볼멘소리쯤으로 무시되고 있었다.

식사가 끝날 무렵, 야스민이 내일 아침 많은 손님들이 떠난다며 서둘러 돈 계산을 했다. 그녀의 눈 밑은 피로로 인해 검게 그늘져 있었고, 얼굴은 전에 없이 예민해져 있었다. 내 몫을 계산하는 차례. 그녀가 서비스처럼 권유했던 항목에도 가격을 매긴다. 왜 미리 서비스가 아님을 밝히고 가격을 말해주지 않았냐고 반문하자, 대뜸 하는 말이 가관이었다. 한국인들에게는 가격을 말해주면 무조건 깎기 때문이란다.

"한국 사람들은 터키에 올 때 '메르하바'(안녕하세요)도 모르면서 '인디림'(깎아주세요)은 알고 오죠."

한국인과 한국 음식을 좋아한다던 그녀는, 마침내 한국인을 혐오하는 그녀의 본색을 드러냈다. 나는 모든 한국인이 다 그렇지는 않다는 점, 그리고 이것은 한국인과 별개로 그녀의 운영 방식상의 문제임을 지적했다. 그런 식으로 그녀와 몇 마디 논쟁이 더 오갔지만, 그녀가 했던 그 문제의 말만큼은 사실임을 인정하지 않을 수 없었다.

터키여행 인터넷 카페에 들어가면, '인디림이라고 외치세요'라는 말이 대단한 비법을 전수하는 양 이곳저곳 등장한다. '50만 원에 ○○일을 보내는 법' 등 가장 적은 돈으로 가장 오랜 기간 여행한 것이 마치 기록인 양 갱신되기도 한다. 가장 심한 경우는 어디서 얼마나 물건값을 깎았는지를 자랑하는 경우다. 많이 깎은 사람일수록 현지에서 부르는 대로 돈을 지불한 사람을 노골적으로 동정하고, 다 지불한 사람은 잘못이라도 저지른 것처럼 멋쩍어한다.

때문에 나는 터키가 엄청나게 인플레가 심하고, 인도만큼이나 주먹구구식의 가격 체계를 가진 나라라고 생각했다. 그래서 터키에 도착하고 난 뒤,

거의 모든 가격이 안정적이라는 사실에 깜짝 놀랐다. 민족성 자체가 깔끔하고 정직한 편이어서 외국인이라고 바가지를 씌우는 경우도 거의 없었고, 그렇기 때문에 깎으려 들면 불쾌해했다. 아주 비싼 물건이거나 가격 경쟁이 심한 몇몇 곳에서 파는 물건일 경우에는 가격이 오르락내리락했지만, 그것이 터키만의 특징이라고 할 수는 없는 일일 것이다.

배낭여행은 대부분 예산이 넉넉지 않기 때문에 사전에 치밀한 계획이 필요하다. 그러나 그 계획은 반드시 예산 범위 내에서 이루어져야 한다. 계획에 예산을 맞추는 것이 아니라 예산에 계획을 맞춰야 하는 것이다.

이후 터키를 여행하는 내내, 그들이 심어놓은 한국인에 대한 좋지 않은 인상은 가격이 문제가 될 때마다 예민하게 대두되어, 같은 한국인인 내게 반드시 부메랑처럼 되돌아왔다. 그리고 문제의 정당성을 왜곡시켰다.

© sinecan, 괴즐레메를 만드는 여인들

STAPLES WHEN

© Dietmar

cappadocia 카파도키아

나는 툴루 지하도시에서 본

출되는 넘적한 바위가 교습

채할거림, 그런 것들이 되살아나 마음을 뒤흔들었다. 내가 거쳐 간 학교의 책걸상들 또한 이제는 구경조차 하기 힘든 한 시

남는 것이 있다면, 먼 훗날 누군가에게 연구 대상이 되거나 구경거리가 되어 최후의 몫을 다하게 되겠지. 그 남은 자리에 오

© QuirmG

레일라가 정말 열두 살일까요?

사프란볼루를 떠나는 날. 아침 7시, 곤히 자는 아이를 깨운다. 돌무쉬(터키의 마을버스)를 타고 버스회사 사무실로 가서, 다시 서비스 밴으로 터미널까지 가야 버스를 탈 수 있다. 우리의 다음 목적지는 카파도키아. 터키인들이 '카파도키아를 가보지 않고서는 터키를 보았다고 할 수 없다'고 단언하는 곳이다.

눈에 접착제라도 바른 듯, 아이가 한동안 눈을 감은 채 침대 위에 앉아 꿈과 현실을 오락가락한다.

"중빈아, 우리 빨리 나가서 돌무쉬 타자."

이 한 마디에 접착제 붙은 눈이 심봉사처럼 번쩍 떠진다. 심한 기온차로 밤새 외투까지 껴입은 채 잤고 짐도 다 싸놓았으니 따로 준비할 것도 없다. 화장실에서 아이가 쉬할 때 그 보드라운 엉덩이를 한 번 두드려주면 끝!

눈치 빠른 쿤트가 우리 발자국 소리를 듣고 대문 앞에 선다. 나무 대문을 길게 가로지르는 빗장을 밀어 열자, 쿤트가 잽싸게 튀어나가고 아이가 쿤트의 흔들리는 꼬리를 잡으려 그 뒤를 쫓는다. 쿤트는 신기하게도 우리가 떠나는 것을 안다. 서당 개 삼 년에 풍월을 읊는다더니, 펜션 개 삼 년이면 들고 나는 손님을 구별하고, 버스 정류장 안내도 눈치껏 해줄 수 있는가보다. 나와 아이에 앞장서더니, 골목골목 돌아 돌무쉬 타는 곳까지 간다. 시골 마을의 아담한 광장이다.

쿤트에게 마지막 인사를 하며 쓰다듬자, 쿤트도 아이의 손과 얼굴을 핥는다. 아이에게 정이 든 눈치다. 그도 그럴 것이 모두가 이 커다란 사냥개를 발로 밟을 때, 아이는 "하지 마!"를 용감히 외쳐주었고, 갓 태어난 강아지를 만질 때처럼 애지중지 쓰다듬어주었으며, 추위에 떨며 집으로 돌아온 쿤트가 보일러실 안에 웅크렸을 때 그 옆에 서서 두 손을 모은 채 '섬집 아기'를 열창하며 쿤트의 외로운 밤을 달래주었던 것이다. 모두에게 쿤트는 개였지만, 아이에게는 여리고 다정한 친구였다.

폐차 직전의 돌무쉬가 광장 안으로 들어온다. 이른 아침인데도 좁은 돌무쉬에는 좀처럼 발 디딜 틈이 없다. 승객들은 모두 검게 그을리고 주름이 많은 농부들이다. 그들이 농부 특유의 무표정하고 투명한 눈으로 우리를 주목한다. 출근 시간에 농부로만 가득 찬 버스를 타보니 색다른 기분이다. 그들의 낡은 신발과 장화에는 붉은 흙이 묻어 있고, 버스 바닥도 온통 흙투성이다. 향기로운 아침의 향기로운 흙.

멍한 얼굴로 우리를 뚫어져라 바라보던 그들이 약속이나 한 듯 조금씩 움직여 자리를 만들어준다. 먼저 큰 가방을 놓을 자리와 아이가 앉을 자리, 그리고 조금씩 더 움직여 내게도 앉을 것을 권한다. 이스탄불의 소란스런 친절이나 미소와는 달리, 이곳의 친절은 은근하고 한 박자 느리게 진행된다. 그것도 아주 조용하게. 나는 이 정직하고 묵직한 자들의 침묵이 좋다.

옆자리의 할아버지가 흙투성이 바구니에서 무언가 꺼내 내게 건넨다. 그의 손은 내가 지금까지 본 것 중 가장 크고 마디가 굵다. 콩과 마늘. 그리고 내게 뭐라 이야기하기 시작한다. 허스키한 그의 음역은 바리톤보다도 낮은 베이스. 도저히 알아들을 수 없는 그의 말을, 그러나 나는 느끼고 있었다. 이른 아침의 투명한 햇살과 돌무쉬의 기분 좋은 덜컹거림, 내 손안에 쥐어진 마늘의 향내, 그 모든 것들과 함께 할아버지의 음성은 전원교향곡처럼 울려 퍼졌다. 나는 음악에 맞춰 미소 지으며 연신 고개를 끄덕거렸다.

사프란볼루에서 앙카라까지는 버스로 4시간. 앙카라 터미널에서 휴식을 취하지 않고 바로 카파도키아행 버스를 탔다. 그래야 카파도키아에 너무 늦지 않게 도착할 수 있기 때문이다. 버스에 있는 시간은 9시간 정도. 아이는 신기할 정도로 마냥 행복해하고 힘이 넘친다. 이 아이는 전생에 장거리 화물 트럭 운전사가 아니었을까?

"어, 엄마! 저것 봐!"

버스가 작은 마을을 지나가는데, 아이가 목소리를 높인다. 창밖을 내다보니 놀이터가 보인다. 순간 미안한 마음이 들면서 아이가 그 아이들을 부러워하리라 생각했는데, 그게 아니었다. 아이는 어느새 눈 뜨자마자 온종일 버스를 타는 것을 정상적인 생활로 받아들이는 것 같았다. 그 다음 말이 가관이다.

"엄마, 왜 쟤네는 놀이터에서 놀지? 버스 안 타고?"

카파도키아에 도착할 무렵, 중빈이 때마침 옆자리로 옮겨 앉은 예닐곱 살짜리 사내아이와 눈이 맞았다. 그 아이가 들고 있는 것은 경찰차. 얼마나 오랫동안 들고 다녔는지 크게 교통사고 났던 경찰차라 해야 딱 맞을 성싶다. 앞 유리는 다 깨졌고 뒤 트렁크도 찌그러져 위로 들렸다. 옆문은 떨어져 흔적만 남았다. 이곳에서 문이 다 열리고 트렁크까지 있는 장난감을 아직 본 적이 없으니, 아이가 다 망가지도록 애지중지하는 것이 이상할 것도 없다.

때마침 중빈이 들고 있던 것은 친척이 사준 번쩍이는 새 구급차. 둘이는 한눈에 서로의 장난감을 알아보고, 눈빛으로 메시지를 교환하기 시작한다.

'난 네 구급차가 마음에 들어.'

'난 네 경찰차가 마음에 드는데.'

둘이는 머쓱하게 약간 뜸을 들이더니 이내 교환에 성공한다. 반짝이는 구급차와 폐차 직전의 경찰차. 전혀 다른 두 가치의 교환이 이렇게 쉽게 이루어지다니. 두 아이의 얼굴이 꽃처럼 환해졌다. 셈과 계산이 난무하는 황량한 세상에서 어른들이 잔머리를 굴리는 동안, 아이들은 이렇게 어여쁜 꽃을 피워 세상을 살 만하게 하는가 보다.

카파도키아란 중부 아나톨리아 고원 일대를 아우르는 명칭이다. 몇 차례에 걸친 화산 활동으로 이 일대가 잿빛 응회암으로 뒤덮였고, 이중 일부는 풍화 작용을 거쳐 기괴한 모양을 만들었다. 영화 '스타워즈'의 촬영 장소였다고 하면 어느 정도 설명이 되리라.

그러나 이 자연 비경만으로 관광객들이 들끓는 것은 아니다. 이곳은 로마 시대에 탄압을 피해 숨어든 기독교인들의 주거공간이 되기도 했던 지하도시와 동굴집으로도 유명하여, 역사적 종교적 유적을 확인코자 하는 이들의 발길 또한 끊이지 않는다.

네브쉐히르 터미널에 도착하자마자 괴뢰메로 향하는 서비스 밴은 보이지 않고 한 남자가 다가온다. 그는 꽤 심각한 얼굴이었다.

"당신들과 함께 밴을 탈 사람들이 아직 도착하지 않았어요. 방금 전화를 받았는데, 오는 길에 버스가 고장 났다는군요. 그 사람들이 올 때까지는 삼십 분 이상 기다려야 할 거예요. 여긴 앉을 데도 마땅치 않으니, 괜찮다면 우리 사무실에 와서 기다리세요. 거긴 아기가 누울 수 있는 긴 소파도 있답니다."

나는 고맙다고 말했지만, 마음속으로는 고마움과 미심쩍음을 반반씩 지니고 있었다. 여행을 하면서 뜻하지 않게 벌어지는 사건들은 이렇게 적절한 타이밍에, 소파까지 준비해놓으며 기다리지 않는 까닭이다. 버스 고장, 비행기 운항 취소, 테러 발발로 인한 통행금지 등은 언제나 갑자기, 제일 다급한 순간에 아무 대책도 없이 발발하곤 했었다.

남자가 우리를 안내한 곳은 여행사 사무실이다. 그러면 그렇지. 그는 버스에서 내린 일행에게 소파에 앉을 것을 권한다. 보아 하니, 그는 일행을 이렇게 저렇게 구워삶은 뒤 몇 개의 그룹투어 계약을 받아내고서야 서비스 밴의 운전대를 잡을 것 같다. 카파도키아 지역은 광대한 지역에 볼거리가 흩어져 있어, 거의 모든 관광객이 그룹투어를 통해 밴으로 이동한다.

그런데 그의 수법이 예상보다 세련되었다. 사람들에게 차를 권할 뿐 그룹투어에 대해 단 한 마디도 하지 않는다. 우리에겐 전혀 관심이 없고, 자신은 다른 바쁜 업무가 있는 양 오직 컴퓨터 모니터에만 눈을 고정시키고 있다. 투어 책자만이 테이블 제일 잘 보이는 곳에 펼쳐져 있을 뿐이다.

이윽고 기다리던 사람들이 지루해하며 책자를 넘겨보기 시작하고 궁금한 것을 하나둘씩 그에게 묻는다. 그런 식으로 그는 꽤 짭짤한 수입을 올렸다. 그리고 비로소 감춰놓은 서비스 밴이 있는 곳으로 일행을 안내했다.

카파도키아의 진수를 느낄 수 있다는 괴뢰메 지역에 들어서자 조금씩 가슴이 뛰기 시작한다. 나무와 풀이 사라지고, 온통 누런 흙과 바위다. 황량함의 아름다움에 대해선 인도의 '레'에서 크게 느낀 바 있지만, 이곳의 황량함은 그보다 규모가 작은 데 반해 사뭇 정교하고 예술적인 데가 있다. 휘영청 달이라도 뜨면 정말 가슴 설렐 것 같다.

우리가 묵기로 한 곳은 고세 펜션이었다. 괴뢰메에 도착한 시간은 저녁

7시 반. 해가 진 카파도키아의 춥고 메마른 바람을 맞으며 펜션 앞에 당도했을 때 절로 안도의 한숨이 나왔다. 캘리포니아의 반짝이는 햇살 아래 놓여 있어야 딱 알맞을, 깨끗하고 예쁜 이층집이 우리를 기다리고 있었던 것이다.

게다가 나는 내 눈을 의심하지 않을 수 없었다. 엄청나게 넓은 집 앞마당에는 모래 놀이를 할 수 있는 모래 더미와 장난감 트랙터, 포크레인, 덤프트럭과 심지어 그네까지, 동네 놀이터가 부럽지 않을 만큼 모든 것이 갖추어져 있었다. 이 펜션에 중빈이 또래의 아이가 있구나!

문이 삐걱 열리더니 송아지만한 달마시안이 발코니 쪽으로 나와 우리를 바라본다. 뒤이어 검고 긴 생머리에 청바지를 입은 비쩍 마른 여인이 선머슴처럼 성큼성큼 팔자걸음을 걸으며 내게 다가온다. 그녀의 이름은 돈. 스코틀랜드인인데, 터키인과 결혼해 이곳에 자리 잡고 펜션을 운영하는 것이라 한다. 그녀는 자신의 아들 '알리'도 이제 곧 세 돌이 된다면서 아이를 데리고 온 나를 무척이나 반긴다.

"누가 날 보고 알리랑 단둘이 여행 갈래, 아니면 일할래, 둘 중 하나를 선택하라고 한다면, 나는 차라리 여기서 종일 일하겠다고 할 거예요."

항상 미소를 잃지 않아 주름이 가득한 얼굴에 새파란 눈이 예쁘다.

중빈이 집 안으로 들어서자마자, 누나와 테이블에서 게임을 하고 있던 알리가 벌떡 일어나 중빈에게로 뛰어온다. 그리고 다정하게 중빈의 손을 잡더니 자신의 장난감과 햄스터를 보여준다. 이건, 중빈에게는 완벽한 흥분의 도가니다.

저녁을 먹으러 가야 하는데, 알리와 중빈이 딱 붙어서 떨어질 생각을 않는다. 바쁜 알리 엄마를 대신해서 '레일라'라는 알리의 둘째 누나가 알리를 돌보고 있었다. 마침 그들도 저녁을 먹지 않은 터라 나는 함께 식당으로 가자고 했다.

레일라.

나는 지금도 그녀를 생각하면 감탄이 절로 나온다. 이름도 아름다운 레일라는 동서양의 매력을 겸비한 12살 소녀였다. 동그란 동양적 얼굴에 새파란 눈동자. 170cm 가까운 키에 아직 어린아이 그대로인 가느다란 팔다리를 흔들며, 전혀 어린아이답지 않게 우아한 걸음을 걸었다.

그녀가 안내한 곳은 흙단지 케밥 식당. 먹기 직전 주인아저씨가 망치로 봉해진 흙단지의 윗부분을 솜씨 좋게 깨주면, 안에서 보글보글 끓고 있는 케밥이 나온다.

레일라와 알리는 카파도키아에서 처음으로 외식하는 것이라 했다. 나는 내 귀를 의심했다. 왜? 그들은 경제적으로도 상당히 풍족한 편이었다.

"우린 관광객도 아니고…… 나와서 먹을 일이 없어요."

며칠 후에는 그 이유를 알 것도 같았다. 레일라의 엄마는 외국인임에도 불구하고 다른 이슬람 여인들처럼 펜션의 자질구레한 일부터 아이들 교육과 뒤치다꺼리까지 모든 것을 혼자서 해내고 있었고, 아빠는 콧노래를 부르며 화초를 손질하는 것이 하는 일의 전부였다. 그러니 바쁜 엄마는 짬을 못 내고, 아이들 양육에 무심한 아빠가 아이들을 데리고 식당에 올 리가 없었던 것이다.

처음이라 그런지 알리는 단 한순간도 가만히 있지 않았다. 관광객들이 조용조용히 이야기를 나누며 식사를 하고 있는 조그만 식당에서 의자 위에 일어섰다가 앉았다가 뱅글뱅글 돌아다니다가 물잔을 넘어뜨리고 숟가락을 떨어뜨리고 쉼 없이 움직여댔다. 더구나 레일라가 주는 음식은 하나도 먹으려 들지 않았다. 나는 알리가 무언가에 집중하는 게 나을 것 같아 알리에게 미니버스를 주었다. 하지만 일이 분 가지고 놀다 이내 싫증을 내며 중빈이가 가지고 있는 미니카를 원했다. 이런 식으로 내 주머니에 들어 있던 미니카가 모두 나왔다. 알리는 여전히 중빈의 손에 하나 남은 마지막 장난감을 원하고 있었고, 중빈은 난처한 얼굴로 나를 쳐다보고 있었다.

레일라는 이 상황에서 중재 역할을 하느라고 하나도 먹지 못했다. 그녀는 알리를 계속해서 설득했다.

"알리, 봐. 네가 하나를 가졌으니 중빈이도 하나를 가져야 해. 그런데 너는 지금 몇 개를 가지고 있니? 그런데 또 마지막 하나까지 달라고 하면 불공평하지 않니?"

"알리, 입장을 바꿔 생각해봐. 누가 네가 가진 장난감을 계속 가져가 버리면 기분이 어떨까?"

"아니야, 알리. 내가 볼 때는 네가 가진 버스가 저 지프차보다 훨씬 좋아 보인다. 봐, 문도 열리지 않니?"

나는 레일라에게 일단 먼저 먹고 아이를 먹이라고 이야기해주었지만, 그때마다 그녀는 포크를 잡았다 곧 다시 내려놓으며 알리에게 집중했다. 알리, 알리, 알리, 알리……. 그녀의 설득은 끝이 없었다. 하지만 알리는 코끝으로도 듣지 않고 있었다.

이제 보글보글 끓던 그녀의 케밥은 거의 손도 대지 않은 그대로 허옇게 기름이 끼기 시작했다. 그런데 정말 놀라운 것은 알리의 난리법석이 시작된 지 한 시간이 지난 지금, 알리를 타이르는 그녀의 억양과 알리를 보는 눈빛이 처음과 같다는 것이었다.

한국에서 같은 상황이면, 알리는 맴매를 맞아도 맞았을 것이고, 참다못한 부모가 윽박을 질러도 질렀을 것이다. 레일라가 알리 엄마라면 그런대로 문화의 차이려니 넘어갈 수도 있었으리라. 그런데 그녀는 고작 열두 살이었다! 그것은 그녀의 첫 번째 외식이었고, 그녀가 늘 지나다니며 보았을, 어느 정도는 호기심을 가지기도 했을 음식을 먹는 중이었다.

그녀는 딱 한 번 내게 이렇게 말했다.

"세 살짜리 밥 먹이기는 정말 너무 어려워요."

그러나 그 불평 아닌 불평을 하는 순간에도, 그녀의 얼굴은 극도로 차분하고 인내심 많은 아기 엄마의 얼굴을 하고 있었다.

나는 열두 살 무렵 나의 모습이 쉽게 떠오르지 않았다. 오래전이기도 하거니와 아마도 레일라와 유사한 어떤 것을 찾으려 들었기 때문일 것이다. 열두 살이면, 외식을 할 때 거울을 한 번 더 들여다보거나, 일단 맛난 음식을 먹어치우고 나서야 징징대는 동생의 울음소리가 들리는 것이 정상인 나이 아닌가? 적어도 지금 내 주변에서 볼 수 있는 열두 살도 레일라의 모습과는 거리가 있다.

집 앞 놀이터에서 자주 마주치는 열한 살짜리 남자아이는 일곱 살 동생이 항상 같이 놀자는 것이 싫은 나머지 늘 보이지 않는 곳에서 표 나지 않게 동생을 때렸다. 그 동생이 울면 엄마는 다짜고짜 형에게 소리를 질렀고, 그럴 때 형의 표정은 삶의 '지겨움'을 알아버린 아이의 얼굴이었다. 그리고 그 동생은 툭하면 자기보다 어린 아이들을 때린다.

또, 내가 아는 열두 살짜리 아이는 동생과 다투고 나면 동생이 죽어버렸으면 좋겠다고 입버릇처럼 말한다. 이유는, 무섭게도 다분히 수리적이었다. 그럼 모든 걸 나눌 필요가 없고 부모의 사랑도 독차지할 수 있기 때문이라는 것이다.

왜 우리 아이들은 일찍부터 '참으며 같이' 하는 것보다 '편하게 혼자' 하는 것을 더 선호하는 것일까? '편하게'를 외치는 부모들이 '너만 더 잘'하기를 바라기 때문은 아닐까?

알리는 자신의 행동을 막는 레일라의 중재가 못마땅해 마침내 커다랗게 울음을 터뜨렸다. 나라도 윽박지르고야 말 것 같은 상황에서 레일라는 천사의 진면목을 발휘한다.

"알리, 저 벽에 걸린 사진 좀 봐. 터키의 대통령이야. 저 할아버지는……."

그런 식으로 알리의 관심을 다른 데로 돌려 울음을 그치게 한 뒤, 마침내 알리가 미소까지 짓게 만든다.

"저 사진 속의 폭포 좀 봐. 저리로 발가벗고 들어가서 수영을 하면 어떻게 될까?"

그리곤 기어코 알리에게 저녁을 먹였다.

"알리, 이 맛있는 감자를 찍은 포크는 스코틀랜드에 있는 이모가 타고 오는 비행기야. 부우웅……."

비행기는 알리의 입 속에 성공적으로 착지했다. 이제 알리는 그녀의 말에 정신을 앗긴 채 넙죽넙죽 음식을 받아먹고 있었다. 중빈도 레일라의 말이 너무 재밌어 침을 꼴딱거리며 듣고 있었다. 나 또한 아름답고 우아한데다 현명하기까지 한 이 어린이 아닌 어린이에게 외경심을 품으며 귀 기울였다. 열두 살이라는 미완의 나이에 이처럼 아름다운 사람이 아름다움의 절정을 이루는 스물다섯 살쯤이 되면 어떤 모습이 되어 있을까. 그때도 한번쯤 마주치고 싶다, 생각하면서. 그렇게 아무것도 먹지 않은 그녀의 첫 번째 외식이 끝났다.

펜션으로 돌아왔을 때도 알리와 중빈은 더 어울려 놀고 싶어했다. 알리 엄마가 내게 아이들에게 비디오를 보여주고 싶은데 어떠냐고 물었다. 어떠냐고? 비상용으로 들고 온 토마스 비디오테이프 하나가 여행 첫날부터 그날까지 가방 속에서 썩고 있었다. 가끔 가방 챙길 때 그 비디오가 떨어지면, 아이는 "어, 토마스 비디오네? 엄마, 나 보고 싶어!" 하고 덤볐고, 나는 번번이 터키에는 VCR이 굉장히 드물다는 것을 이해시켜야만 했다.

내가 레일라에게 토마스 비디오테이프를 건네주자, 레일라가 꼬마 녀석 둘을 데리고 안채로 향한다. 이렇게 완벽한 펜션도 있나? 나는 레일라의 뒤에 대고 무한한 애정을 담아 외쳤다.

"Leyla! I love you!!"

미안하지만, 나는 지나가는 사람입니다

카파도키아의 햇살은 아침부터 뜨거웠다. 오랜만에 잠바를 벗어던지고 셔츠 차림으로 고세 펜션의 테라스에 앉아 아침식사를 하자니, 간밤의 추위가 믿어지지 않는다. 중빈은 빵과 우유엔 관심도 보이지 않고 마당에서 놀고 있는 알리를 향해 곧바로 뛰어간다.

마당에서 천진스럽게 뛰노는 두 녀석을 보니 이제 어떻게 녀석들을 떼놓고 한 명만 데리고 나갈지 미리부터 한숨이 나온다. 오늘 그룹투어를 할지 말지조차 아직 결정하지 못한 상황이었다.

카파도키아는 이스탄불과 달리 한 곳에 볼거리가 집중되어 있지 않아 거의 모든 관광객이 그룹투어를 한다. 때문에 이곳 대중교통은 관광객이 아닌 오로지 지역민을 위한 것이다. 만약 대중교통을 이용하여 이웃 마을의 유적지로 이동할 경우, 가까운 거리임에도 차를 두세 번씩 갈아타야 하고, 또 그때마다 배차 시간도 달라 하루가 꼬박 소요될 것이다.

만약 그룹투어에 참가하면 서비스 밴으로 하루 이틀이면 알짜만 골라볼 수 있고, 에어컨이 나오는 차 안에서 뜨거운 햇빛을 피할 수 있으며, 중간에 제공되는 화려한 터키식 뷔페로 점심식사를 할 수 있다.

솔직히 나는 광활한 자연 앞에서 조금 주눅이 들었다. 이스탄불에서 트램 앞 백 미터 떨어진 곳에 가기도 그렇게 힘이 들었는데, 이렇게 끝없이 바위와 흙길이 펼쳐진 곳에서 어떻게 이동할 것인가?

내가 몇 킬로미터 떨어진 곳에 있는 지하도시에 관심이 있다면, 지금 아이의 관심을 끄는 것은 조그만 자갈과 흙, 카파도키아 전역에 넘쳐나고 지금 자신의 발밑에도 깔려 있는 바로 그 흙이다. 이동할 필요가 전혀 없는 것이다.

중빈이 얼른 발밑의 흙과 자갈을 한줌 집어 알리의 트럭에 싣는다. 때마침 알리가 내 카메라에 관심을 보이고 있고, 알리가 한눈을 팔 때에만 중빈은 알리의 장난감을 만질 수 있다.

나는 괜스레 그룹투어의 이점을 들먹여본다. 밴으로 이동하면 아이에겐 편할 것이다, 시간과 경비도 훨씬 절약될 것이다…… 그러다 이내 그만둬 버린다. 이미 우리가 선택해야 할 것을 알고 있는 까닭이다.

밴으로 이동한다면 아이가 풀 더미에 숨어 있는 무당벌레가 모두 몇 마리인지 셀 수는 없을 것이다. 나 또한 다른 이들의 발걸음에 맞추느라 아이의 손을 꽉 잡고 끌다시피 걸어야 할 것이다.

경비는 문제가 되겠지만, 우리에게 시간은 많다. 요컨대, 아이가 관심 있어 하는 것은 유적이 아니다. 오히려 사람을 만나고 동물과 놀고 차를 갈아타는 여행의 과정들이다. 그런데 내가 지금 그것을 생략하고 커다란 볼거리에 집중하고 싶은 욕심에 주저하고 있는 것이다. 또다시 문제는 나였다. 나는 세 돌배기 친구의 작고 따스한 손을 맞잡고 더듬더듬 걸어가는 이 여정에서 큰 것을 바라지 말자고 마음을 다잡는다.

데린쿠유란 카파도키아에 퍼져 있는 여러 지하도시 가운데 하나로, '깊은 우물'이란 뜻이다. 이 지하도시는 무려 7층에 달하고, 다른 지하도시보다 비교적 큰 방들이 있다. 끝까지 내려가서 환기구를 통해 위를 올려다보면, 얼마나 깊은가를 실감할 수 있다.

이 대규모의 지하도시들은 아직 다 발굴되지도 않았을 뿐 아니라, 그 정확한 기원이나 용도에 대해서도 학자들 사이에 의견이 분분하다. 4천 년 전 히타이트 인들에 의해 건설되었다고 보는 고고학자가 있는가 하면, 5세기경 기독교인들이 건설했다는 견해도 있다.

엄청나게 깊은 우물, 와인과 기름을 담았던 항아리, 연기로 그을린 공동 부엌 등의 흔적이 남아 있어 당시 수천 명이 함께 살았던 생활상을 보여줄 뿐 아니라, 전쟁 시 방어기지로 쓰였던 흔적도 있다. 부비트랩이나 굴려서 동굴의 입구를 막았던 커다란 바위, 적군에게 뜨거운 기름을 부었던 천장의 구멍 등이 아직도 남아 있는 까닭이다.

괴뢰메의 조그만 버스터미널에서 네브쉐히르로 가는 밴을 타고, 네브쉐히르 터미널에서 다시 데린쿠유로 가는 버스를 탄다. 버스와 버스 사이에 기다리는 시간이 대충 삼십 분에서 한 시간 정도.

세 돌배기와 함께 집중적으로 뭘 하려면 굉장히 어렵지만, 이렇게 비는 시간을 때우는 데는 이보다 더 좋은 친구가 없다. 절대 지루하다고 불평하지 않을 뿐 아니라, 느슨한 대중교통 체계에 대해 불만 어린 연설도 늘어놓지 않으며, 정말 놀거리가 없어 보이는 터미널 한쪽 구석에서 끊임없이 새로운 것을 찾아내 나를 바쁘게 하기 때문이다. 우리는 용도를 알 수 없는 시멘트 덩어리 주변을 뱅글뱅글 돌고, 위에서 뛰어내리고, 뒤에 숨으면서 빈 시간을 알차게 보낸다.

데린쿠유에서 내리자, 뜨거운 한낮이다. 주변은 창고처럼 생긴 단순하고 작은 건물들 몇 채뿐, 전체적으로 황량하고 침체되어 있다는 느낌이다. 높은 시멘트 담으로 둘러싸인 학교 안에서 아이들의 재잘대는 소리가 들려오지만, 뜨겁고 무거운 이 분위기를 상쇄해주지는 못한다. 건물 안으로 드리운 침침한 어둠 속에서 가난한 마을의 생기 없는 사람들이 무표정하게 밖을 내다보고 있다. 끊임없이 흙먼지가 불어온다.

우리와 한 버스에서 내린 젊은 독일 남자가 중빈에게 다정한 미소를 보내며 이름을 묻는다. 아이는 한번 그를 힐끔 올려다보더니, '너 나 알아?' 하는 표정으로 딴청을 피운다. 독일 남자는 그의 여행 가이드처럼 보이는 터키인 한 명과 함께 성큼성큼 걸어 데린쿠유의 입장권 판매소로 사라진다.

데린쿠유로 향하는 오른편에는 정말 맛없는 괴즐레메를 구울 것 같은 커다란 식당이 하나 있고, 왼편으로는 인형을 파는 노점상들이 줄지어 있다. 좌판은 작고 허름하기 그지없는데, 그 위에 올려 있는 인형들은 눈을 찌를 만큼 현란한 셀주크투루크 시대의 의상을 입고 있다.

이 화려한 인형을 양손에 하나씩 쥐고, 초라하다 못해 차마 바라보기 안쓰러운 차림새의 어린이들이 우리를 향해 달려온다. "원 달러! 원 달러!" 아이들이 경쟁적으로 외친다. 그들의 먼지투성이 머리는 바람에도 날리지 않는다. 아이들보다 걸음이 느린 할머니, 젖먹이를 안은 여인이 원 달러를 외치며 행렬의 뒤를 잇는다. 더럽고 야윈 그들의 얼굴 가운데에서 나를 바라보는 두 눈만이 절박하게 빛나고 있다.

이렇게 예쁜 인형이 고작 1달러라니. 이렇게 많은 사람들이 학교에도 가지 못하고, 아기를 그늘 속에 눕히지도 못한 채, 원 달러를 외치며 뜨거운 햇빛 속을 달리고 있다니.

미안하지만, 나는 이 가운데 한 명만을 선택해야 한다. 가장 나이 어린 아이가 들고 온 인형을 받아들고 1달러를 건넨다. 그 아이 혼자 만족스런 얼굴을 하고, 뛰어온 다른 사람들은 맥없이 자기 자리로 되돌아간다.

그런데 그중 한 할머니가 못내 아쉬운지, 억지로 중빈의 손에 자신의 인형을 쥐어준다. 그리고 나를 향해 떠들썩하게 외친다. 필시 아이가 인형을 좋아하니, 하나 더 사주라는 내용일 것이다. 중빈이 나를 바라본다. 내 표정이 밝지 않았을 것이다.

아이는 뜻밖에도 상황을 충분히 이해하고 어른스럽게 대처한다. 먼저, 할머니에게 인형을 도로 준다. 할머니가 받지 않자, 할머니의 손을 잡아당겨 기어코 인형을 넘겨준다. 그리고 원 달러를 외치는 할머니에게 또박또박 자신의 입장을 설명한다.

"Sorry. I don't have money. Sorry, Grandma."

(미안해요. 난 돈이 없어요. 미안해, 할머니.)

할머니가 어깨를 들어 올리며 어쩔 수 없다는 듯 터덜터덜 되돌아간다.

가난한 나라에서 돈을 요구하는 사람들에 대해 여행자들은 저마다 다른 입장을 가지고 있을 것이다. 어떤 사람은 이들에게 돈을 주어서는 안 된다고 한다. 어차피 그 알량한 돈으로는 이들을 구제할 수 없으며, 관광객은 돈을 쉽게 준다는 식의 잘못된 인식을 심어주어 의타심만을 키운다는 것이다.

그리고 이것은, 나아가 점점 더 어린 아이들을 학교에 보내지 않고, 병들고 장애가 있는 사람들을 전면에 내세워 동정심을 유발하여 푼돈을 긁어모으는 악순환을 연출한다는 것이다. 이런 견해를 가진 사람은 돕지 않는 것이 이들을 돕는 것이고, 오직 국가적 차원에서만 이들은 구제할 수 있다고 믿는다.

반면에 어떤 여행자들은 되는 대로 돈을 준다. 대체로 부패했거나 무능하기 마련인 가난한 나라의 정부에서 이들을 구제할 때를 기다렸다가는 이들 모두가 굶어 죽는다는 것이 그의 견해이다. 그리고 자신이 조금 더 잘사는 나라에서 왔으므로 이들을 돕는 건 방문국에 대한 의무라고 생각한다. 왜냐하면 그는 싼값으로 방문국의 모든 것을 즐기고 있으며, 자신이 원하든 원하지 않든 간에, 이곳에서는 자신의 옷차림을 비롯한 모든 것이 지역민에게 상대적인 박탈감을 초래하는 요인이 되기 때문에 그만큼 베풀어야 한다는 것이다.

게다가 그는, 모든 잘사는 나라는 못사는 나라에 대해 크고 작은 빚을 지고 있다고 믿는다. 경제적 이익에 영악하게 움직이는 강대국들이 이에 둔감한 약소국들을 뜯어먹고 살아온 긴긴 역사는 주지의 사실이 아닌가, 반문하면서.

나의 견해는 이들에 비하면 조금 단순하다. 거지 아이가 손을 내밀 때, 나는 결코 많이 돕지는 못한다. 그러나 그냥 지나치지는 않는다. 나는 또, 내가 내민 적은 돈이 이 아이의 삶을 바꾸어놓을 만큼의 영향력이 있다고도 생각하지 않는다.

그 돈은 아이에게 제대로 된 운동화를 한 켤레 사주기에도 턱없이 부족할 것이고, 아이는 여전히 추위에 떨어야 할 것이고 밤이면 잠자리를 찾아 헤매야 할 것이다. 몇 덩어리의 빵. 그것이 내가 아이에게 줄 수 있는 전부라는 것을 알고 있다.

첫 여행에서 이들과 마주쳤을 때, 나는 머리가 좀 복잡해졌다. 그때는 물론 한 아이의 엄마가 되기 이전이었다. 그러나 아이를 낳은 뒤로 나는 생각을 단순화했다. 배고파 우는 아이에게, 너희 엄마는 어디 있느냐, 누가 너의 양육을 책임지느냐, 밥을 먹은 지 얼마나 오래 되었느냐…… 라고 질문을 하는 것은, 아직도 사고의 중심에 '아이'가 있지 않고 '내'가 있는 까닭이다.

배고픈 아기에게는 무조건 젖을 물려야 하고, 굶주린 아이들에겐 돌처럼 딱딱한 빵이라도 얼른 주어야 한다는 당연한 사실을 나는 엄마가 된 이후에 비로소 깨달았다. 어설픈 논리나 값싼 감상은 아이에게 아무런 도움도 되지 않는다. 내 복잡한 생각 가운데 그 어느 것도, 지금 눈앞에서 배고픔으로 떨리는 손을 구제해주지는 못한다는 것이다.

이 아이가 구걸을 하느라 학교에 가고 못 가는 것은 일단 배고픔이 멈춘 후에 생각할 일이다. 이 아이가 이런 식의 생활에 익숙해져 더 돈을 쉽게 구걸하는 방법을 터득하고, 그래서 어린 동생을 길거리로 끌어낸다 해도, 그것은 지금 배고픈 어린 동생과 빵을 나눠 먹은 후에나 가능한 일이다.

나는 지나가는 사람이다. 지나가는 사람의 할 일은 있는 그대로를 바라보고, 잠시 끌어안았다 놓아주는 일이다. 지나가는 사람으로서의 예의와 최선을 다하면 된다.

데린쿠유의 지하도시로 들어오자, 뜨거운 햇살은 간 곳 없다. 나는 중빈에게 옛날 이곳에서 사람이 살았다는 사실을 설명해준다.

"엄마, 아빠, 할머니, 할아버지, 그리고 너 같은 아이도 여기서 살았단다. 이곳에서 뛰어놀고 학교도 다녔단다."

그러나 중빈은 갑작스런 어둠에 습격이라도 당한 듯 멈칫한다. 이 어둠침침한 곳에서 엄마 하나에만 의지하기에는 뭔가 못 미덥다는 듯.

"그 사람들 모두 어딨는데?"

나는 그들이 예전에 여기서 살았고 지금은 더 이상 살지 않는다고 말을 하려다, 그럼 더 겁을 먹을 것 같아 망설였다. 그때 그룹투어를 하는 사람들이 들어왔다. 아이는 언제부터 그들과 알았다고 그편에 붙어 떨어질 생각을 하지 않는다.

동굴처럼 생긴 길들이 서로 연결되어 이곳저곳 뚫려 있다. 파서 만든 길이므로 좁을 수밖에 없고, 사람이 앞에서 마주 오고 있으면, 그 사람이 지나갈 때까지 길 옆에 뚫린 방에 들어가 비켜주어야 한다.

흙을 파서 만든 방은 턱없이 비좁고 차갑다. 이곳에서 사람이 나고 자라고 죽는 모든 일이 이루어졌다니. 사막에서도, 북극에서도 살아남는 게 인간인 줄은 익히 알고 있었지만, 막상 이 공기와 햇살마저 희박한 불모지에서 상상해보는 당시의 삶은 불가사의하기까지 하다.

아이는 좁은 통로에서 그룹투어를 하는 무리를 찾고 놓치기를 반복한다. 그러다 같은 버스를 타고 왔던 독일인과 터키인 남자 일행을 만났다. 아까 독일인이 이름을 물을 때는 아는 체도 안 하더니, 이 음침한 동굴 속에서는 그가 몹시도 반가운 모양이다. 내가 민망해질 정도로 친한 체하며 그의 뒤만 졸졸 따라다닌다.

알다시피, 아이의 걸음은 느려서 그는 아이에게 보조를 맞추느라 몇 번이고 통로에서 우리를 기다려야 했다. 터키인은 귀찮은 기색이 역력하고, 상냥한 독일인은 미안하다는 내 말에 "It's okay"를 반복한다.

조금 더 시간이 흐른 뒤에야 아이는 독일인을 놓아주었다. 구멍 여기저기에서 끊임없이 사람이 나온다는 것을 깨닫고 나서야 무서움이 사라진 모양이었다. 나는 토마스 놀이를 시작했다.

"중빈아, 엄마는 고든이고 넌 토마스야. 우린 지금 터널을 통과한다!!"

아이는 금세 이 놀이에 몰입한다. 백여 개가 넘는 계단을 순식간에 오르내리면서, "Choo! choo!" 기적을 울린다.

아이는 이제 이 지하도시에서 나가자 해도 나가지 않는다. 통로 곁 작은 방에 들어가더니, 벌러덩 드러눕는다.

"여긴 우리 호텔이야!"

그리고 눈을 질끈 감더니 코까지 고는 시늉을 하며 능청을 부린다.

다시 괴뢰메의 펜션으로 돌아가기 위해 버스를 탔을 때, 아이는 주스 하나를 단숨에 들이키더니 곧바로 곯아떨어졌다. 피곤했을 것이다. 자는 아이의 얼굴을 들여다본다. 믿을 수 없이 빨리 아이가 자란다. 아이의 거칠어진 손을 잡고 눈을 감는다. 내 가장 넓고 깊은 것이 네게 닿을 수 있으면 좋겠구나…….

창밖을 내다보니 드넓게 목초지가 펼쳐지고, 그 뒤로 이름을 알 수 없는 산이 만년설을 머리에 인 채 우뚝 서 있다. 군데군데 낡고 가난한 집들이 지나가고, 그 사이를 허옇게 먼지를 뒤집어쓴 사람들이 오간다.

나는 문득 지하도시에서 본 학교를 떠올렸다. 학교 역시 다른 동굴 방과 마찬가지로 교실과 통로 같은 공간적 형태만이 남아 있었지만, 한 가지 다른 점은 책상으로 추측되는 넓적한 바위가 교실 한가운데 놓여 있었다는 것이다. 그 책상이 상상력을 자극했기 때문일까? 지하 교실에서 쩌렁쩌렁 메아리를 만들었을 아이들의 노랫소리, 재잘거림, 그런 것들이 되살아나 마음을 뒤흔들었다.

내가 거쳐 간 학교의 책걸상들 또한 이제는 구경조차 하기 힘든 한 시대의 유물로 사라졌다. 그렇게 내가 지나간 자리 또한 이 지하 도시처럼 스러질 것이다. 그 가운데 지난한 풍화작용을 거치고도 운 좋게 살아남는 것이 있다면, 먼 훗날 누군가에게 연구 대상이 되거나 구경거리가 되어 최후의 몫을 다하게 되겠지. 그 남은 자리에 오늘 내 아이가 그러하였듯 어여쁜 아이가 뛰어다니며 기적을 울려준다면 그것도 참 좋을 것이다.

무엇을 아끼는가. 살아서 다하지 못하고 아껴두는 것, 유보하는 것은 아무런 의미가 없다. 이것은 창밖으로 지나가는 집마다 일일이 손으로 빨아 넌 커다란 이불을 보며 내가 자신에게 하는 반성이기도 하다. 안전하게, 안락하게, 게으르게, 주어진 생을 '덜' 살고 있는 내 자신…….

이 드넓은 대지 아래 숨어 있는 지하도시를 오래도록 잊을 수 없을 것 같다.

© Les Coleman

©A_O_G

© Hakan SERT

© recepmemik

동굴집의 빈민, 파트마의 초대

고세 펜션에서 아침식사를 하고 방으로 돌아와 나갈 채비를 하는데, '론니 플래닛'이 보이지 않는다. 그 책에는 우리가 갈 곳과 묵을 곳 등 필요한 모든 것이 체크되어 있어, 눈앞이 캄캄해진다. 엊저녁에도 한번 잃었다 찾았는데, 아이 낳고 중증이 된 건망증은 조금도 나아질 기미가 보이지 않는다.

먼저 중빈에게 이 사실을 알리고 어제 저녁 산책 때 들렀던 곳을 되짚어 가보자 했더니, 나보다 더 수선스럽게 앞장을 선다. 사내아이인지라, 불이 났다든지 교통사고가 났다든지 하는 위급 상황을 좋아하는 통에, 문제가 발생했을 때는 불평 많은 어른 친구보다 오히려 쓸모가 있다.

괴뢰메 상가 일대를 뒤지고 다니며 거의 절망적이 되었을 무렵, 과일가게 구석에 놓여 있는 론니 플래닛을 찾았다. 중빈이 과일 가게가 떠나갈 듯 '도라'(Dora)의 노래를 개사해 부르며 만세를 외친다.

"We lost our book. And we found it out. We did it! We did it! Lo hicimos! Hurray!"

(우리는 책을 잃어버렸고 다시 찾았어. 우리가 해냈어! 우리가 해냈어! 만세!)

오늘 우리의 목적지는 젤베 뮤지엄. 세 개의 계곡에 걸쳐 버려진 동굴집과 교회가 있는 곳이다. 젤베는 9세기부터 13세기까지 그리스도인들의 은둔지였고, 1950년대까지도 사람들이 거주하였다. 이후에는 붕괴의 위험으로 모두 이주하였다고 한다.

역시 또 문제가 되는 것은 '어떻게 갈 것인가'였다. 10킬로미터 안팎의 근거리지만, 아이와 걸어갈 수는 없고 버스는 두 시간 뒤에나 온다고 한다.

"우리 히치하이킹 할까?"

아이의 대답은 물론 OK. 그러나 문제는 이 시골 마을에 차가 거의 없다는 것. 그나마 드물게 지나가는 차는 그룹투어용 밴이거나, 대가족이 한데 올라탄 만원 자동차이거나 했다. 한참만에 운전자 혼자뿐인 자동차가 다가온다. 나와 중빈은 열심히 손을 흔든다.

"중빈아, 더 불쌍하게 흔들어!"

마침내 차가 서고, 우리는 올라탄다.

"Thank you, driver!"

차를 타자마자 아이가 알아서 인사를 한다. 기특한 녀석. 히치하이킹을 몇 번 하더니, 어떻게 하면 목적지가 달라도 원하는 곳까지 데려다주는지를 터득한 모양이다. 그 운전자는 젤베와 다른 방향으로 가고 있었지만, 고맙게도 우리를 뮤지엄 입구까지 정중하게 데려다주었다.

입구에서 젤베 뮤지엄을 바라보니, 그 규모가 엄청나다. 작은 동산 정도를 상상했던 나로서는, 몇 개나 되는 큰 계곡을 지속적으로 오르내려야 전체적인 감상이 가능하다는 것이 부담으로 다가온다. 아이에게는 필시 광활하기만 할 산과 벌판 위로, 하루 이틀 새 더욱 뜨거워진 태양이 내리쪼이고 있다.

맨 처음 둘러본 곳은 입구 왼편의 포도 교회. 아직까지도 선명한 포도 그림이 남아 있어 붙여진 이름이다. 가이드북을 보면, '놓칠 수 없는 위치. 입구에 들어서자마자 바로 왼편'이라고 간단히 명기되어 있지만, 중빈과 나를 위한 가이드북을 새로 쓴다면 그 내용이 다음과 같이 사뭇 달라질 것이다.

'풀이 듬성듬성한 드넓은 벌판을 가로질러, 왼편의 건조한 산을 오른다. 응회암으로 뒤덮인 건조한 산은 한 걸음 뗄 때마다 조금씩 무너져내리기 때문에 손에 땀이 나도록 아이를 잡아당겨야 할 것이다. 모든 동굴집은 산중턱에 위치해 있으며, 여기에 도달하기 위해 특별히 따로 다듬어진 길은 없으니 유의하라. 멀리서 보면 동굴집은 바로 옆에 나란히 위치해 있는 것 같을 것이다. 그러나 그 옆집으로 가기 위해서는 다시 미끄러지며 내려와 그 옆의 산을 새로이 올라야만 한다…….'

아이는 포도 교회를 힐끗 들여다보더니, 바로 나갈 것을 선언한다. 데린큐우의 지하도시와 달리, 오늘 이곳엔 사람도 거의 눈에 띄지 않는다. 아이는 마냥 광활하고 적막한 이곳이 마음에 들지 않는다.

"어제 지하도시에서는 재밌게 놀았잖아. 오늘도 저기 동굴 속에서 기차놀이하자."

"싫어. 기차놀이 안 해."

"그럼 중빈인 여기서 놀고 있어. 엄마가 구경하고 올게."

"아냐, 엄마 여기서 나랑 놀아."

"아니, 엄마랑 같이 있고 싶으면 네가 엄마랑 같이 가야 해. 어제 놀이터에서 놀 때 엄마가 네 옆에 있었지? 그건 네가 거기서 놀고 싶어 했기 때문이야. 우리 순서대로 하자. 오늘은 엄마가 여기서 놀고 싶어, 그러니 네가 엄마를 놀고 오게 하든지, 아니면 엄마가 노는 동안 곁에 있어줘."

"싫어, 엄마 여기서 나랑 같이 놀아."

이번엔 내가 굽힐 수 없었다.

"중빈아, 엄마는 저 동굴집들이 굉장히 보고 싶어. 저게 보고 싶어 터키까지 왔거든. 만약 오늘 저걸 못 보고 돌아간다면 슬플 것 같아. 만약 네가 여기서 장난감 가지고 놀고 있고, 그동안 엄마를 구경하고 오게 해준다면 엄마는 굉장히 고맙고 행복할 거야."

아이는 마침내 나를 놓아주었다. 요란한 입맞춤 뒤에, 아이는 내게서 시선을 거두더니 땅에 주저앉아 장난감 위로 흙을 뿌리기 시작했다. 나는 성큼성큼 황량한 계곡 가운데로 걸어 들어간다. 커다란 거북이 내 발걸음에 소스라치고, 하늘 위로 큼직한 새가 난다. 이 오랜만의 정적. 새가 날개를 퍼덕이는 소리까지 선명하다. 아이에 대한 걱정을 완전히 지울 수 있다면, 새가 공기를 가르는 소리마저 들릴 법하다.

계곡 정상에 서서 벌집처럼 가득 뚫린 동굴집을 바라본다. 아침이면, 저 안에서 혹독한 밤을 이겨낸 사람들이 기어나왔으리라. 물을 긷고, 기지개를 켜고, 이 집에서 저 집으로 이야기를 크게 주고받았으리라.

그런데 아무리 동굴집이라고는 해도, 모든 집들이 너무 높고 또 얕게 오픈되어 있다. 매서운 바람과 추위를 어떻게 견뎠을까. 몸이 불편한 사람들은 어떻게 이 가파른 곳을 오르내렸을까. 너무나 열악한 생존의 여건들이 생각을 멈출 수 없게 한다.

주변을 둘러보니, 가느다란 잡목뿐, 집을 지을 만한 큰 나무도 바위도 거의 없다. 메마른 평원에 야트막한 산, 운동화로 디디면 미끄러지기 딱 좋은 토질의 산뿐이었으니, 그것을 파내는 편이 가장 수월한 주거의 방편이 되었으리라. 저만큼의 공간을 파내려면 얼마나 많은 피땀을 흘렸을까 싶어 첫 순간 경악하다가도, 그것이 차라리 가장 수월한 것임을 깨닫는 순간 숙연해진다. 인간의 생존이란, 방해하고 제한하는 여건에 부딪쳐 최소한의 공간을 확보하고 그리로 뿌리를 내릴 때에만 가능해지는 것이리라.

계곡을 내려오다 보니 깨알같이 조그만 아이의 모자가 보인다. 사람은 거의 없고, 아이는 방해받지 않으며 흙장난에 몰두하고 있다. 아이가 나를 보자마자, 자신이 흙으로 만든 무덤을 자랑한다. 장난감 버스가 고장으로 죽었기에 땅에 묻어주었다는 것이다. 언젠가 해변에서 아빠와 함께 죽은 돌고래를 묻어준 일을 기억하는가 보다.

거대한 젤베를 앞에 두고, 풀밭에 중빈과 나란히 앉아 '섬집 아기'를 부른다. 농밀한 적요가 작지 않은 노랫소리를 바로바로 빨아들인다. 그늘 속에 가만히 앉아 있노라니, 뜨거운 햇살을 가르고 꽤 시원한 바람이 불어온다. 푸른 하늘을 올려다보는 아이의 눈에 고즈넉한 새들의 활공이 담긴다. 가방에서 사과와 소시지를 꺼내서 둘이 순식간에 해치우고, 물 한 병을 죽 들이켠다. 몇 방울 남은 물을 수건에 적셔 아이의 얼굴을 닦아주니, 아이가 '엄마도 지금 내가 느끼는 것을 느껴?' 하는 얼굴로 나를 바라보며 해맑게 미소 짓는다.

펜션으로 돌아가는 버스 안에서 아이가 좌석에 앉자마자 잠이 든다. 이렇게 되면, 자연스럽게 목적지가 수정된다. 그냥 더 달리는 것이다. 달리는 동안 아이는 잠을 푹 잘 수 있고, 나는 서둘러 여행책자를 뒤적이며 아이의 총 낮잠시간과 인근지역 볼거리와 돌아오는 차편을 조합할 수 있다.

그리하여 선택된 곳이 유르굽.

유르굽이 유명한 이유는 그리스인들이 살았던 흔적 때문이다. 오스만 제국이 무너지고 터키 공화국이 새로이 형성되기 전, 터키는 정치적인 혼란 속에서 힘을 잃고 있었다. 이때 그리스가 터키 대륙에 손을 뻗쳤고, 아직 그 때의 자취가 물씬 남아 있는 곳이 바로 유르굽이다.

터미널에서 가까운 곳에 테메니 소망의 언덕이란 곳이 있었다. 이곳에는 터키 공화국이 들어서기 전 그리스인들이 살았던 시절을 볼 수 있는 사진이 전시되어 있고 유르굽 전체를 조망할 수 있는 테라스가 있다고 한다. 문제는 언덕이라는 것. 길 가는 사람에게 물어보니, 바로 옆에 있는 자그마한 산을 가리킨다. 또 산! 중빈을 바라보니, 방금 전 식당에서 닭고기를 먹어 그런지 그럭저럭 활기차 보인다.

산을 막 오르기 시작했을 때, 매우 아리따운 소녀가 우리 앞에 나타났다. 인도인처럼 유난히 까만 피부에 나무랄 데 없는 이목구비를 지닌 소녀는 물이 가득 든 커다란 물통 두 개를 나르고 있다. 그런데도 저 가녀린 몸에서 어떻게 저런 힘이 날까 싶을 만큼 전혀 힘들어 보이지 않게 사뿐사뿐 걷고 있다. 아마도 어릴 적부터 이 일을 해온 모양이다.

소녀는 우리를 보자 물통 하나를 내려놓더니, 산등성이를 가리키며 "짜이?" 하고 묻는다. 이렇게 고마울 데가! 터키인들이 차를 권하는 것은 흔한 일이지만, 자신의 집으로 가서 마시자는 것은 처음이었다. 아이에게 "이 이모가 우리를 집에 초대했는데, 가볼래?" 물으니, 신이 나서 따라나선다.

유르굽에도 젤베와 마찬가지로 산등성이에 동굴집이 많았다. 차이점이 있다면, 젤베는 박물관으로 완전히 관광지화되어 있다는 것이고, 유르굽의 동굴집에는 빈민들이 거주한다는 것이었다. 소녀의 이름은 파트마였고, 그녀 또한 그런 빈민 가운데 하나였다. 파트마는 물통 두 개를 들고도 산양처럼 쏜살같이 산을 올랐다.

그녀의 집은 어느 정도 손질이 되어 있는 동굴집이었다. 수도나 전기 시설은 따로 없었지만, 돌집의 냉기를 막기 위해 모든 바닥과 벽이 싸구려 카펫 조각들로 뒤덮여 있었다. 물건을 수납할 가구가 전혀 없는데도, 따로 나와 있는 물건이 거의 없는 것으로 미루어 이들이 얼마나 가진 것이 없는가를 짐작하게 했다.

집에 들어서자, 한눈에 보기에도 병색이 완연한 그녀의 아버지가 우리를 맞는다. 그는 터키어로 내게 무언가 계속 이야기를 한다. 내가 전혀 모르겠다는 얼굴로 멍청하게 고개를 끄덕이니, 답답한 듯 상자에서 자신의 약을 꺼내 보여준다. 그는 괴롭다는 표정으로 가슴을 만지고 약간 억지스러운 기침을 끌어낸다.

파트마가 작은 세숫대야 같은 그릇을 들고 오더니, 날라온 물을 붓는다. 거기에 더러운 찻잔을 담가 헹구고, 주전자에도 물을 부어 찻물을 준비한다. 중빈은 여기저기 카펫이 이불처럼 깔려 있는 이 집이 마음에 들었다. 벌러덩 드러눕더니, 몸을 공처럼 둥글게 하고 이리저리 뒹군다.

차를 마시는 동안, 손짓 발짓을 동원하여 어색하게 몇 마디 대화가 오갔는데, 그 어설픈 대화마저 자꾸 끊어졌다. 단순히 말이 통하지 않아서라기보다는, 끊임없이 대화에 끼어들어 자신이 얼마나 아픈가를 설명하는 파트마의 아버지 때문이었다. 내가 파트마에게 사진을 찍어도 좋겠느냐고 묻자, 파트마가 얼른 바닥에 꿇어앉았다. 그러자 그녀의 아버지가 냉큼 옆으로 와 같이 무릎을 꿇는 게 아닌가. 그럴 필요는 없다고 말을 해도, 그들은 말 잘 듣는 하인처럼 다소곳한 자세를 바꾸지 않았다. 셔터를 누르면서도 나는 몹시 불편했다.

불편함의 정체는 파트마의 어머니가 들어오면서 순식간에 분명해졌다. 그녀는 조용한 파트마나 파트마의 아버지와는 반대로, 마치 싸우는 사람처럼 연신 떠들며 집안으로 들어왔다. 우리 일행에게 힐끗 쏘아보듯 눈길을 주더니, 여전히 파트마를 향해 소리소리 질렀다. 나는 짐작으로, 그녀가 '가난한 살림에 뭣 하러 손님을 데려왔느냐'고 파트마를 나무란다고 생각했다. 그러나 그것은 여전히 초대받았다고 믿는 나의 순진한 추측일 뿐이었다.

파트마의 어머니가 수첩을 꺼내 내게 보여준다. 일종의 신분증 같아 보였다. 그러나 그것이 어떤 종류의 신분증인지 나로서는 정체를 알 수 없었을 뿐 아니라, 계속해서 성난 사람처럼 윽박지르는 그녀의 태도가 불편하기 짝이 없었다.

그러던 그녀가 갑자기 부드러워진다. 비닐가방에서 예쁜 스카프를 꺼내 내 머리에 씌우더니 너무 잘 어울린다며 좋아한다. 그녀는 또 다른 스카프를 꺼내 내게 둘러볼 것을 권한다. 그들 모두가 박수를 치며 또 좋아한다. 어리석게도 그녀가 세 번째 스카프를 꺼내 써볼 것을 권했을 때에야, 나는 그들이 내게 무엇을 원하는지를 알았다.

이런, 이렇게 단순한 수법에 말려들다니! 너무나 어여쁘고 착해 보이는 파트마를 무작정 믿은 것이 잘못이었다. 아니, 내가 터키를 너무 믿은 것이 잘못이었다. 터키도 사람 사는 곳이고 여행자에게는 언제나 빠지기 쉬운 함정이 있는 것인데, 친절한 터키 사람들 사이에서 그만 너무 긴장을 늦추었던 것이다.

나는 그들에게 스카프를 원치 않는다는 의사를 분명히 하고, 찻값을 계산하여 주었다. 중빈에게 "어서 여기서 나가자!" 했더니, 이 눈치 없는 녀석이 어느새 신발까지 벗어던지고 벌러덩 드러누운 채로 "왜? 나 나가기 싫은데" 한다.

갑자기 머리카락이 쭈뼛해지며, 아까 마신 차가 의심스러워지기 시작했다. 차 속에 약을 탄 것은 아닐까? 여행책자에 흔히 나와 있는 그런 가방털이들의 수법 말이다. 내 전대 속에는 모든 경비가 다 들어 있고, 나는 지금 산 위에 외따로 떨어진 그들의 집 안에 있으니, 그들이 잠든 나와 이 어린 것에게 몹쓸 짓을 한다 해도 달리 방법이 없을 것이다.

나는 거칠게 아이의 신발을 신기며, 파트마의 얼굴을 다시 바라보았다. 그녀의 얼굴은 처음과 마찬가지로 백지 상태 그대로였다. 나는 애써 마음을 가라앉혔다. 저들은 단지 무지할 뿐이다. 악의는 없다. 내가 아이를 끌다시피 파트마의 집을 빠져나오는 동안, 파트마의 어머니가 여전히 손에 스카프를 들고 나를 향해 고래고래 소리를 지르며 쭈뼛해진 머리카락을 끝까지 잡아당긴다.

혼비백산하여 파트마의 집을 나선 후, 나는 아이에게 그 집에서 있었던 일을 간략하게 설명해 주었다. 나의 공포가 아이에게 어느 정도 전달되었는지, 아이는 숨이 찼을 텐데도 군말 없이 내 거친 발걸음을 따라와 주었다. 우리는 미끄러운 산길에서 방향을 잃었고, 사람의 발자국이 없는 곳을 한참 헤맨 뒤 간신히 테메니 소망의 언덕 꼭대기에 올랐다. 운이 좋지 않은 날이었다. 사진이 전시되어 있는 갤러리는 아직 시즌이 아니라서 오픈하지 않았다는 것이다.

나는 힘이 빠져 테메니 정상에 털썩 주저앉았다. 사진이고 뭐고 간에 관심 없었다. 잠이 오지 않는 것으로 미루어 약을 타지는 않은 것이 분명한데도, 기다렸다는 듯이 한꺼번에 여행의 피로가 몰려드는 듯했다. 가난하고 배우지 못한 그들의 무지는 그렇다 쳐도, 어린 것을 데리고 다니며 어리석게 행동한 내 자신에게 자꾸만 화가 치밀었다. 만약 같은 상황에서 정말 악한 사람을 만났더라면, 우리는 호랑이굴에 갇힌 먹잇감에 다름없었을 것이다.

그때 아이가 테메니 정상에 달려 있는 불꽃 모양의 네온을 가리키며 저것이 무어냐고 물었다. 그것은 네온사인인데, 밤이 되면 불꽃처럼 환히 빛나는 것이라고 대답해주었다. 그러자 아이가 이렇게 말하며 나를 빤히 바라본다.

"엄마, 나는 밤이야."

아이가 내게 무엇을 기대하는지 안다. 역할 놀이를 좋아하는 아이에게, 나는 이제 불꽃이 되어 반짝반짝 빛나주어야 한다. 반짝반짝을 어떻게 몸으로 표현할까 궁리하다가 벌떡 일어나 영화 '빌리 엘리어트'에서처럼 만세를 부르고 뛰면서 반짝반짝 빛나주었다. 아이는 흡족하게 미소를 짓더니, 내 기분을 다 알고 있다는 듯 이렇게 말한다.

"엄마, 오늘 재미있었어. 이제 가자."

그리고 멀찌감치 떨어진 곳에서 풀 뜯는 양을 발견하고는 그리로 힘차게 뛰어간다.

그래, 힘을 내자. 고맙구나. 언제나처럼 너는, 덜 익은 나의 생이 성급히 가라앉을 때마다 작고 보드라운 손을 내밀어 하늘 위 별처럼 반짝이게 해주는구나.

나는 아이가 뛰어간 그 길을 다시 힘내어 달려갔다.

© Jennifer Hayes

egirdir에이르디르

"그래, 저어기 별님한테 갔다 와." "와, 재밌다!" "별나

"응, 홀빈이 왔어? 그랬어." "그리고 또 뭐래?" "……"

남을 가르고 또 가른다. 나도 아이 옆에 앉아 같이 그네를 탄다. 있는 힘껏 발을 굴러본다. 그네가 하늘로 높이 향할 때마다

아무도 없다. 어둠과 별과 바다처럼 드넓은 호수와 거기서 들려오는 파도 소리뿐. 발 구르기를 멈추자 그네의 움직임이 약

© Stacy Peterson

우리는 바람에 날아간다, 에이르디르

카파도키아를 떠난 것은 어둠이 짙게 깔린 저녁이었다. 우리의 다음 목적지는 에이르디르. 터키에서 네 번째로 큰 호수가 있는 곳이다. 터키 여행은 보통 이스탄불을 기점으로 시계 반대 방향으로 돌아, 에게해와 지중해 연안을 거쳐 다시 이스탄불로 돌아가는 것이 일반적이다. 물론 시계 방향으로 돌아도 내용면에서는 마찬가지. 우리는 시계 방향으로 돌고 있었는데, 에이르디르는 그 시계 방향 일정에서 대부분의 사람들이 그냥 지나치는 곳이다.

여행 중 만난 사람들은 에이르디르에 대해 크게 두 가지 엇갈린 의견을 가지고 있었다.

"에이르디르? 정말 근사한 곳이죠!"

"에이르디르? 대체 거기서 뭘 했죠?"

에이르디르는 훌륭한 자연 풍광을 지닌 조용한 호숫가 마을로서, 그곳에서 무언가 할 일을 찾는다면 딱히 할 일은 없다. 그러나 아무것도 하려 들지 않는다면 에이르디르만한 곳이 없다. 그래서인지 에이르디르를 좋아하는 사람들은 모두 멋진 사람들이었다. 자연과 휴식의 의미를 알고 느린 산책과 사색을 즐기는 사람들.

카파도키아에서 에이르디르까지는 버스로 9시간 거리. 아이와 밤차를 타는 것은 터키에서 처음 시도하는 모험이다. 낮에 이동할 때는 장거리가 아무 문제가 되지 않았지만, 밤은 또 다를 것이다. 자다가 일어나 쉬를 하더라도 흔들리는 버스 안에서는 제대로 받아내기 어려울 것이며, 좁고 불편한 좌석은 뒤척이는 아이를 칭얼대게 할 것이다. 하지만 카파도키아에선 밤에만 장거리 버스가 출발하므로 선택의 여지가 없었다.

"밤에 버스를 타고 이동하는 건 좀 피곤한 일일 거야. 하지만 에이르디르에 도착하면 멋진 호수가 있단다. 우리 호수에서 보트도 타고 재미나게 놀자. 중빈이가 불편해도 잘 참아준다면, 엄마는 네가 무척 자랑스러울 거야."

아이는 자신 있다는 듯 오케이를 외친다. 그러나 밤에 반쯤 잠에서 깬 아이는 언제나 반인반수의 상태가 되므로 마음이 놓이지 않는다.

때마침 버스는 영국인 관광객들로 채워졌다. 이상한 일이다. 터키인들로 둘러싸인 장소에서는 모두가 친구 같고 가족 같아 마음이 편한데, 창백하고 지적인 인상의 영국인들 사이에서는 그렇질 못하다. 우리를 둘러싼 영국인들의 대화를 들어보니, 우연히도 대학교수에, 컴퓨터 엔지니어에, 교사이다. 현대 예술과 매스미디어의 역할에 대해 토론 형태로 이야기를 끌고 나간다. 어쩐지 은발의 노교수 부부는 평생 아이를 갖지 않았을 듯하고, 컴퓨터 엔지니어는 아이가 울면 사탕을 주기보다 짜증스럽게 귀를 틀어막을 것 같은 인상이다.

그래도 할 수 없다. 아이란 천사처럼 까르륵댈 때도 있지만, 작은 악마처럼 울어 젖힐 때도 있는 법. 초보 엄마였을 때는 공공장소에서 아기가 울기만 해도 당황스러워했지만, 아이가 세 돌이 지난 지금, 나 또한 아이와 함께 성숙했다. 향수 냄새 풍기는 예쁜 아가씨가 버스에 올라타서 모두를 즐겁게 할 수 있다면, 때로는 술 취한 사람이 버스에 타서 토사물을 게워낼 수도 있는 것, 그것이 사람살이임을 깨달은 것이다. 세상에는 잘 걷고 달리는 사람만 있는 것이 아니라 넘어지고 절룩이는 사람도 있으며, 얼마나 멀리 가느냐가 중요한 것이 아니라 서로 도와 손을 잡고 한 걸음 내딛는 것이 의미가 있다는 것을 알게 되었다는 뜻이다.

나는 현대 미술과 매스미디어의 역할에 대한 토론만큼이나 자라나는 아이의 울음소리 또한 소중하다는, 조금은 엉뚱하고도 독자적인 결론을 내리고 마음을 편히 먹기로 했다. 그래, 가보자. 최대한 방어하겠지만, 자다 깨서 우는 건 나도 할 수 없다. 어른도 불편한 야간 버스가 아닌가. 게다가 이들은 모두 여행 중이니, 이들의 여행 중에 일어나는 여러 가지 불편한 에피소드 가운데 오늘 우리가 있을 뿐이다.

버스가 출발한 지 두어 시간 후, 버스 내 조명이 꺼지고 운전석 옆 TV에서 '장 클로드 반담' 주연의 액션 영화를 상영한다. 아이는 지금까지 한 번도 노출된 적 없는 강도 높은 폭력 장면에 "What's that?"을 연발하며 제자리에서 앉았다 일어났다를 반복한다. 배우들이 때리고 감옥에 갇히고 총을 쏘아댄다. 어른만 보는 영화라고 말해주었지만, 장 클로드 반담이 "으악!" 소리를 지를 때마다 궁금해진 아이는 총알같이 벌떡 일어나 무슨 일이 일어났는지 확인하고야 만다. 나는 포기하고 눈을 감는다. 이것도 여행의 일부다. 여행이란 여행자에게 좋은 것만 주는 것이 아니며, 여행자가 여행이라는 외부 상황을 항상 통제할 수 있는 것 또한 아니다.

그날 밤 잠든 아이는 많이 울었다. 비좁은 버스 좌석에서 비 오듯 땀을 흘렸고, 똑바로 발을 뻗지 못해 계속 칭얼거렸다. 새벽 4시. 버스에서 내릴 때 아이가 잠결에 내리지 않겠다며 발버둥을 쳤고, 그 와중에 영국인 노교수의 어깨에 발도장을 찍었다. 노교수는 심히 불쾌한 표정으로 어깨를 털어냈다.

에이르디르 버스터미널에 내렸을 때, 주변엔 불빛 하나 없었고 추적추적 비가 내리고 있었다. 달려드는 빗물에 잠이 확 달아난 듯, 아이는 울음을 뚝 그친 채로 새로운 어둠을 탐색했다. 칼처럼 매서운 바람이 땀으로 흥건한 아이의 옷깃을 파고들었다. 나는 한 손으로 최대한 아이를 감싸 안고 다른 한 손으로는 커다란 가방을 간신히 주체하면서, 미리 예약한 펜션에서 마중 나올 차를 초조하게 기다렸다. 다시는 밤차를 타지 말자, 결심하면서.

펜션에 도착하자마자 아이가 차가운 침대를 파고든다.

"엄마, 피곤하다. 빨리 자자."

재워주기 전엔 잘 생각을 안 하는 녀석이 제 입으로 빨리 자자 하니 웃음이 쿡 나왔다. 우리는 비에 젖은 외투를 그대로 입고, 머리끝까지 담요를 뒤집어쓴 채 늦은 아침까지 한 번도 깨지 않고 죽은 듯이 잠이 들었다.

테라스에서 아침식사를 하며 주변을 둘러보니, 너무 외진 곳에 있는 펜션을 골랐다. 에이르디르는 호수 중심으로 마을이 형성되어 있기 때문에, 외지다는 것은 호수가 보이지 않는다는 의미이고, 밥 한 끼를 사먹기 위해서도 차를 타고 나가야 한다는 뜻이었다.

호숫가로 산책을 나가면서 다른 펜션을 알아보기로 했다. 또, 마침 랄레 펜션에서 자전거를 빌려준다는 정보를 입수하여 그곳에도 들러보기로 했다. 자전거가 있다면 번번이 아이를 설득하지 않아도 이동하기가 좀 수월해질 것이다. 아이는 자전거를 빌린다 하자, 신이 났다.

나는 아이가 돌 지나자마자 자전거 뒤에 보조석을 매달아 태우고 다녔다. 물론, 보조석의 안전벨트는 돌배기 아기에게 너무 헐거웠고, 때로는 아기가 달리는 자전거 위에서 잠이 들기도 했다. 그래도 우리에게 자전거 타기는 가슴 설레는 소풍과도 같은 것이었다. 그때는 서울의 끝자락에 살았기에, 조금만 자전거를 타고 나가도 시골이 있었다. 한 30분 정도 달려서 시골 마을이 나오면, 아무데나 자전거를 세우고 아이를 풀어놓았다. 때로는 내가

“얘들아, 노올자!” 하며 동네 아이들을 불러내기도 했지만, 대부분의 경우 조금만 시간이 흐르면 마침 심심했던 아이들이 다가와 아장아장 걷는 중빈에게 관심을 보였다. 그 가운데에는 늘 아기를 돌보기 좋아하는 여자아이들이 있게 마련이었고, 나는 여자아이들이 중빈을 돌보는 동안 사내아이들과 뛰어놀곤 했다. 어떤 날은 마을 전체가 텅 비어 있는 듯 고요할 때도 있었다. 그러면 우리는 길가에 털썩 앉아 흔들리는 플라타너스 잎들을 오래도록 바라보았다. 그러다 지나가는 강아지가 있으면 바닥에 중빈의 우유를 쏟아주고 핥아먹는 것을 지켜보았다.

펜션을 찾아 에이르디르의 큰길을 따라 걷다 보니 결국 호숫가를 따라 걷는 셈이다. 호수는 마치 바다와 같이 넓다. 파도와 백사장이 없는 잔잔한 바다. 가까이 들여다보니 맑디맑은 산호색 물에 색색의 둥근 돌들이 가득하다. 호수 건너편 저 멀리에는 흰 눈에 뒤덮인 커다란 산봉우리가 있다. 스위스의 호숫가와 너무나 흡사하다.

호수를 끼고 꽤 자주 놀이터가 등장한다. 중빈이 “와! 놀이터다!”를 외치며 그네로 뛰어간다. 중빈이 평생은 말할 것도 없고, 내 평생에도 이렇게 훌륭한 놀이터 배경은 처음이다. 매일 이런 풍경을 바라보며 그네를 타는 아이들의 심성은 얼마나 곱고 넓을까?

지나가는 사람들에게 랄레 펜션을 물으니 아무도 모르겠단다. 영어가 통하지 않아서인지, 정말로 모르는 것인지 감이 잡히지 않는다. 때마침 점심시간에 밖으로 나온 한 무리의 고등학생을 만났다. 학생들은 간단한 회화를 할 수 있으리라는 짐작에 그들에게 물었더니 따라오란다. 예쁘고 친절한 두 명의 여고생이 우리를 안내한다. 그들은 함께 걸으면서 마치 영어회화 연습 상대를 만난 듯 신이 나서 아는 영어를 총동원하여 질문을 퍼붓는다.

“Your favorite color?”

(좋아하는 색깔이 뭐예요?)

"How old are you?"

(몇 살이세요?)

심지어는 "What time is it?"(몇 시예요?)까지.

그러나 연신 키득대고 깔깔대는 그들이 귀엽기만 하다.

랄레 펜션은 상당히 멀었다. 곳곳에 있는 놀이터마다 들르고 싶어 하는 중빈을 이끌고 4킬로미터쯤 떨어진 곳에 가는 것은 쉬운 일이 아니었다. 나는 '자전거'를 반복하며 아이를 북돋았지만, 그래도 아이에게는 멀고도 지루한 길이었다. 중간에 아이가 또 한 번 주저앉았는데, 마침 제 아빠에게서 전화가 왔다.

"……응, 아빠."

"……자전거 타러 가."

"……근데 너무 멀어."

"……아빠 보고 싶어."

아이의 입은 뾰로통하게 튀어나왔고, 말투나 표정은 완전히 고자질하는 초등학생의 모습 그대로다. 남편의 웃음소리가 전화기 너머로 들리고 아이에게 뭐라 말을 했는지, 아이가 금세 힘을 낸다. 무슨 대단한 말을 했는지 나중에 물었더니, 별말 안 했단다. 힘내서 여행 다 마치고 한국에 돌아오면 아빠랑 토마스 가지고 재밌게 놀자고 했다나.

마침내 펜션에 들어가니 입이 떡 벌어졌다. 모든 더블룸은 원목으로 되어 있고 호수를 향해 커다란 창이 나 있으며, 창으로 새파란 호수가 넘칠 듯 밀려들어 온다. 딸린 화장실에는 얼룩 한 점 없고, 샤워 부스까지 있는 게 아닌가. 대부분의 터키 욕실은 유명무실한 세면대(너무 작아 세수조차 할 수 없거나, 달려 있는 수도꼭지가 고장 난) 하나가 달랑 있거나, 아니면 아예 세면대 없이 벽

중앙에 샤워기 하나만 있기가 일쑤였다. 그래서 아이 손 하나 씻어주려면 아이 옷에 물이 다 튀곤 했었다.

더 생각할 것도 없었다. 나는 내일 오겠다며 방을 예약했다. 하루 15달러. 언제나 좋은 방을 한눈에 알아보는 중빈이, 청소부 할머니가 침대 시트를 바꾸는 방에 들어가 눈치도 없이 침대에 벌러덩 드러눕는다. 그리곤 제 장난감을 침대 위에 늘어놓으며 자기 방을 꾸민다. 할머니가 침대 시트를 손에 든 채 내게 상냥하고도 곤란한 미소를 짓는다.

"중빈아, 제발, 어서 나와!"

내가 몇 번을 반복해 불러도 못 들은 척, 나올 생각을 않는다.

문제는 자전거였다. 그들이 대여한다는 자전거는 오직 한 대뿐이었고, 그나마 주인 이브라힘이 타고 다니는 것을 형편에 따라 대여하는 것이었다. 그런데 우리가 도착했을 때 이미 이브라힘이 자전거를 타고 나갔단다. 자전거를 타겠다는 일념으로 4킬로미터를 걸어온 중빈에게 자초지종을 설명하고 내일까지 기다려야 한다고 하자 서럽게 울기 시작했다.

"자전거! 자전거……."

아이에게 내일까지 기다린다는 것은 초인적인 인내를 필요로 하는 일이리라. 중빈은 이브라힘이 돌아올 때까지 랄레를 떠나지 않겠다고 있는 힘을 다해 울며 버텼다. 난처한 일이었다. 엄밀히 말해 우리는 아직 랄레에 체크인한 사람들도 아닌데, 다른 여행객들이 쉬고 있는 조용한 펜션에 들어가 소란을 피우고 있었기 때문이다.

나는 아이를 데리고 나오기 위해 달래도 보고 혼도 내보다가, 마지막 히든카드를 내밀었다. 그것은 안아주는 것. 아이는 마지못해 고개를 끄덕이며 나머지 눈물을 닦았다.

여행을 할 때, 내겐 나름대로 지키고자 애쓰는 원칙이 있다. 그 가운데 하나가 최대한 걷는 것이다. 무거운 가방이나 피로한 몸은 모두 내가 짊어져야 할 나의 무게이다. 길 위에서 내가 나의 무게를 느끼며 내 곁에 존재하는 것들과 같은 속도로 움직이는 것, 그것은 여행, 나아가 인생의 전부라 해도 과언이 아닐 것이다. 때문에 굵직한 교통수단은 이용하지만, 나머지는 웬만하면 걷는다. 어느 여행지에서나 택시는 내게 있어도 없는 것이다. 그리고 그건, 아이와 여행할 때도 마찬가지다.

아이가 걸음마를 시작한 뒤로 나는 아이에게도 혼자 걷기의 중요성을 인식시키고자 무척 노력했다. 어떤 엄마들에게는 가베나 오르다 같은 것이 중요한 교육적 선택이 되는 시기에, 나는 아이를 부단히 데리고 다니며 걷게 했다. 열이 오를 때에도 졸음이 쏟아질 때에도 아이는 더 걸을 수 없을 때까지 제 힘으로 걸었다. 같이 놀던 제 또래 친구들이 모두 엄마에게 안겨 걸을 때에도, 아이는 묵묵히 혼자 걸었다. 그때 내가 해준 것은 네가 얼마나 자랑스러운지 모른다, 벌써 큰 형아가 다 되었구나, 하는 속삭임과 뜨거운 포옹뿐. 아이를 번쩍 들어 안아주면 훨씬 수월한 상황에서도, 나는 일단 아이와 내 자신에게 인내할 기회를 먼저 주었다.

아이와 나는 되도록 느리게 걸으며 많은 것을 보고 많은 이야기를 나눴다. 주먹을 휘두르며 싸우는 술 취한 사람도 보았고, 교통사고 현장도 보았다. 새싹이 돋는 봄, 차도를 건너려 애쓰는 애벌레도 보았고, 손발이 얼어붙는 겨울날 웅덩이에서 동사한 어미 쥐도 보았다. 그렇게 아이는 자라, 어느새 애벌레가 차에 치인다며 울음을 터뜨렸고, 동사한 어미 쥐를 묻어주며 어딘가에 있을 아기 쥐를 위해 과자봉지를 옆에 놓아주기도 했다. 부서진 자동차 헤드라이트 조각을 손에 집어 들고 보지 못한 교통사고를 추측하고, 사고로 다친 사람이 구급차로 병원에 실려 갔을까, 그 사람은 뼈를 다쳤을까, 의사 선생님은 붕대를 매어줬을까, 그 사람의 가족이 병원으로 찾아왔을까, 그렇지 않다면 혼자 외롭지 않을까, 그렇게 생각의 갈래를 점점 키워나갔다. 걸으며 마주치는 모든 사물과 생명체들로부터 사람살이에 필요한 마음씀씀이를 배워나갔던 것이다.

치사하게도 내가 랄레에서 아이를 안고 고작 십여 미터 내려온 뒤 이제 걸을 준비가 되었느냐고 묻자, 아이는 고맙게도 "I'm ready" 하며 품에서 내려온다.

마침 장날이다. 사프란볼루에서 본 것보다 스무 배는 됨직한 커다란 장이 섰다. 싱싱한 원색의 청과물들이 햇빛에 찬란히 반짝거린다. 움직일 수 없는 청과물인데도 살아서 펄떡대는 듯한 느낌이다. 나는 장터 구석에서 사과를 조금 산 뒤, 싸구려 플라스틱 장난감을 쌓아놓은 곳을 발견하고 아이에게 천 원짜리 버스를 사주었다. 녀석의 더할 수 없이 흐뭇한 얼굴.

장터 옆 식당에 들어갔다. 식당에서도 중빈의 인기는 대단하다. 이슬람 여인들은 주로 집안에 있기 때문에 식당은 온통 남자들로 가득한데, 그들은 노소를 불문하고 모두 담배를 피우며 콜라를 마신다. 식당 전체가 마치 연기로 가득 찬 굴뚝 같다. 그들은 담배 연기를 아이 얼굴에 후우 내뿜으면서 아이가 예뻐 죽겠다는 듯 얼굴을 비빈다.

담배에 관한 한 터키는 몇 십 년 전으로 거슬러 올라간다. 성인이 된 남자는 누구나 담배를 배우며, 공공장소에서조차 우선권은 흡연자에게 있다. 콜라에 대한 태도도 마찬가지이다. 콜라는 그 새롭고 자극적인 맛으로 인해 한참 '유행 중'이며, 심지어 돌배기 아기에게조차 대단히 좋은 것인 양 콜라를 안긴다.

돌이켜보면, 우리나라도 한때는 콜라를 귀한 손님 대접에 사용했고, 남자는 성인이 되면 누구나 다 담배를 태우는 줄 알았던 시절이 있었다. 웰빙이니 몸짱이니 하며 건강에 대한 관심이 커진 것이 얼마 되지 않았으니, 터키도 오랜 시간 경제발전과 더불어 비슷한 수순을 밟으리라.

하늘에 청남빛 어둠이 깃들고 샛별 두 개가 총총히 빛나고 있다. 사람들 그림자는 하나둘 사라지고, 장이 섰던 자리에 설익은 사과들이 으깨진 채 뒹굴고 있다. 호수 쪽에서 태풍이 오고 있다고 믿어도 좋을 만큼 거세게 바람이 불어온다. 먼 곳의 눈 덮인 산봉우리가 어둠 속에서 두드러지고, 거센 바람은 얼음처럼 차다. 아이와 함께 호숫가로 가까이 가보니, 호수물이라고는 믿기지 않게 커다란 파도가 일고 있다.

"우리가 바람에 날아간다!"

아이가 먼저, 바람이 센 날이면 우리가 즐겨하는 고정 레퍼토리를 시작한다. 두 팔을 벌려, 오는 바람을 있는 대로 맞으면서 뒷걸음질치는 것이다. 엄청난 바람이 15킬로그램 남짓한 아이의 몸뚱이를 금방이라도 날려버릴 듯하다. 그러나 아이는 제가 웃을 수 있는 웃음, 제가 들이킬 수 있는 바람을 온몸으로 웃고 들이키면서 "우리가 바람에 날아간다!"를 지침 없이 외친다.

뒷걸음질치던 아이가 이제 그네 위에 올라탄다.

"엄마, 밀어줘! 아주 높이!"

사람의 그림자라고는 눈을 씻고 봐도 없다. 최악의 날씨에서 아이는 최상의 기분이 되어 놀고 있다.

"그래, 저어기 별님한테 갔다 와."

"와, 재밌다!"

"별님한테 갔다 왔어?"

"응."

"별님이 뭐래?"

"……?"

"그럼 다시 갔다 와." 있는 힘껏 아이를 민다.

"별님한테 갔다 왔어?"

"응."

"별님이 뭐래?"

"응, 중빈이 왔어? 그랬어."

"그리고 또 뭐래?"

"……?"

"그럼 다시 갔다 와."

아이가 하늘로 높이 솟구쳐오르며 자지러지게 웃는다. 그렇게 아이는 그네를 타고 하늘 높이 별님을 만나러 세찬 바람을 가르고 또 가른다. 나도 아이 옆에 앉아 같이 그네를 탄다. 있는 힘껏 발을 굴러본다. 그네가 하늘로 높이 향할 때마다 다시는 내려오지 않을 것만 같다. 이대로 저 까만 우주로, 내 앞에 펼쳐진 이 망망대해의 어둠 속으로 기꺼이 빨려들 것만 같다.

우리 외에는 아무도 없다. 어둠과 별과 바다처럼 드넓은 호수와 거기서 들려오는 파도 소리뿐. 발 구르기를 멈추자 그네의 움직임이 약해지고 더욱 거세진 바람이 에이르디르 전체를 뽑아놓을 듯 뒤흔든다. 나는 아주 어린아이일 때 그랬던 것처럼 그네에서 몸을 뒤로 누이고 머리카락으로 땅바닥을 쓸었다. 아이가 나를 따라하며 우우, 즐거운 소리를 낸다. 우리는 누운 채로 오랫동안 바람의 소리를 음미했다.

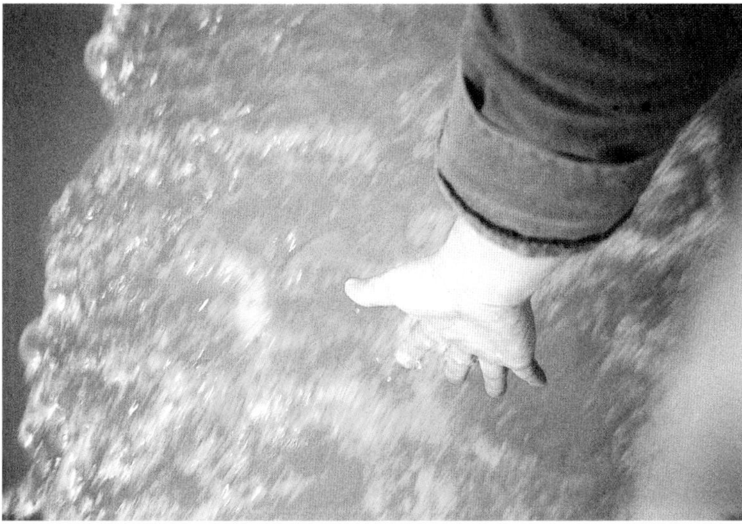

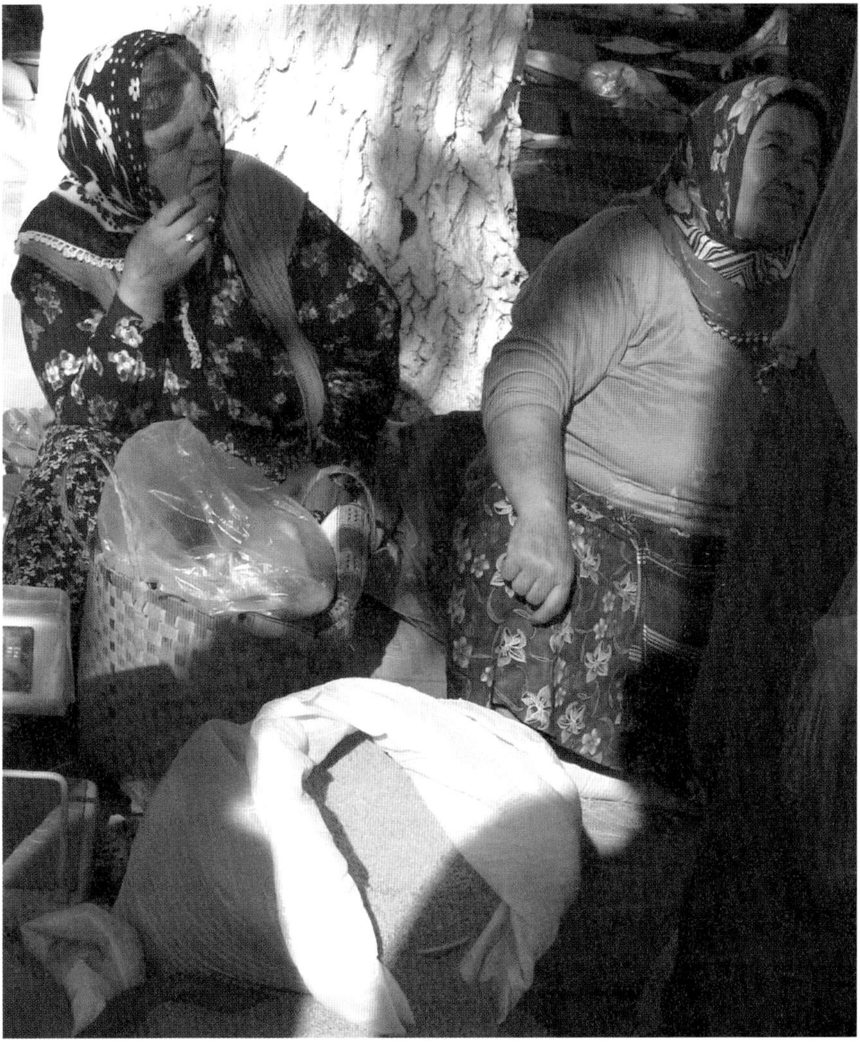
© ole.overgaard

투명함은 투명함끼리 통한다

랄레의 실내 테라스는 건물 꼭대기에 있다. 삼면이 유리창으로 둘러쳐져 있고, 아침 햇살에 눈부시게 빛나는 호수 전경이 들어와, 테라스에 앉아 있으면 마치 대형 보트를 타고 호수 한가운데 떠 있는 듯한 착각이 들 정도다. 테라스 식당에서 아침식사를 하는 사람들 가운데, 바르셀로나에 산다는 중년의 독일계 여성 '루스'와 인사를 나누고 한 테이블에 앉는다.

2주간의 휴가를 이용해 터키에 왔다는 그녀는 자전거로 터키를 여행할 것이라 한다. 이미 자전거로 티베트와 중국 등지를 여행했다고 하니, 멋지다! 루스는 같이 자전거 여행을 하기로 한 여자친구가 갑자기 못 오게 되었고, 그 친구를 대신할 여행 동반자를 찾다가 인터넷에서 한 남성을 알게 되었는데, 그를 오늘 에이르디르에서 만나기로 했다는 것이다. 자전거 여행이 여자 혼자 하기에는 좀 위험해서 급하게 파트너를 구한 것이고, 운 좋게 파트너를 찾긴 했으나 아직 그의 얼굴도 본 적이 없다고 한다. 사실 그 파트너가 오늘 때맞춰 나타나줄지조차 확신할 수 없다고 말하는 그녀의 얼굴에는 희미하게 초조한 빛이 어린다. 나는 그녀를 안심시키기 위해 농담을 건넨다.

"혹시 알아요? 금발에 푸른 눈을 가진, 근육질의 남자일지. 나도 기다릴 남자 하나 있었으면 좋겠네!"

루스는 중빈이 세 살이라는 것에 깜짝 놀라면서 내가 굉장히 용감하단다. 그리고 이토록 어린아이를 데리고 혼자 여행하는 것이 어떠냐고 묻는다.

"글쎄요. 뜻이 안 맞는 어른보다는 분명히 나은 것 같아요. 여행 중에 흔하게 벌어지는 말다툼도 아직 없었고 서로가 싫어지지도 않았으니까요. 이렇게 비유하면 쉽겠네요. 나와 죽은 잘 맞는데 몸이 좀 안 따라주는, 그런 친구와 함께 다니는 기분이에요."

사실 여행 중 상당히 많은 사람들이 내게 "You are brave!"를 외쳤다. 특히 아이를 키워본 사람들일수록 더욱 그랬다. 외국에 나가면 어린아이를 데리고 해외여행을 하는 서양인 가족을 만나는 것이 그리 드문 일만은 아닌데, 그럴 경우엔 항상 엄마와 아빠가 함께하고 유모차나 캐리어 등 만반의 '물적' 준비를 갖추는 여행을 하기 마련이었다.

그러나 과연 내가 용감한가? 그건 아닐 것이다. 가끔 세상물정 모르고 겁 없이 덤빌 때는 있지만, 그건 용기와는 또 다른 것이다. 아이와 어차피 하루 24시간을 같이하고, 시장에도 같이 가고, 공원에도 같이 간다면, 터키에 같이 못 갈 이유는 무엇이겠는가? 사람들은 'Why?'에 대해 생각했지만, 사실 내가 생각한 것은 'Why not?'이었다.

아이와 산책을 나섰다. 호숫가 방파제에 이른 아침부터 많은 할아버지들이 나와 낚시를 한다. 작은 마을에서 딱히 할 일 없는 노인들 전원이 호숫가로 출근한 듯 붐빈다. 그런데 자세히 보니, 그들의 낚싯대는 정말 단순하다. 기다란 나뭇가지와 줄, 찌가 전부이다. 할아버지가 살아서 꿈틀대는 지렁이를 덥석 집어 찌에 꽂는다. 인상적인 장면에선 언제나 중빈이 역할놀이를 시작한다.

"엄마가 지렁이고 내가 물고기야. 알았지?"

꼭 좋은 역할은 자기가 맡는다. 이제 나는 먹히는 지렁이가 되어 몇 번이고 '도와줘요!'를 외쳐야 한다.

방파제 주변의 얕은 물가에 작은 게들이 기어 다니고, 셀 수 없이 많은 치어들이 떼로 몰려다닌다. 마침 시장에서 사온 치킨 케밥을 몇 조각 던져, 게들이 다가오기를 기다린다. 게가 치킨을 찾을 때까지 중빈이 열심히 응원하며 위치를 가르쳐준다.

"오른쪽, 오른쪽으로! 아니, 아니! 왼쪽으로! 맞아! 잘했어!!"

아이가 놀이터로 가더니 부서진 벽돌을 삽 삼아 흙놀이를 한다. 다행히 아이는 아직 물건에 길들여지지 않았다. 모래놀이용 플라스틱 삽이 없다거나, 양동이가 필요하다거나 하는 불만을 늘어놓는 대신, 냉큼 주변에 흩어져 있는 자연물을 이용해 저만의 놀이에 빠져든다. 아이들의 적응력이란! 가만히 놀고 있는 아이를 바라보노라면, 언제나 주변 경관과 완벽한 조화를 이루며 그 풍경 안에 들어 있음을 알 수 있다. 마치 거기서 오랫동안 살아온 듯 태연하게.

어제 시장에서 자전거를 판매하는 곳에 들러, 자전거 대여가 가능한가를 물었다. 그들은 원래 대여는 하지 않지만, 한번 생각해보고 오늘 답을 주겠다고 했다. 불행히도 이브라힘의 자전거는 뒷좌석이 없어 빌릴 수 없었으므로, 마지막 남은 희망을 거기에 걸고 시장으로 향했다. 아이는 걱정하고 있었다.

"그건 뒷자리가 있을까?"

"그럴 거야. 만약 없으면 만들어달라고 할게. 염려 마."

다행히 그들은 한 대를 대여해 주기로 했다. 뒷좌석이 없기는 했지만, 남자 점원이 일 분이면 좌석을 달 수 있다며 걱정 말란다. 그런데 때마침 '아잔'이 울려 퍼졌다. 아잔이란 이슬람 문화권에서 하루 다섯 번, 기도 시간을 알리는 소리이다. 본래는 '무앗진'이라 불리는 사람이 사원 첨탑에 올라가 낭송하게 되어 있으나, 지금은 사원에서 대부분 녹음된 것을 크게 틀어놓는 것으로 대신한다. 아잔이 울려 퍼지면 사람들은 하던 일을 멈추고 메카를 향해 절을 하고 기도를 올린다.

에이르디르의 이슬람 사원은 자전거 가게 바로 옆에 있었다. 남자 점원은 미안하다는 표정을 짓더니, 손가락으로 사원을 가리키며 급히 사라졌다. 예배에 참석하러 간 것이다. 아니, 이럴 수가! 1분이면 된다면서, 어제부터 자전거 못 타 눈이 뒤집히기 직전인 아이를 놔두고 이렇게 홀연히 사라져버리다니……!

그날의 예배는 조금 특별한 것 같았다. 그는 두 시간이 넘도록 나타나지 않았다. 우리는 아이스크림을 핥으며 가게 문간에 앉아 기다리다가, 사원 근처에 가서 점원이 언제 나오려나 어슬렁거리기도 하다가, 여자는 출입이 금지된 사원 안을 힐끔 들여다보기도 하며 기다리고 또 기다렸다. 지독히도 느리게 시간이 흘렀다.

마침내 점원이 나타났다. 그는 너무나 미안하지만 할 수 없지 않느냐는 얼굴이다. 할 수 없고말고. 이슬람 국가에서 위대한 알라에게 경배를 드리는데, 자전거 뒷자리가 웬 말이냐.

어쨌거나 우여곡절 끝에 뒷자리가 완성되었다. 하지만 어른 사이클 형태의 자전거에 딱딱하고 밋밋한 뒷자리를 매달았으니 (터키에는 유아용 보조좌석이 없다) 어떻게든 어린아이를 붙잡아맬 방법을 강구하지 않고서는 태우기 어려워 보였다. 나는 손짓발짓 해가며 두툼한 방석이 없느냐고 물었다. 그들도 비슷한 생각을 했는지 금세 알아듣고 하얀 정사각형의 스펀지를 구해 왔다. 나는 또 긴 밧줄을 부탁했다. 가게 안에 있던 점원 아가씨가 자전거에 짐을

실을 때 쓰는 긴 고무줄을 가져왔다. 스펀지를 깔고서 줄을 돌리고 엮어보니, 그럭저럭 아이를 좌석에 고정시킬 수 있을 것 같다.

좌석에 올라탄 아이가 '어, 이거 뭐야? 너무 불안해!' 하는 표정으로 나를 바라보며 불편함을 호소한다.

"괜찮아, 중빈아. 금방 익숙해질 거야. 꽉 잡기만 해!"

뒷좌석을 구하기까지의 고충을 다 지켜본 아이는 아마도 자신이 그 정도 수준에서 절충해야 한다는 사실을 깨달은 것 같다. 더 이상 아무 소리도 않고 내게 꽉 매달린다. 사실 그 자전거는 내게도 좀 컸다. 짧은 다리로 자전거 똑바로 세우랴, 허술한 짐짝처럼 매달린 아이 돌보랴, 쉽지는 않았지만 어쨌든 우리는 비틀거리며 출발했다. 야호!

자전거를 타고 은비늘 넘실대는 호숫가를 달리니 그야말로 기분 째지게 좋다.

"Yippee!"

(만세!)

내가 외치자, 아이도 기쁨에 겨워 랩퍼처럼 떠들어댄다.

"Yippee! Look, mommy! We're going faster than the butterfly, faster than the duckies, faster than the boat! Look, mommy, look! We're going fast!"

(신난다! 엄마, 봐! 우리가 저 나비보다 빠르고, 저 오리보다 빠르고, 저기 보트보다 빨라. 봐봐, 엄마, 봐봐! 우리가 빨리 가고 있어!)

에이르디르는 크게 호숫가 마을과 둑길로 연결된 섬으로 나뉜다. 자그맣고 아름다운 그 섬은 이름도 어여쁜 '예실라다'. 섬 전체가 거의 펜션과 식당으로 되어 있는 휴양지다. 우리가 방문한 시기는 아직 비수기라 몇몇 식당만 문을 열었고, 사람도 많이 눈에 띄지 않았다.

예실라다에도 놀이터가 많다. 중빈이 뺑뺑이처럼 돌아가는 의자를 찾아낸다. 덥석 올라타더니, "엄마도 타" 한다.

"엄마도 타면 누가 밀어주지?"

아이는 깊이 생각하고 나름 예쁜 대답을 한다.

"음…… 구름한테 밀어달라 그럴까? 산한테 밀어달라 그럴까?"

사실 내가 타고 싶었다면 혼자라도 올라타고 중빈에게 밀어달라 했을 것이다. 그러나 내가 탈 수 없는 이유는 따로 있다. 뺑뺑이가 고정된 바위를 보니, 심하게 무너져내리고 있어 놀이기구가 거의 뿌리째 드러나 있는 것이다.

오, 알라여! 중빈이 타고 있는 동안만이라도 바위에게 힘을 주소서!

자전거로 섬을 돌아보니 30분도 안 걸려 끝이 난다. 비수기라 영업을 개시하지 않은, 창문까지 덮개로 가려진 색색의 펜션들이 풍광 좋은 호숫가를 빙 둘러가며 자리 잡고 있고, 섬 중앙 쪽으로 소수의 주민들이 살고 있다. 펜션과 달리 소박하고 꾸밈없는 그들의 집은 오래 전 우리의 시골집을 닮아 정겹다. 쓰고 남은 벽돌로 차분하게 정원을 설계했고, 깨끗이 비질된 마당 한편에는 앙증맞은 빨간 쓰레받기가 세워져 있다.

자전거를 타고 달리는데, 줄에 묶인 어미 양과 철없이 뛰어다니는 아기 양이 보인다. 양들이 있는 곳은 건물 사이의 공터였고, 새파랗게 웃자란 풀들이 그곳을 뒤덮고 있다. 자전거를 세우고 중빈을 내린다. 공터 중앙에 있는 커다란 나무 그늘에 한 할아버지가 앉아 양들을 돌보고 있다. 공터는 야트막한 담으로 둘러쳐져 있었는데, 아이를 담 안에 넣어주자 망설임 없이 할아버지 곁으로 간다. 신기한 일이다. 전생에 저 둘은 정말로 할아버지와 손자지간이었을까? 마치 방금 전까지 곁에서 놀던 손자에게 하듯 아무 말 없이 아이를 품어 안는다.

내가 할아버지에게 초콜릿 바를 하나 건네자, 할아버지가 나를 보고 미소 짓는다. 나를 바라보는 그의 눈은, 내가 좋아하는 그 유리처럼 투명한 농부의 눈이다. 할아버지가 초콜릿 바를 반으로 자르고, 둘이는 묵묵히 양들을 바라보며 나눠 먹는다. 어미 양은 짙푸른 녹색의 풀을 쉼 없이 뜯어먹고, 먹는 데 관심이 없는 아기 양은 토끼처럼 긴 귀를 나풀거리며 귀엽게 뛰어다닌다.

할아버지가 일어나 어미 양 곁으로 간다. 아이가 할아버지를 따라간다. 할아버지가 어미 양을 묶고 있는 줄의 엉킨 매듭을 풀어준다. 그리고 중빈의 손을 잡고 다시 나무그늘로 돌아온다. 아이는 무엇을 상상한 것일까? 할아버지에게 손을 맡긴 채로 내게 기쁘게 말한다.

"엄마, 할아버지가 날 도와줬어."

할아버지는 이제껏 본 터키 할아버지 가운데 드물게 아무 말이 없다. 우리가 어디서 왔는지 아이가 몇 살인지 궁금해하지도 않는다. 그의 투명한 눈이, 궁금해하지 않고도 모든 것을 있는 그대로 받아들일 수 있는 그만의 낮은 삶의 자세를 말해준다.

변함없이 할아버지 곁에 나란히 앉아 있던 아이가 묻지도 않았는데 뜬금없이 내게 이런 말을 한다.

"난 이 할아버지가 좋아."

지금까지 자신에게 요란스레 뽀뽀를 하고 사탕을 주고 때로는 번쩍번쩍 들어 올렸던 그 많은 터키 할아버지들을 놔두고, 아이는 자신에게 무심한 이 평화로운 할아버지가 좋다고 내게 말하는 것이다. 투명함은 투명한 사람에게 통하는 것일까?

내가 무의식중에 풀밭에 쭈그려 앉아 있자 아이가 충고한다.

"엄마, 그렇게 앉지 말고 이렇게 '털썩' 앉아 봐. 굉장히 푹신해. 기분이 좋아."

나는 깜짝 놀랐다. 어느새 아이는 서울이라는 기괴한 거대도시에서 몸과 마음이 모두 벗어나, 여기 이 자연과 인간이 적절히 분배된 곳으로 깊숙이 들어와 있었던 것이다. 아직도 나는 다분히 경직되어 있는 반면에, 아이는 이미 익숙하게 자연과 소통하면서 도리에 내게 그것을 권하고 가르쳐준다.

우리는 어미 양이 밧줄로 묶여진 반경 일대의 풀을 다 뜯어먹도록 그곳에 머물렀다.

랄레로 돌아와 샤워를 마친 뒤, 책을 읽어주는 동안 아이가 곧바로 낮잠에 빠져든다. 나는 밀린 손빨래를 한 후 녹초가 되어 아이 곁에 누웠다. 너무 피로해 곧바로 잠들 듯했으나, 오히려 시간이 흐를수록 의식이 또렷해진다. 머리맡에 두고 누운 푸른 호수 덕택일까. 깨끗해진 머릿속으로 분명한 하나의 느낌이 다가온다. 이 느낌. 마음에 평화를 가져다주는 작고 소박한 방, 그리고 그 방 밖에서 들려오는 적정한 소음, 두런거림, 새소리, 아이들의 노랫소리, 세상을 향한 모든 열망과 분노가 가라앉고, 무언가를 생각한다는 행위조차 귀찮아져 자꾸만 눈감고 그저 음미하고만 싶은, 지금의, 이, 정말, 드문, 순간…….

세상에서 가장 가볍고 행복한 하나의 눈송이로 부드러운 대지 위에 착지한다면, 그때의 기분이 바로 이러할까?

밤에 테라스에서 다시 루스를 만났다. 루스의 얼굴에는 기다림에 지친 빛이 역력하다.

"근육질의 남자는 안 나타났나요?"

"아니오. 그 사람에게 여기서 기다리겠다고 분명히 메일을 보내놓았는데……. 마지막으로 받은 연락이 이리로 오고 있다는 것이었으니 늦어도 내

일은 이리 오겠죠."

하지만 그녀의 목소리에는 힘이 없다.

마침 펜션에는 이브라힘의 인형같이 예쁜 딸, 뚜바가 와 있다. 중빈과 동갑내기인데다 밥 안 먹는 것도 똑같다. 뚜바는 애교가 많아 중빈의 뺨에 서슴없이 뽀뽀를 한다. (뽀뽀를 받은 중빈의 '이건 뭘까?' 하는 얼굴) 나아가 주머니 가득한 사탕과 초콜릿으로 중빈을 유혹하더니 테라스 옆방으로 중빈을 데리고 들어가 문을 잠근다. 중빈은 사탕만 먹고 나오고 싶은 눈치인데, 뚜바는 아무에게도 문을 열어주지 않는다. 마침내 중빈이 문을 쾅쾅 두드리며 나오겠다는 표현을 한다. 이브라힘이 한참 뚜바를 달래 문을 연다.

아이를 낳아 키우면서 보다 분명해진 생각이지만, 여성은 남성보다 한 차원 높은 동물임에 틀림없다. 생명을 잉태하고 출산하는 신비로운 몸뿐만 아니라, 복잡하고 풍부한 그들의 감성이 그러하다.

남자 아이들이 노는 걸 보면, 대체로 단순하고 분명한 의도 하에 움직인다. 반면, 여자 아이들은 좀 더 다중적인 의도를 가질 때가 많다. 뚜바와 중빈을 보라. 중빈에게 사탕은 먹는 것이지만, 뚜바에게 사탕은 이미 유혹하는 것이다. 중빈에게 문 닫힌 방은 사탕을 들고 나가는 데 장애물이 되는 물리적 공간일 뿐이지만, 뚜바에겐 둘만의 자유롭고 은밀한 정서적 공간을 의미한다.

덕분에 나는 루스와 수다를 떨 수 있었다. 나는 그녀가 사는 바르셀로나가 얼마나 가보고 싶은 도시인지, 그리고 그곳에 있는 가우디의 성 가족 교회(La Sagrada Familia)와 피카소 미술관에 대해 이야기했고, 그녀는 바르셀로나의 무더위와 불친절에 대해 말했다. 관광하기엔 좋지만, 살기엔 썩 좋은 곳이 아니라면서. 그녀는 남자친구와 단출하게 살고 있다고 한다.

화제가 그녀의 자전거 여행으로 옮아갔다. 몇 년 전 인도를 여행할 때 나는 고도 5000미터가 넘는 히말라야 산등성이를 버스를 타고 가면서도 고도에서 비롯된 두통으로 정신을 차릴 수 없을 지경이었는데, 창밖을 바라보면 자전거를 타고 달리는 사람들이 있었다. 그들의 체력과 도전정신에 경외감이 들 지경이었다. 내가 루스에게 "당신이 그런 사람들 가운데 하나예요?"라고 묻자 그녀가 웃으며 고개를 끄덕인다. 다리 좀 만져보자 하니 여전히 웃으며 고개를 끄덕인다.

그건 사람의 다리가 아니었다. 쇠로 만든 몽둥이였다.

10시가 가까운 시각. 아이와 밤 산책을 나가겠다고 하자, 루스가 눈을 동그랗게 뜬다.

"아이가 어둠을 무서워하지 않나요?"

"아니오. 아기 때부터 밤 산책을 했는걸요. 밤에도 놀 수 있는 게 많답니다."

"오, 나는 JB가 세 살이란 게 자꾸 안 믿어져요."

"아, 루스! 당신은 우리가 에이르디르로 오던 날 밤, 중빈이 바락바락 울던 그 버스에 타고 있지 않았지요? 세 살짜리 아이란 어떤 땐 다섯 살처럼 굴기도 하지만, 어떤 땐 갓 돌 지난 아이처럼 굴기도 한답니다."

계속 말이 길어지자 중빈이 내 손을 잡아끈다.

랄레 밖의 비좁고 낡은 골목에는 고양이들이 어슬렁대고 있다. 그저께와 같은 바람도 없고, 하늘의 별도 여럿 흩어져 있어 산책하기 퍽 좋은 밤이다. 둘 다 화장실에서 사용하는 슬리퍼를 끌고 나온 터라, 발가락 끝에 깨끗한 바람이 와 닿는 차가운 느낌이 상쾌하다. 장이 섰던 광장에 이르자, 선명한 가로등 불빛을 받아 우리의 그림자가 광장 끝에서 끝까지 가로지른다. 마치 '키다리 아저씨'에서 키다리 아저씨가 문을 열었을 때 드리워던 그림자 같다. 이렇게 넓은 광장이 온전히 우리 둘만의 그림자를 위해 존재하는 듯하다. 우리는 광장을 도화지라 생각하고 그림자 그림을 그리기로 한다. 춤추는 사람, 뛰어가는 사람, 점프하는 개구리, 기어가는 송충이…….

에이르디르의 밤에는 이상한 매력이 있다. 그것은 어린 시절 순진무구한 눈으로 세상을 바라보았을 때처럼 모든 것이 우리만을 위해 존재하는 듯한 느낌이기도 하고, 펼쳐져 있는 모든 것을 가지고 마냥 놀기만 하면 되는 시간과 공간에 대한 허락이기도 하다. 아이와 나는 에이르디르가 선물하는 밤의 마법이 풀리기 전에, 조금이라도 더 놀기 위해서 광장 끝에서 끝으로 새로운 그림자 그림을 그리며 달렸다.

호수에서 자란 고귀한 영혼의 아이

아침식사가 끝나자마자 중빈을 자전거에 붙들어 매고 예쉴라다로 향한다. 장터에서 산 알 작은 사과가 검은 비닐봉지에 담겨 자전거 핸들에서 달랑거린다. 짙푸른 호수 한가운데에는 오리 가족이 옹기종기 앉아 노닐고 있다.

호숫가에서 놀고 있는 두 명의 사내아이들이 보인다. 한 아이는 검은 머리에 파란색 눈동자를 한, 언뜻 보기에도 착하기 그지없게 생긴 아이. 다른 아이는 금발에 초록 눈을 한 약삭빨라 보이는 아이. 파란 눈동자는 열 살쯤, 초록 눈동자는 여덟 살쯤 되어 보인다. 앗싸, 아이들이 있으면 나는 자유다. 어차피 오늘 하루 계획은 예쉴라다의 호숫가에서 놀다가 보트를 타는 것이 전부이므로, 중빈에게 친구가 있다면 더 바랄 것이 없다.

아이들이 있는 물가에 자전거를 세운다. 커다란 몸집의 터키 여인이 "Boat, 10million!"(약 만 원)을 외치며 다가온다. 아이들이 노는 곳 바로 옆이 그녀의 보트를 타는 곳이다. 점심식사 후에 보트를 타겠다고 하니, 그녀가 기뻐한다.

두 사내아이들은 항상 하는 놀이인 듯 심드렁하게, 누가 더 돌멩이를 멀리 던지는지 시합 중이다. 중빈이 다가가자, 마침 중빈의 손에 들려 있던 기차를 초록 눈의 아이가 놓치지 않는다. 그 아이가 히죽 웃으며 장난감을 가리키고, 중빈이 건네자 신나게 땅바닥에 굴린다. 파란 눈의 아이도 무척 만지고 싶어 하는 눈치이지만, 이 아이는 자신의 욕구를 절제하고 인내하는 데 익숙해 보인다. 침착하게 한 걸음 뒤로 물러서서 지켜보기만 한다.

가방 안을 뒤져보니, 마침 아이들 숫자만큼 미니카가 있다. 꺼내 놓자, 초록 눈의 아이가 냉큼 기차를 내려놓고 다른 것으로 옮아간다. 나는 파란 눈의 아이에게 기차를 쥐어준다. 초록 눈의 아이가 지나치게 내 얼굴을 힐끔거리며 이 장난감 저 장난감 들었다 놓는 데 반해, 파란 눈의 아이는 중빈이 그 중 하나를 집어들 때를 기다려 중빈의 옆에서 같이 기차를 굴리면서, 어린 중빈과 함께 놀아주고 싶다는 의사를 분명히 한다. 나는 이 아이의 밑창 닳은 낡은 슬리퍼와 그것을 잘 눈에 띄게 하지 않는, 자상함으로 빛나는 맑은 얼굴을 가만히 들여다본다.

드물게 이런 아이와 마주칠 때가 있다. 고귀하고 건강한 영혼을 지녀 가난과 결핍이 결코 그 순수함을 훼손시키지 못하고, 오히려 그것을 통해 타인과 함께할 자리를 눈여겨보게 만드는 지혜를 가지게 된 아이들을. 이런 아이들은 언제나 앞장서지 못한다. 기꺼이 2등을 하며 남을 돕는다. 당연히 크게 소리 낼 일도 없으며 민첩하게 자리를 바꾸지도 않는다. 그러나 이 아이들이 어쩌다 한번 'NO'라고 말하면, 사람들은 조용해진다. 그리고 이들의 목소리에 귀 기울이며 그 단호함을 거부하지 못한다.

초록 눈의 아이가 곁눈으로 나를 힐끔 보더니, 중빈이 쥐고 있는 장난감을 낚아채려 한다. 파란 눈의 아이가 초록 눈의 아이가 내뻗은 손을 지그시 움켜쥐고 가만히 초록 눈을 응시한다. 초록 눈의 아이가 눈을 내리깔며 손을 거두고, 대신 파란 눈이 쥐고 있는 기차를 달라고 한다. 파란 눈의 아이는 말없이 자신의 기차를 넘겨준다.

잠시 뒤 한 명의 아이가 더 가세한다. 중빈과 같은 나이의 이 통통한 아이는 한 손으로는 줄에 엮인 커다란 덤프트럭과 지프차를 끌고 한 손으로는 초콜릿을 들고 있다. 중빈이 트럭에 관심을 갖지만, 아이는 결코 나누려 하지 않는다. 이 작은 동네에서, 아이는 드물게 많은 장난감을 가지고 있다. 하지만 다른 아이들은 이미 이 아이가 욕심쟁이라는 것을 아는 듯하다. 아무도 아이의 장난감에 손을 대지 않고 아무도 이 아이와 놀 생각을 하지 않는다.

친구와 장난감을 나누어 놀지 않는 아이들은 대체로 장난감이 많은 아이들이다. 이런 아이들은 친구가 집에 놀러 왔을 때 두 팔 가득 흘러내리는 장난감을 안고서도, 그중 하나를 내어놓는 것이 힘이 들어 "내 꺼야!"를 외치며 서럽게 울곤 한다. 우리 상식으로는 장난감을 한두 개밖에 갖지 못한 아이들이 그것을 친구와 나누려 할 때 더 힘들어할 것 같지만, 이 아이들은 오히려 선뜻 자신의 장난감을 나눌 줄 안다. 나눠 놀고 바꿔 놀 때 놀이가 더 다양해지고 풍성해진다는 것을 경험으로부터 아는 까닭이다.

그러니 물질이 개입되면, 아이들의 세계도 어른의 세계와 별반 다를 바 없는 것이다. 배고프지 않은 자는 배고픔을 이해하지 못하고, 오히려 배고픈 자가 자신의 부족한 양식을 더 굶주린 이와 나누는 어른들의 현실 말이다.

파란 눈동자의 아이가, 가지고 놀 수 없는 덤프트럭 옆에서 서성이는 중빈을 위해 길 건너 집에서 무언가를 가져온다. 보트다. 양철로 만들어 구석구석 부식이 일어난 보트. 양철을 구부리고 못을 박아 만든 그 보트는 한눈에 보기에도 솜씨 좋은 누군가가 이 아이를 위해 오랜 시간 공들인 흔적이 역력하다. 누가 만들었느냐 묻자, 자신의 아버지가 만들었단다. 길 건너 식당을 가리키면서, 자신의 아버지와 어머니 모두 거기서 일을 한단다.

아이가 손으로 가리킨 곳에, 백발이 성성한 늙은 아버지가 야외 테이블로 접시를 나르는 것이 보인다. 예의를 갖추기 위해 입은 그의 검은 조끼는 여러 번 빨고 다려, 햇빛에 검은 유리알처럼 반짝거린다. 예쉴라다에 사람이 많을 때만 식당에서 일한다는 말로써 미루어 짐작컨대, 그들은 1년 한철, 이곳에서 종업원으로 일하는 듯하다.

아이는 더 어릴 적부터 호숫가에서 혼자 하루를 보내는 법을 배워야 했을 것이다. 아이의 부모는 일을 하면서 짬짬이 호숫가에서 노는 아들에게 눈길을 주었을 것이다. 아들은 때때로 멍하니 하늘과 하늘처럼 파란 물을 바라보며 앉아 있었을 것이고, 때로는 울기도 했을 것이다. 그리고 때로는 그늘 한 점 없는 뜨거운 햇살 아래 잠이 들었을 것이다. 아이의 아버지는 생각했을 것이다. 아들을 위해 무엇을 해줄 수 있을까? 그리고 모자란 돈 대신, 솜씨 좋고 애정 어린 두 손으로 외로운 아들을 위해 커다란 보트를 만들어주었을 것이다. 나는 파란 눈을 가진 이 아이의 고귀한 영혼이 어떻게 가난과 결핍에 훼손당하지 않을 수 있었는가에 대한 비밀을, 드넓은 호수와 그 가장자리에 떠 있는 녹슨 보트로부터 엿본 것만 같았다.

아이들이 어울려 노는 동안, 나는 자전거를 타고 유유히 예쉴라다를 돌아다니며 사진을 찍는다. 내가 자전거 타고 오겠다고 하자, 놀이에 열중한 중빈은 아예 나를 쳐다보지도 않았고, 보트를 타기로 약속한 여인은 자신이 잘 지켜볼 테니 걱정 말고 다녀오라며 내 등을 떠밀었다.

햇볕은 따가웠지만 혼자 몸이 되자 훨훨 날 것만 같다. 호숫가 몇몇 식당만 조금 분주할 뿐 안쪽 마을은 적요하기 그지없다. 지붕보다 훌쩍 키가 큰 벚나무에 꽃들이 한창이고, 목재로 지어진 낡은 가옥에서 빗물에 젖어 단단해진 늙은 나무의 냄새가 난다.

처음엔 눈을 뗄 수 없었던 호수의 아름다움에 차차 무덤덤해지고, 호수 안쪽 마을의 사람들과 집들, 그들의 표정과 두런거림이 느껴지기 시작한다.

호수는 그냥 거기에 있다. 아이를 사랑으로 지켜보는 부모의 시선처럼 잘 의식되지 않지만 마음에 충만한 평화로움을 가져다주면서.

아이를 데리고 식당에 갔다. 다른 아이들도 점심시간이 되자 하나둘 사라졌다. 우리가 선택한 곳은 놀이터가 바로 정원처럼 위치한 식당. 에쉴라다는 섬이니 만큼, 생선 요리가 유명하다. 생선튀김과 감자튀김을 주문한다. 우리나라의 중견 탤런트를 꼭 빼닮은 젊은 웨이터가 내게 아는 체를 한다.

"아, 당신이 아기를 데려온 한국 여인이군요!"

"네. 제가 한국인인 줄 어떻게 알았죠?"

"누구나 당신을 알아요. 여긴 에이르디르니까요."

우리가 며칠 머무는 사이, 우리에 대한 소문이 쫙 퍼져 있었던 것이다. 하긴, 가만히 서 있기만 해도 눈에 띌 동양 여인이 조그만 아이까지 짐짝처럼 끈으로 묶어 자전거에 태우고 싸돌아다녔으니, 이 무료하고 화젯거리라곤 없는 곳에서 화제가 되지 않았을 리 없다.

식사를 마치고 호숫가로 돌아가니, 약속이나 한 듯 아이들도 모두 돌아와 있다. 다 같이 보트를 타자 하니, 모두들 달뜬 얼굴이 된다. 그런데 이 무슨 화려한 변신인가! 바로 우리 앞의 손님을 태우고 떠나는 보트에서 노를 젓는 노인은 어제 만난 양치기 할아버지가 아닌가. 중빈이 그 할아버지를 보더니, 할아버지가 탄 보트를 타겠다고 우긴다. 할 수 없이 할아버지가 그 손님들을 태우고 돌아올 때까지 기다리기로 한다.

그 할아버지는 보트 탈 손님을 호객하는 여인의 아버지였다. 여인은 호객을, 그녀의 오빠와 아버지는 보트 운전을 맡아하는 것이었다. 에이르디르의 호수가 관광의 목적보다 생계를 위한 목적에 충실했던 시절, 할아버지는 젊은 어부로서 호숫가에서 고기를 잡았다 한다. 지금은 양도 치고, 모터보트도 조정하면서 닥치는 대로 가족들의 모자란 일손을 돕는 것이다.

한참 뒤 할아버지가 돌아왔을 때, 사실 그는 아직 식사를 하지 못한 상태였다. 중빈이 우기지만 않았다면 그의 아들에게 보트를 맡기고 식사를 하러 갈 참이었다. 여인이 접시로 뚜껑을 덮은 그릇에 큰 빵 하나를 올려놓고 보트 안에 앉아 있는 할아버지에게 넘겨준다.

"아니, 괜찮아요. 할아버지 다 드신 다음에 떠나는 게 어때요?"

여인은 한사코 괜찮다면서 지금 떠나란다. 아이들이 신나서 올라타고 할아버지는 노를 이용해 배를 빼낸 뒤 모터에 시동을 걸고 배의 방향을 잡아놓는다. 그리고 통통거리는 보트 위에서 식사를 시작한다.

덮여 있는 접시를 치우자, 그릇 안에 요구르트가 보인다. 그게 다였다. 그는 어른 팔뚝만큼이나 기다란 빵을 한주먹씩 뜯어내, 희고 짭짤한 요구르트 덩어리에 찍었다. 터키 음식이 워낙 화려하고 풍부하기 때문에 종일 힘겨운 노동을 한 사람의 막간을 이용한 점심식사가 그처럼 보잘것없다는 것이 나로 하여금 왠지 모를 불편함에 다른 곳으로 시선을 옮기게 했다. 그처럼 보잘것없는 식사나마, 마치 내가 재촉하여 편히 앉아 할 수 없게 된 듯했기 때문이다.

이미 보트는 선착장을 한참 떠나 새파란 물결을 가르며 호수 중앙으로 나아가고 있다. 그런데도 내게는 파란 호수가 눈에 들어오지 않고, 뻑뻑한 빵을 삼키기 위해 그의 검게 그을린 목에 일어선 굵은 힘줄이 뇌리에서 떠나지 않는다.

중빈은 보트가 호수 중앙에 채 이르기 전에 잠이 들었다. 모터의 진동이 아이의 낮잠을 깊어지게 한다. 다른 아이들은 보트 위에서도 아이들 특유의 기승전결을 전개한다. 호기심과 긴장감 어린 눈으로 두리번대다(기), 차차 까불며 장난치기 시작하다(승), 이리저리 자리를 옮겨 다니다 할아버지에게 혼나고(전), 다시 조금은 지루해진 얼굴로 눈알을 굴리며 앉아 있다(결).

보트 밖으로 손을 내밀어 한 움큼 물을 쥐어본다. 그리고 손끝으로 물을 쓸어본다. 차가움과 청명함이 손끝에 그대로 묻는다. 고개를 들어 멀리 바라보니, 한눈에 들어오는 에이르디르의 잔잔한 풍경이 낯설지 않다. 나는 떠날 때가 되었다고 중얼거렸다.

아이는 보트에서 내려서도 한동안 깨지 않았다. 선착장 옆 자그마한 의자에 간신히 아이를 뉘여 놓고 깰 때를 기다리는데, 한 남녀 커플이 내 곁을 지나가다 멈춰 섰다. 남자는 한때 여행업에 종사했다면서 나의 터키 여행에 대해 질문과 조언을 해주었다. 이상한 것은, 여자친구로 보이는 옆의 아가씨가 영어를 하지 못하기 때문에 대화에서 소외되었고, 몇 번 이제 그만 가자는 신호를 보냈지만 남자가 모른 체하는 것이었다. 여자친구는 화가 난 듯 사라졌고, 그는 조금도 개의치 않았다.

나는 마침 지중해 일정 가운데 여행 책자만으로는 부족한 것이 있어 그에게 물었다. 'Blue Voyages'라 불리는 선박 여행이 아이와 함께하기에 어떤가 하는 것이었다. 'Blue Voyages'란, 배를 타고 선실에서 며칠간 지내면서 지중해 연안의 아름다운 해변에 중간 중간 들르는 여행의 이름이다. 내가 'Blue Voyages'에 대해 설명을 해주었을 때, 아이도 관심이 있는 눈치였다.

"Definitely not!"

그는 강하게 부정하면서 자신의 'Blue Voyages' 경험을 이야기해 주었다.

"밤낮으로 파티와 술자리가 이어지지요. 또, 시도 때도 없이 커다랗게 음악을 틀어대기 때문에 잠들기조차 어려워요. 게다가 그들 중 대부분은 날마다 서로 파트너를 바꿔가며 잠을 자죠. 아이에게 좋을 것이 없어요."

모든 'Blue Voyages'가 그의 경험과 같으리라고 생각되지는 않았지만, 어쨌든 그의 말은 사실인 것 같았다. 승객의 조합에 따라 가능한 일이리라.

그는 자연스럽게 화제를 섹스로 옮겼다. 터키는 러시아에서 가까워 러시아의 부자들이 애용하는 휴양지이기도 한데, 러시아 여자들과 미국 여자들이 가장 터키 남자들을 밝힌다나 어쩐다나 하는 내용이었다. 오스만 시대에 러시아의 미녀들이 노예로 바쳐졌던 걸 생각하면, 격세지감을 느끼게 하는 시대상이 아닐 수 없다.

정작 나는 아무렇지도 않았는데, 그는 굉장히 쑥스러워하면서도 구태여 화제를 섹스로 한정시켰다. 나는 직감적으로 이 남자가 'Blue Voyages'든 뭐든 간에, 여행업에 종사하면서 터키 여성들과는 불가능한 강렬한 경험을 외국 여성들과 했고, 그것 때문에 외국 여성을 보면 여자친구를 보내면서까지 엮어보려 애쓰는 것이 아닐까 하는 생각이 들었다. 이슬람 국가라는 문화적 장벽 안에 있는 이 남자에게, 여행업이라는 열린 공간을 통해 들어온 외국 문화의 한 자극적인 단면은 저항하기 힘든 유혹이었을 것이다.

"당신 남편은 당신 혼자 이렇게 여행을 하면 불안해하지 않나요?"

나는 이 덩치만 큰 남자가 가진 단순하기 짝이 없는 인간관계에 대한 관념이 조금 흥미로웠다. 그러고 나서 다시 보니 그는 내가 처음 생각한 것보다 많이 앳된 얼굴이었다. 나는 어린 학생에게 순진한 질문을 받을 때처럼 미소를 띠고 답해 주었다.

"전혀요. 그 사람은 나를 알고 나는 그 사람을 아니까요."

그는 나의 대답을 이해하지 못했다. 아직 그는 어떤 사람을 제대로 '알아' 본 적이 없는 듯했다. 한 사람을 안다는 것은, 한 사람이 가진 우주를 이해하고 받아들이는 것이며, 나아가 더 진한 애정의 세월이 흐르면 이해하지 못해도 받아들이게 된다는 것을, 그 모든 과정을 그는 아직 한 번도 겪어본 적이 없는 것이다. 많은 사람들이 부주의와 태만으로 그 과정을 생략한 채 젊음을 잃는 것 또한 사실이다.

"당신이 여기서 내게 실없는 말을 걸고 있는 동안 여자친구가 멀어지고 있네요. 이렇게 쉽게, 또 한 번 누군가를 알 기회를 잃고 있군요."

그는 이게 무슨 소린가 하는 얼굴로 멍하니 나를 바라보았다.

"미안합니다. 어쩌다 보니 당신과 섹스 이야길 하고 있었군요."

그는 내가 자신을 나무란다고 나름대로 이해한 모양이었다.

"나한테 미안할 필요는 없어요. 낯선 사람과 음식에 대해 얘기하듯이 성에 대해 이야기할 수도 있는 거니까요. 하지만 분명한 건, 당신이 미안하다고 해야 할 사람은 저기 가고 있는 여자친구라는 거예요."

그는 이번에도 자신이 이해할 수 있는 부분만을 취했다.

"그렇죠? 섹스는 음식과 같은 거예요. 아무 음식을 먹듯이 누구하고라도 섹스를 할 수 있는 거죠."

오, 맙소사. 이 사람과의 동문서답은 밤새도록 계속되겠구나.

"그렇지 않아요. 섹스는 음식과 하는 게 아니라 사람과 하는 거예요. 음식은 감정도 생각도 없지만, 사람은 그렇지 않아요. 당신이 당신 자신을 음식 취급하고 싶다면 그건 말리지 않겠어요. 하지만 일단 지금은 빨리 가서 저 여자친구를 잡아요. 미안하다고 말하고, 여자친구 기분이 풀어질 때까지 귀를 기울여요. 난 이제 좀 혼자 있고 싶네요."

여성을 억압하는 나라의 젊은 남성들이 대개 그러하듯, 여성은 그들에게 성적인 대상으로 존재한다. 여성과는 지적인 대화를 할 수도 없을뿐더러, 만약 하더라도 그것은 섹스를 하기 위한 사전 작업에 불과하다. 여성과 토론을 한다거나 다양한 취미생활을 즐긴다거나 하는 식의 다양하고 건전한 활동들이 차단되어 있기 때문에, 이들이 여성에 대해 갖는 환상은 오로지 가장 낮은 차원의 관계, 섹스로만 고착되어 있는 것이다. 더구나 이슬람 여성들은 가정 안에서 갇혀 지내므로, 이들에게 혼자 여행하는 외국 여성은 '완전히 다른 종족'이다. 그들은 이 용감한 외국 여성들이 성에 있어서도 이슬람 국가의 여인들과는 완전히 다른, '오픈'된 자세를 견지할 것이라 믿는다.

그러나 이들의 접근이 끈적끈적하게 느껴진 적은 있어도 폭력적으로 느껴진 적은 없었다. 이들의 노골성은 다분히 이들의 단순한 여성관에서 비롯되었기 때문이다. 특유의 진한 눈썹과 강렬한 눈빛으로 의중을 전달한 뒤, 아니면 그걸로 '땡'이다. 눈빛으로는 아무것도 말하지 않지만, 밀폐된 공간에서는 범죄자로 돌변하는 강간율 세계 3위의 한국에서 자란 여성들이 터키 남성들의 '의사가 분명한' 접근을 두려워하는 것을 볼 때마다, 나는 좀 아이러니한 기분이 들곤 했다. 왜냐하면, 노출된 위험보다 감춰진 위험이 항상 더 끔찍한 결과를 초래한다고 생각하기 때문이다. 노출된 위험은 보이는 대로 막으면 된다. 마찬가지로 그 유명한 터키 남자들의 작업 걸기에는 강하게 "NO!"라고 말하는 것으로 충분하다.

antalya 안탈랴

SAFAK
CANKUR

세상에서 가장 아름다운 방

지중해 연안의 오래된 도시, 안탈랴로 향한다. 안탈랴는 이집트나 사이프러스 등지와 활발하게 교역을 벌이는 항구 도시이기도 하지만, 60년대 이후로는 관광업계의 붐을 타 지중해 연안의 도시 가운데 가장 큰 규모로 성장했다고 한다. 문화 경제적으로 대도시의 면모를 갖추고 있는 동시에 '칼레이치'라는 한적하고 매력적인 옛 문화지구가 있어, 대부분의 관광객들은 이곳에 묵게 된다.

버스는 제법 높은 산을 끼고 오르내리기를 반복한다. 나무들이 촘촘해지는 계곡 근처의 풍경은 강원도를 연상시킨다. 굽이굽이 산길 운행에 지쳤는지 운전사가 담배를 태우기 시작한다. 꽉 막힌 금연 공간에서 제멋대로 담배를 피다니! 부아가 나지만, 할 수 없는 일이다. 차장까지 있는 터키의 버스 운전기사들은 마치 왕처럼 군림한다. 차 안에서 승객이 담배를 피우면 호통을 치며 나무라면서도 정작 자신은 뒤이어 뻔뻔하게 담뱃불을 지피는 일이 예사로 일어난다.

버스가 아담한 호숫가에 이르러 정지한다. 처음엔 또 마을사람이 타는가 보다 생각했는데, 한참이 지나도 떠나지 않아 살펴보니 운전석이 비어 있는 게 아닌가. 창밖을 내다보니 사라진 운전사가 덩치가 커다란 장년의 남자와 이야기하고 있다. 장년의 남자는 차림새와 곁에 놓인 커다란 수족관에 가득한 물고기로 미루어 짐작컨대, 어부인 듯하다. 운전사는 생선을 살 모양인지 어부와 흥정을 하고 있다.

아무리 버스가 가고 안 가고는 운전사 하기에 달렸다지만, 운전사 저녁 반찬 사는 것까지 기다려야 하는 건 좀 심하지 않은가? 어이는 없었지만, 나 또한 아줌마다운 속셈이 있어 회심의 미소를 지었다. 그래, 우리 중빈이 생선 좋아하지. 안 그래도 터키에 와서 좀 야위었는데 잘되었다.

승객 가운데 혼자 버스에서 뛰어내린다. 권위적인 운전사는 버스 안에서 얌전히 기다리지 않고 튀어나온 내가 도리어 못마땅한 듯했으나 외국인이라 참는 눈치였다. 어부 곁에 가까이 가니, 지금은 보기 힘들어진 쇠저울로 어부가 물고기의 무게를 달고 있다. 수족관으로 시선을 옮기자, 우와! 감탄이 절로 나온다. 물고기라는 것은 본래 대단히 힘이 센 동물이라는 것을 처음으로 깨닫는 순간이다. 수십 마리의 갓 끌어올려진 물고기가 숨쉬기조차 힘들어 보이는 적은 공간에 한데 담겨 퍼덕대는데, 그 요동치는 소리와 움직임이 웬만한 사내아이가 물속에서 철벅대는 것과 맞먹는다. 물고기를 생각하면 보기 안쓰러운 장면이지만, 아이를 먹이려는 어미의 눈으로 보니 '이거 딱이구나' 싶다.

커다란 물고기 한 마리를 비닐봉지에 담아 자리로 돌아온다.

"중빈아, 우리 저녁거리다. 안탈랴 가면 튀겨 줄게."

앞 테이블을 내리고 봉지를 올려놓으니, 봉지 속에서 물고기가 동그란 눈을 희번들대며 몇 번 몸을 뒤채다 서서히 질식해 간다. 흐음, 보기에도 외면하기에도 미안한 장면. 아이가 꼼짝도 않고 내내 이것을 지켜본다. 물고기가 더는 움직이지 않자, 죽었다고 말하며 나를 바라보는 커다란 눈에 긴장이 가득하다.

"미안하다, 물고기야. 하지만 우리가 널 맛있게 먹어줄게. 중빈이가 네 덕에 크고 힘이 세지겠구나."

아이는 내 말 가운데 "Thank you, fish"를 반복하더니 비로소 마음이 편해졌는지 창밖으로 얼굴을 돌린다.

문제는 안탈랴 버스터미널에 도착했을 때 일어났다. 한 손엔 커다란 가방, 한 손엔 커다란 생선, 거기다 졸려 한껏 늘어진 아이. 차에서 내내 버티던 아이에게 뒤늦게 졸음이 쏟아진 것이다. 터미널에서 펜션까지는 버스 한 번, 1.5킬로미터 정도 걷고, 다시 트램, 내려서 또 걷고……. 대충 이 정도 거리다. 그런데 이 비정한 아줌마는 가방은 그렇다 치고, 다른 한 손에 거머쥔 생선이 무슨 산삼 뿌리라도 되는 양 포기 못하고 앞장서 걸으며 아이에게 힘을 내 따라오라고만 한다.

마침내 아이가 칭얼대며 주저앉는다. 생각 같아서는 펜션의 침대에서 재우고 싶지만 어쩔 수 없다. 고지가 아무리 눈앞에 있어도, 아이의 눈꺼풀이 붙어버리는 데는 장사가 없다. 나는 아이를 터미널 벤치에 뉘고, 하릴없이 곁에 앉아 재미없는 터미널 풍경을 두리번거린다.

그런데 사람들은 우리의 풍경이 재미있는가 보다. 동양 여자와 잠든 아기, 비닐봉지에 든 커다란 생선. 웃기도 하고 생선을 꾹 찔러보기도 하면서 내게 터키어로 말을 건다. 내가 줄 수 있는 것은 오직 미소뿐…….

관광도시인 안탈랴는 에이르디르에 비하면 턱없이 물가가 비싸서 가이드북에 소개되어 있는 곳 가운데 가장 저렴한 펜션을 골랐다. 라제르 펜션. 문 앞에 당도하니, 우선 녹음이 눈에 띈다. 꽤 넓은 정원이 넝쿨처럼 가로지른 녹음에 뒤덮여 다소 컴컴할 정도다. 게다가 넝쿨 중간에는 새장이 여럿 매달려 있어 쉼 없이 지저귀니, 자그마한 숲속을 연상시킨다. 인자한 인상의 노부부가 나의 가방을 받고 중빈을 안는다.

중빈은 이곳이 썩 마음에 든 눈치다. 주인 할아버지의 품에 안겨 고개를 든 채 새파란 나뭇잎과 그 사이로 쏟아지는 햇살에 기분 좋은 미소를 짓는다. 할아버지가 새에게 먹이 주는 것을 아이에게 보여준다. 아이가 할아버지를 따라다니는 동안 할머니를 따라 방 구경을 나섰다.

할머니가 10달러짜리 더블룸만 보여주는데, 극구 7달러짜리 싱글룸을 보여달라고 고집한다. 할머니는 이해할 수 없다는 표정으로 마지못해 싱글룸을 보여준다. 딸린 화장실에는 따로 문이 없어 방 안에 불쾌한 냄새가 떠돌고 벽에는 날파리가 스무 마리 정도 붙어 있다. 침대 너비는 한 70센티나 되려나? 입원실에서 병구완하는 사람들이 밤에 누워 자는 침대만하다. 하지만 중빈도 나도 작으니, 잘만 하면 될 것도 같다. 나는 산뜻한 정원이 있는 라제르에 묵기로 결정한다.

아이와 산책을 나선다. 백여 미터 걸어가니 곧바로 바다다. 드디어 지중해로구나! 청남빛 짙푸른 바다가 태양 아래 뜨겁게 반짝거리고, 아름다운 고대 유적들이 해변을 수놓고 있다. 바다 한가운데에는 마치 정교하게 조립된 모형보트와도 같이 우아한 목조배 한 척이 새하얀 돛을 바람에 나부끼고 있다. 그런데 이상한 것은 이 모든 풍경이 지나치게 한 폭의 그림과도 같아 오히려 익숙한 관광 사진 안에 들어와 있는 듯 새로운 느낌이 없다.

한적했던 에이르디르와는 정반대로 어딜 가나 사람의 물결이다. 안탈랴는 지중해 연안에서 가장 큰 관광도시로서 모든 교통편이 이곳을 지나치게 되어 있으니 사람이 많은 것이 당연하리라. 사람이 많은 만큼 사람을 바라보는 눈길들도 마냥 바쁘다. 관광객은 물건을 팔기 위한 대상으로 존재하며, 그

숫자가 많은 까닭에 하나의 관광객을 위아래로 훑고 매상을 올려줄 것 같지 않으면 바로 다음 사람으로 넘어가는 시선의 방식이 서울에서와 매우 흡사하다.

관광지에서 자란 젊은이들 특유의 욕망에 찌든 무례한 눈빛과 방향 감각을 상실한 권태로움이 배설해내는 거친 행동들이 도처에 깔려 있다. 나는 피로함과 배고픔을 동시에 느끼며 식당으로 숨어든다. 1세기경 등대로 사용된 것으로 추정되는 탑 옆의 야외식당이다. 아름다운 유적과 바다를 바로 곁에 두고 앉았으나 여전히 감탄은 나오지 않는다. 메뉴판을 보니 턱없이 비싼 가격이다. 가장 싼 스파게티를 주문하자 내 앞에 놓인 접시에는 하얀 면발에 갈아 익힌 토마토 약간뿐 달리 든 것이 없다.

산책을 하다 보니 자연스럽게 카라알리올루 공원에 닿는다. '크고 매력적인, 꽃으로 가득한 공원'이라는 가이드북의 설명과는 달리 꽃은 찾아볼 수 없고 대신 커다란 어린이 놀이터가 자리하고 있다. 올해 초 공원을 새로이 개보수했다고 한다. 중빈이 신이 나서 아이들의 무리 속으로 섞인다. 언뜻 보아도 중빈이만큼 어린 아이는 형제나 부모의 도움을 받아 높은 곳에 있는 나무다리까지 올라간다. 그 흔들리는 나무다리를 건너야 꽤 높은 미끄럼에 도달할 수 있는데, 아이는 나를 부르며 한번 씽긋 웃을 뿐, 생면부지의 사람들 틈바구니에서 이 모든 것을 끄떡없이 혼자 해낸다.

정작 아이는 자신의 변화를 눈치 채지 못하며 성장하지만, 여행이라는 특수상황 속으로 아이를 끌어들여 이것을 지켜보는 나의 마음엔 언제나 커다란 인내와 안쓰러움이 자리한다. 그리고 이런 순간, 아이는 선물처럼 그 모든 무거움을 한꺼번에 씻어준다.

때마침 주말이라, 카라알리올루 공원에는 터키인 가족들이 많이 나와 있다. 내 옆에 앉은 터키 여인이 신문지에 싼 해바라기 씨를 건넨다. 기름에 소금을 넣고 바삭하게 볶은 것인데, 터키인들은 남녀노소 할 것 없이 이것을 즐긴다. 어디서고 사람들이 머문 곳이면, 해바라기 씨껍질이 한 움큼씩 떨어져 있다.

여인은 전직 교사였다면서 최근에 영어회화 공부를 시작했다고 한다. 그녀는 나를 자신의 회화 연습 상대로 점찍은 듯 끊임없이 내게 말을 붙인다. 그리고 번번이 내가 자신의 문장에서 잘못된 부분을 수정해주고 좀 더 정확한 표현을 끄집어내 주기를 기대한다.

한 시간, 두 시간……. 중빈은 물 만난 물고기처럼 놀이터에서 떠날 생각을 않는다. 광활한 터키를 세로로 가로질러 마침내 안탈랴에 도착했고, 몇 발자국만 나가면 지중해를 볼 수 있다. 안탈랴에는 훌륭한 박물관도 있다는데, 오늘 안탈랴에서 내가 신물 나게 볼 것은 역시 이 미끄럼틀로 한정될 듯하다. 나는 하는 수 없이 벤치에 앉아 영어회화에 한창 재미를 붙인 터키 여인의 회화 강사 노릇을 하며 시간을 보낸다.

정직하게 말하자면, 나는 내가 조금 지쳐 있다는 것을 느낀다. 아마도 나의 피로함은 어린아이와 함께한다는 이 여행의 특이한 호흡법에서 오는 것이리라. 여행을 할 때에는 이동이나 불편한 잠자리 등의 물리적인 피로함이 따르게 마련인데, 그 피로함을 씻어주는 것이 바로 새로 도착한 곳의 낯선 매력이다. 그런데 이 꼬마 녀석과 이동하는 중에는, 이동의 피로는 두 배가 되는 반면에 새로 도착한 곳에서 낯선 매력을 느끼는 과정이 언제나 뒤로 미뤄져야 한다. 오늘처럼 이렇게 놀이터 죽순이 노릇을 하면서……. 들숨과 날숨이 교대로 이루어지지 않고, 날숨 두 번에 들숨 한 번, 이런 식으로 뒤죽박죽된 호흡법이 나를 지치게 하고 있는 것이다.

마음의 평화가 깨어진 나는 결국 중빈을 성공적으로 놀이터에서 끌어내는 데 실패했다. 아이는 크게 울음을 터뜨리면서 막무가내로 앞장서는 내 뒤를 마지못해 따랐다. 나의 언성도 높아졌다. 잠시 후 울음이 좀 잦아든 아이가 억울한 목소리로 내게 말한다.

"엄마, 나 너무 피곤해."

"그래, 그러니까 엄마가 이제 그만 놀고 펜션으로 가자는 것 아니야? 가서 저녁 먹고 푹 자자. 그럼 다시 기분이 좋아질 거야. 엄마도 피곤하고 너도 피곤해 보이는데 자꾸 안 간다고 하니까 엄마가 화가 났지. 이젠 엄마 마음 알겠어?"

"응."

"엄마도 네가 힘든 거 다 알아. 힘들어서 떼쓴 것도. 우리 서로 이해하고 화해하자."

나는 아이를 힘껏 끌어안는다. 그러자 아이의 눈에 다시 서러움의 눈물이 맺힌다.

"엄마, 그래도 나 섭섭해."

"그래, 그럼 한 번 더 끌어안자. 사랑해."

저녁 준비를 하러 생선을 들고 펜션의 부엌으로 갔다. 손바닥만 한 투숙객용 부엌은 불결했다. 솔직히 처음에는 그 부엌 안에 있는 아무것도 건드리고 싶지 않을 정도였다. 더러운 물에 흥건하게 젖어 있는 숟가락과 접시를 보는 것은, 더러운 침대 시트를 견디는 것과는 또 다른 문제였던 것이다. 나는 지쳐 있었고, 아무 일도 벌이고 싶지 않았다. 그래서 일순간 생선을 포기하고 저녁을 사먹으러 나갈까 망설였다.

그때 마침 좁은 부엌으로 세 명의 일본인 청년이 들어왔다. 망설이고 있는 나와는 달리 그들은 스스럼없이 장봐온 식료품들을 풀어놓는다. 숟가락

하나 내려놓을 틈 없이 어지럽혀져 있다고 생각되었던 조리대 근처에 귀신같이 빈 곳을 찾아 음식 재료를 쌓아놓는다. 청년들의 낡아빠진 옷과 신발이 그들 여행의 구력을 말해주는 듯하다. 이야기를 시작하니, 아니나 다를까, 그들은 지난 8개월간 남아시아와 인도, 아랍 지역을 여행했다고 한다. 그들이 준비한 세심한 저녁 재료의 면면을 보니, 장기간 여행하는 사람들의 긴 호흡이 느껴진다.

나는 마침 비어 있는 불 위에 팬을 올리고 기름을 두른 뒤 비닐봉지에서 커다란 생선을 꺼내 통째로 올려놓는다. 청년들이 내 생선 굽는 방식에 기겁을 한다.

"왜 안 씻지요?"

"오늘 아침에 호수에서 잡은 물고기예요. 그 호수물이 여기 수도보다 훨씬 깨끗하거든요."

"머리랑 내장 손질은?"

"어차피 익으면 살만 발라 먹을 텐데요, 뭘."

"프라이팬이 뜨거워진 뒤에 생선을 올려야 하는 것 아닌가요?"

아니, 이 청년들이 대한민국의 아줌마를 뭘로 보고.

"집에서라면 그렇게 하지만, 난 지금 여행 중이에요. 반드시 그러란 법이 없다면 뭐가 문제가 되죠?"

그들이 웃음을 터뜨린다. 그리고 굳이 내 생선을 꺼내 손질해 준다. 그중 한 명이 생선 가게를 운영한 적이 있다면서. 그 와중에 살의 일부가 손실되었다. 아까워라…….

새가 지저귀는 라제르의 정원에서 아이에게 생선을 먹이며 부엌 쪽을 바라본다. 청년들은 내가 내 부엌에서 할 때와 똑같이 꼼꼼한 절차를 밟아 스파게티를 만들고 있다. 그것으로도 모자라, 김을 부숴 먹음직스런 주먹밥까지

만들고 있다. 진지하고 정성스럽게 요리하는 그들의 태도는, '이 부엌을 존중하는 자에게 이 부엌은 정말로 좋은 음식을 제공해주는 곳인데, 너의 차별을 두는 닫힌 마음이 그것을 볼 수 없게 했다'라고 나의 어리석음에 대해 속삭이는 듯하다.

우리는 불결을 객관적인 지수로 측정하려 든다. 그래서 불결한 것은 언제나 논의의 여지없이 비판의 대상이 되게 마련이다. 그러나 불결함이란 가난과 맞물려 있는 것으로서, 우리가 삶의 무대를 조금만 옮겨보면, 그것이 건강과 생명을 크게 위협하지 않는 선에서 다분히 주관적인 것이 됨을 알 수 있다. 즉, '어느 정도의 빈곤과 불결함 vs 부와 청결함에서 마음의 편안함을 느끼는가'의 여부는 한 개인의 다양한 삶의 스펙트럼과 밀접하게 관계되어 있는 것이다.

세 명의 일본 청년이 낮은 조도의 알전구 밑에서 온화하게 움직이는 것을 바라보는 동안, 나의 마음은 평화를 되찾았다. 중빈도 저녁식사 후 힘을 회복해, 펄떡이는 물고기를 들고 먼 길을 온 엄마에게 보람을 느끼게 해준다.

"산책 가자!"

아이가 먼저 나선다. 길목마다 무소속의 개와 고양이들이 넘쳐난다. 관광지라 식당이 많기 때문에 버려진 음식만으로도 이들이 살아가는 데에는 아무 문제가 없어 보인다.

"엄마, 저 개는 너무 예쁘다, 그치?"

중빈이가 가리킨 개를 보니, 빨갛게 충혈된 눈에 싯누런 눈곱이 가득하고 개벼룩이 들끓는 송아지만 한 검은 개다. 검은 털이 먼지와 때로 뒤엉켜 뭉실뭉실한 솜뭉치가 되었다. 아이는 스스럼없이 다가가 개를 쓰다듬는다.

"엄마도 아이 예쁘다 해봐, 응?"

솔직히 나는 이곳을 떠도는 개와 고양이에게 별로 손대고 싶지 않다. 차마 내색은 못하지만 아이도 웬만하면 만지지 않았으면 좋겠다. 나는 '사람이 잘 보살펴주는 개'와 '그렇지 않은 개'에 대해 아이에게 설명을 해주었고, 그렇지 않은 개를 만질 때 발생할 수 있는 위험에 대해서도 이야기해준 적이 있다. 그래서 더럽고 병든 개를 보면 아이가 먼저 내게 말한다.

"주인이 없는 개야. 더러워. 병균도 있어."

하지만 다음 순간 아이의 질문은 같다.

"엄마, 쓰다듬어도 돼?"

내가 아이의 새롭게 움트는 동물에 대한 사랑과 안전사고 사이에서 갈등하며 대답을 미룰라치면, 아이는 그 틈을 파고들어 집요하게 애원한다.

"쓰다듬어도 돼? 쓰다듬어도 돼? 제발, 제발, 제발……."

모든 이름 없는 개, 거북이, 심지어 개미까지도 아이의 차별 없는 눈앞에서는 평등하게 존재한다. 입가에 똥이 묻은 개, 치질에 걸려 항문이 십 센티미터는 흘러내린 개, 쓰레기통에서 뛰어나온 개, 이 모두가 아이에게는 그저 '개'라는 사랑스러운 어휘의 주인공인 것이다.

그러니 아이의 눈은 득도한 자의 눈이다. 우리가 관계를 맺음에 있어 존재의 본질(개)보다는 본질을 수식하는 일시적인 현상(입가에 똥이 묻은)에 집중하는 반면에, 아이들에게는 생래적으로 본질이 비본질에 우선하는 힘이 있다. 즉, 비본질은 이후의 성장 과정에서 학습되는 것으로, 이 과정에서 열심히 방황하고 탐구하는 자만이 다시 모든 것을 한데 아우르며 본질을 식별해 낼 수 있는 노년의 혜안을 갖게 되는 듯하다.

취침 시간이 가까웠다. 거의 눈이 감긴 녀석을 간신히 씻겨 뉘고 손빨래를 하는데, 어느새 불어난 날파리가 스무 마리쯤 벽에 붙어 있다. 열 마리 정도 잡았다 생각이 되어 뒤돌아보면 어느새 열 마리가 더 늘어 다시 스무 마리가 되어 있다. 한숨을 푹 쉬고, 지린내가 은은하게 널리 퍼지는 변기 옆에 쭈그려 앉아 손빨래를 하는데, 아이는 내가 무슨 생각을 하는지 어떻게 알았을까?

"엄마!"

잠들었다고 생각했던 녀석이 나를 부른다.

"응?"

"이 방, 너무 예쁘다."

등 쪽에서 가슴까지 훈훈한 기운이 전달되어온다. 고개를 들어 방을 둘러보니, 파리가 주렁주렁 매달린 이 방이 이제 세상에서 가장 아름다운 방이다.

여행이라는 건 가보지 않으면 알 수 없지만, 그래서 여행을 하는 거겠지만, 이 꼬마 녀석과의 여행, 정말 할 만하다.

가엾게도, 한국인들은 노예로군요

밤새 잠을 설쳤다. 화장실의 습기가 숨쉬기 곤란할 정도로 온 방을 눅눅하게 만들었던 것이다. 안탈랴의 밤은 너무 추워 창문조차 열 수 없었다. 입고 있는 점퍼가 마치 덜 마른 빨래처럼 축축하다. 시계를 보니 6시. 일찌감치 일어나 창문을 열어 습기를 빼내고, 벌벌 떨며 침대에 걸터앉는다.

창밖은 풀이 무성한 공터. 깨끗한 지중해 연안의 햇살과 향긋한 냄새, 그리고 새소리가 한꺼번에 쏟아져 들어온다. 세상에! 이렇게 많은 새들이 한꺼번에 지저귀는 것이 대체 얼마만인지. 기분 좋을 만큼 귀가 따갑다. 게다가 이 향기, 어릴 적 시골 친척집에서 맡았던 그것과 꼭 같다. 싱그럽고 달콤하면서도 차갑게 머릿속의 불순물을 씻어내는 향기.

얼마나 오랫동안 내가 '아침'이라는 어휘의 의미를 오해하고 있었는지 깨닫게 된다. 서울에서의 아침이란, 오로지 바쁨과 서두름 속으로 나를 채찍질하는 시계의 분침에 불과했다. 그런데 이곳에서의 아침은 눈과 코와 귀로 음미되고 스며드는 어떤 것이다. 다시 하루가 시작되는 것에 대해, 위대한 우주가 내게 또 한 번 손길을 내밀어준 것에 대해 저절로 마음으로부터 경배를 올리게 되는 정결한 순간인 것이다. 그 자애로운 우주의 손길을 보지 못하고 인간이 펼쳐놓은 잡다한 그물에 얽혀 허우적거리고 마냥 조바심냈던 나날들이 부끄러워진다.

일순간에 새소리를 제압하며 쓰레기차가 지나간다. 집집마다 내놓은 쓰레기통을 비우는 것이 마치 우리네 옛 동네 풍경과 같다. 바퀴 달린 것이라면 환장하는 중빈, 깊이 잠든 것 같았는데도 어느새 벌떡 일어나 창밖을 내다본다.

"잘 잤어?"

"응. 엄마도 잘 잤어?"

쓰레기차가 사라지자, 아이가 다시 졸린 얼굴로 침대에 앉는다.

"근데, 엄마, 잠깐만…… 나 추워."

아이고, 이런. 잽싸게 이불을 가져다 김밥처럼 돌돌 말아준다.

아이는 침대에 누워 눈을 데굴데굴 굴리며 방을 살핀다. 벽에 붙은 파리가 아직도 그 자리에 있는지 확인하더니, 반가운지 씩 미소를 짓는다. 빨간 수소 풍선이 떠 있는 천장을 보면서도 매우 흡족한 얼굴이 된다. 어젯밤 길거리에서 터키 아가씨가 준 것이다.

아마도 아이는 나처럼 이 조화로운 아침의 기운을 온전히 받아들인 것 같다. 그래서일까? 이 춥고 눅눅한 방에 더러운 담요를 돌돌 말고 누워서는 내게 믿을 수 없는 말을 한다.

"엄마, 나 너무 행복해. 터키 여행하는 거 좋아. 터키 사람들이 좋고 동물들도 좋아. 큰 개도 좋고 쉬바(개 이름)도 좋아."

"정말? 그 말을 들으니 기쁘구나."

나는 호기심이 일어 질문을 해본다.

"중빈아, 우린 한국에서 왔지? 우리가 사는 한국은 어때?"

"한국도 좋고 터키도 좋아. 둘 다 좋아."

"그럼 한국의 집이 좋아, 터키의 이런 펜션이 좋아?"

"터키 펜션이…… 아니, 터키 사람들이 좋아."

아이는 장난감이 많은 서울의 제 집을 그리워하지 않고 있다. 그래, 아이야, 장난감은 죽은 것이지. 엄마가 보아도 이곳엔 네가 좋아할 만한 것들이 참 많구나. 새와 나무와 고양이와 무당벌레, 너는 그 모든 살아 있는 것들을 마음껏 사랑하고 보듬고 그것들과 함께 지칠 때까지 뛰어다닐 수 있구나. 그뿐이더냐. 사람들은 모두 네게 관심을 보이고 너나 할 것 없이 네게 호의적이지. 너도 다 아는구나. 아니, 너는 엄마보다 더 잘 아는구나. 엄마가 파리를 더럽고 귀찮게 여길 때, 너는 그것들에게서 공존의 기쁨을 보지. 새와 나무가 있는 곳엔 파리도 있어야 하고, 북슬북슬한 개가 있는 곳엔 개벼룩도 있어야 하지. 그런데 엄마는 자꾸 좋은 것만 보려고 하는구나. 편한 것만 찾으려 하는구나. 너는 어떻게 이 모든 존재의 비밀을 알아내었니?

처음에 나는 아이를 이곳에 데려온 것이라 생각했다. 그러나 지금, 나는 아이가 오래전부터 이곳에 올 예정이었다는 생각이 든다. 그래서 나라는 사람에게 가방을 들게 하고, 자신의 힘으로 이곳까지 왔다는 생각이 드는 것이다. 아이의 첫 걸음마, 첫 번째 열감기, 처음 내지른 일성, 이 모든 것들은 매일매일 또 다른 '오늘'을 위해 성실히 축조된 밑계단이었다. 그렇기에 아이는 내가 끌고 가는 지점까지 도달하는 것이 아니라 자신의 열린 마음이 닿는 곳까지 가는 것이다. 이 아이의 인생은 오롯이 이 아이의 것이다. 내가 주관할 수 있는 것은 가방을 들어주는 정도의 일일 것이다.

안탈랴에는 트램이 있다! 갈레이치 구시가지 골목을 걸어 트램 역으로 향한다. 트램을 타고 가까운 해변에 갈 계획이다. 트램을 타러 간다 하니 아이는 쏜살같이 달려가는데, 이른 아침 우리의 발걸음을 더디게 하는 것은 골목에 자리 잡고 앉은 터키 남자들이다. 관광객을 상대로 하는 토산품점을 운영하는 이들은 한가로이 가게 문턱에 나와 앉아, 뛰어가는 중빈을 붙잡고 말을 시킨다. 몇 살이니? 이름은 뭐니? 그러나 안탈랴는 많은 사람들이 드나드는 대단위 휴양지. 사시사철 향락의 내음이 진하게 배어 있는 이곳의 상인들은 순수하게 아이의 나이와 이름이 궁금하지 않다. 그들은 곧바로 내게 어느 나라 사람인가를 묻고, 남편은 어디 있는가를 묻는다. 그러고 나서의 그 뻔한 눈빛. 때로는 젠틀하게 때로는 무례하게. 그래서 나는 이곳에서 전형적인 동양인 관광객 행세를 한다. 미소 없는 굳은 얼굴에 마지못한 단답형의 대답.

노선이 짧은 트램을 타면 눈 깜짝할 새 종점이다. 이곳에 콘얄티 플라지라는 해변이 있다. 트램 역에서 구불구불한 길을 따라 수백 미터 내려가면 해변에 닿는데, 우리나라 거제도의 몽돌해변과 비슷한 풍경이다. 몽돌해변은 검은 조약돌인데, 이곳은 색색의 조약돌로 가득하다는 점, 그리고 멀리 보이는 산이 더 웅대하며 눈에 뒤덮여 있다는 것이 다르다면 다른 점이다.

해변에 이르자, 중빈보다 약간 어려 보이는 아이가 서슴없이 중빈에게 다가온다. 크고 동그란 눈과 곱슬머리가 서양화 속에서 튀어나온 아기 천사를 연상시킨다. 구릿빛으로 그을린 몸에 기저귀 하나만 달랑 걸친 이 녀석은 조금도 망설임 없이 중빈에게 자신의 우윳병을 내민다. 또래가 없어 심심하던 차에 나타난 중빈을 나름의 방식으로 환영하는 것이다. 아이의 이름은 이브라힘이라고 했다.

이브라힘은 자신과 똑같이 생긴 아빠와 단둘이 해변에서 놀고 있었다. 이브라힘의 아빠는 독일에 직장이 있는 터키인이었다. 매년 2개월 휴가를 받아 터키에 온다고 한다. 한참 이브라힘의 아빠와 이런저런 이야기를 하며 아이들 노는 것을 거드는데, 이브라힘의 아빠가 둘째 아이도 있단다. 어디에 있느냐니까 뒤를 가리킨다. 파라솔 밑에 금발의 젊은 아가씨가 7개월 된 아기를 안고 있다. 나는 이브라힘의 동생을 보러 갔다. 베이비시터가 너무 미인이라고 생각하면서. 그런데, 이게 웬일인가. 이 영어가 능통한 아름다운 베이비시터와 대화를 계속하다 보니, 그녀가 곧 이브라힘의 엄마가 아닌가.

나이도 스무 살을 갓 넘긴 듯 앳되어 보이는 그녀는 독일 여성이었다. 해변에 비키니를 입고 드러누워 선탠을 하면 딱 어울릴 외양인데, 긴 셔츠와 바지를 입고 해변의 뒤쪽에 물러나 앉아 몇 시간째 꼼짝 않고 아기만 안고 있는 것이다. 갑자기 카파도키아의 젤베 뮤지엄에서 보았던 젊은 부부가 생각났다. 부부에게는 요람에 담긴 아기가 있었는데, 아내가 카파도키아의 그 험한 지형을 요람을 들고 오르내리는 동안 남편은 캠코더 하나만 달랑 들고 저만치 앞장서서 이것저것 찍어대기 바빴다.

남녀 역할이 분명한 터키에서 비근한 예는 셀 수도 없이 많이 목격했지만, 지금 눈앞의 이 아름답고 젊은 독일 여성이 해변의 뒤쪽에서 석고상처럼 아기를 안고 마치 저 앞에 바다가 없는 듯 온종일 물러나 앉아 있는 것을 보는 것은 의아하다 못해 신기하기까지 하다. 이걸 알라가 위대하다고 해야 하나, 터키 남성들이 능력이 좋다고 해야 하나. 그녀의 얼굴에서는 일말의 불쾌함도 찾아볼 수가 없다.

마침 중빈이 나를 불러 물속에서 찾아낸 예쁜 돌을 보여주고 싶어 한다. 나는 아이들 곁으로 돌아와 이브라힘의 아빠에게 묻는다.

"독일 남자들은 굉장히 가정적이잖아요. 당신도 독일에서는 그런가요?"

"그럼요. 아내가 샤워를 할 때면 내가 아기 우유를 주곤 하죠."

아니, 그럼 그것도 안 하나?

"당신 아내는 독일에서 나고 자랐는데, 당신이 집안일에 더 많이 참여하기를 원치 않나요?"

"아뇨, 그녀는 내가 터키인인 걸 잘 알고 있으니까요."

우와, 대단하다. 부부생활을 원만히 하는 데 있어 가장 어려운 것이 바로 '내가 원하는 너와 실제의 네가 다름'을 인정하고 받아들이는 일일 터인데, 이 젊은 부부는 벌써 그런 쪽으로 통달한 듯 보이니 말이다.

문제가 있되, 정작 본인들에게는 문제가 되지 않는 이들 부부의 이야기에서, 바야흐로 화제는 이제 진짜 문제가 있는 우리 부부의 이야기로 돌아왔다.

"당신의 남편은 늘 그렇게 바쁜가요?"

"네, 하루에 15시간 이상 일할 때도 많아요."

"대부분의 한국 사람이 그런가요?"

"15시간까지는 아니더라도, 대체로 아주 많이 일하고 바쁘게 살지요."

"휴가는요?"

"일 년에 4, 5일쯤? 그것도 정해진 시기에 동시에 쉬지요."

"우와, 가여워라. 한국인들은 노예로군요."

노예? 그의 입장에서 보면 그 표현이 반드시 틀리지만도 않다. 그는 주5일 '9 to 5'로 일하며 일 년에 두 달간 휴가를 받는다고 한다. 게다가 외국인과 만나 우리나라의 휴가 문화에 대해서 이야기할 때, '노예로군요!' 하는 표현을 듣는 것은 새로운 일도 아니다.

이번엔 내가 물었다.

"그만큼만 일하고도 온 가족이 사는 데 부족함이 없나요?"

"전혀요."

독일의 공장에서 일한다는 그는 어깨를 으쓱하며 조금의 망설임도 없이 대답한다. 아마도 그는 독일에서 일하는 대부분의 터키 노동자들이 그러하듯 슈트트가르트나 프랑크푸르트에서 일할 것이다. 이러한 터키 노동자들의 삶은 터키인들에게는 성공의 상징처럼 여겨진다. 그의 스트레스라고는 찾아

볼 수 없이 아이처럼 해맑은 얼굴은, 새벽 두시에 퇴근하고 현관을 들어서는 남편의 얼굴과는 사뭇 다른 세상 사람의 것이다.

물론, 그가 사는 나라는 터키가 아니라 독일이라는 선진국이다. 오랜 세월 자본주의의 싹을 키워온 유럽의 휴가 문화와 불과 50년 전에 모든 것을 잿더미로 만든 전쟁을 겪은 우리의 그것이 어떻게 동급의 비교가 될 수 있겠는가. 그러나 우리도 이제 휴가에 대해 다른 각도에서 생각해볼 때가 되었다. 경제성장과 더불어 문화의 질이 많이 향상됨에 따라, 시기와 기간을 선택함에 있어 자율권이 전혀 주어지지 않는 때우기 식의 바캉스로는 대다수의 사람들이 남은 일 년을 견딜 충분한 에너지를 저장하지 못하는 까닭이다.

바캉스는 우리에게 '여행 문화'가 없던 시절의 이야기다. 바캉스만으로도 충분히 호사스러웠고, 시끌벅적한 유원지나 해수욕장이 우리가 알고 있는 선택의 전부였던 시절 말이다. 그러나 이제는 휴식에 대한 욕구가 다양해졌고 고급화되었다. 욕구가 다양해졌는데, 선택의 폭이 제한되어 있다는 것은 억압의 다른 이름이다. 여전히 일시에 여름휴가를 맞이하고 바가지요금에, 부족한 숙박 시설, 교통체증에 시달리는 일…… 많은 노동 뒤에 오는 짧은 휴식조차 스스로 주관할 힘이 주어지지 않는다면, 그것이야말로 진정 노예의 삶일 것이다.

콘얄티 플라지를 떠나 트램 역으로 되짚어 올라가는 길은 길고 높기만 하다. 아이 걸음으로 트램 역에 닿기까지 대체 몇 시간이 걸릴까 암담하기만 한데, 이렇게 고마울 데가. 흰 자동차가 우리 앞에 선다. 이브라힘과 놀던 바로 옆에서 일광욕을 즐기던 터키 여인이 그 차 안에 있는 것이다. 처음 해변에 도착했을 때 거구의 터키 여인이 수영복을 입고 홀로 해변에 드러누워 있는 것이 특이하다 싶었지만, 그녀가 영어를 하지 못해 눈인사만 나누었었다.

그런데 지금 그녀가 우리를 알아본 것이다. 한낮에 차를 몰고 해변으로 와 일광욕을 즐기고 다시 정장 차림으로 시내를 향하는 그녀를 보니, 추측컨대 이곳에서 좀 앞서나가는 삶을 영위하는 여성일 듯싶다. 그러나 언어가 통하지 않아 화통한 그녀와 대화를 나눌 수는 없다.

"No English, no English! Sorry, sorry. Hotel?"

그녀는 내가 타자마자 자신이 영어를 못한다는 것을 먼저 밝혀둔다. 나는 어설픈 터키어로 감사의 뜻을 전하고, 트램 역까지만 태워달라고 부탁한다. 그녀는 계속해서 호텔까지 태워다주겠다지만, 아이의 큰 즐거움을 생략할 수는 없다. 그녀는 크고 활달한 목소리로 "No English"와 "Sorry"를 반복한다. 대부분의 터키인들은 영어를 못하는 것을 굉장히 미안해한다. 손님인 내가 터키어를 못하는 것이 미안한 일임에도 불구하고. 아마도 찾아온 손님에게 가장 좋은 것으로 최선을 다해 대접하라는 알라의 가르침 때문인 듯하다. 나는 그녀가 알아들을 만한 두 문장으로 내 마음을 전한다.

"OK, OK. I love you!"

그녀가 커다란 너털웃음을 터뜨리고, 아이가 "I love you"를 따라하며 함께 웃는다.

펜션으로 돌아오는 길, 갈레이치의 작은 박물관에 들렀다. 안탈랴의 아름다운 맨션에 소규모의 박물관을 꾸며놓았다. 오스만 가족의 생활상을 볼 수 있는 층과 정열적인 색감의 19세기 도자기들을 전시해 놓은 층으로 나뉜다. 20세기 안탈랴 지방의 생활상은 100년 전 한양의 모습과 비슷하다. 신발을 주렁주렁 등에 멘 신발 상인, 그릇 상인 등등. 흑백 사진 속에서 훨씬 적은 체구에 커다란 봇짐을 지고 형형히 눈을 빛내는 그 옛날 터키인들의 모습이 어쩐지 낯설지 않다.

박물관에서 뛰어다니며 큰 목소리로 말하는 아이에게 몇 번 주의를 주자, 아이는 속삭이는 곳과 그렇지 않은 곳을 구분하는 것에 재미를 붙인 듯했다. 아름다운 자갈로 수놓아진 정원과 실내를 오가며 크고 작은 목소리를 반복해서 내보는 것으로 나름대로 박물관을 즐긴다.

라제르로 돌아와 쓰러지듯 낮잠이 든 아이는, 아마도 오늘 아침에 이어 나를 감동시키려 작정이라도 한 모양이다. 꿈속에서도 계속 이 말이 하고 싶었던 듯, 잠에서 깨자마자 내게 눈을 맞추며 속삭인다.

"엄마, 오늘 참 재밌었어!"

솔직히 말하자면, 내가 내심 최악의 장소라고 생각하는 이곳 대형 관광지 안탈랴에서, 아이는 여행의 절정에 올라 이렇게 나를 북돋는 것이다. 계속 가라고. 이제부터는 내가 주인공이라고. 원한다면 내가 너를 데리고 가주겠노라고…….

2

© sinecan

© nur-u ay

olympos 올림포스

이 소박한 것들의 모임은 수수한 미인의 얼굴처

돌부리가 튀어나온 흙길을 걸으면서 나는 중얼

다. 도시에서의 삶이 나를 지치게 했던 것은, 원하는 것이 없어서가 아니라 원하지 않는 것이 너무 많았던 까닭이었다. 그

소화하려 해도 늘 몸과 마음이 번잡해지는 것은, 그렇게 강제적으로 틈입해 들어오는 원치 않는 것들의 소란스러운 유혹과 강

© Nese Baltaci

고통이 없는 삶은
비어 있는 삶

일어나자마자 바로 가방을 꾸린다. 라제르 펜션의 정원에서 새소리와 함께 마지막 아침식사를 하고, 인심 좋은 주인 할머니와 숙박비를 정산한다. 터키 리라의 계산은 언제나 쉽지 않다. 우리나라 천 원이 약 백만 리라에 해당하므로 워낙 단위가 큰데다, 여기에 달러까지 개입되면 종이와 연필이 없이는 계산이 불가능해진다. 내가 달러로 지급하겠다고 하자, 할머니의 계산이 답을 못 내고 혼란스러워진다. 내가 연필을 잡아 달러로 계산하여 보여드리자, 이번에도 할머니는 이해가 잘되지 않았는지 고개를 저으며 불신의 눈으로 나를 쳐다본다. A:B =B:C의 간단한 비율 문제였으나 할머니가 고개를 끄덕이지 않는 한 나도 떠나지 못한다. 불쾌한 얼굴로 부엌으로 들어갔던 할머니가 다시 나와 찬찬히 종이를 들여다보더니, 갑자기 내 손목을 잡고 미소를 짓는다.

마침 라제르에 놀러온 이웃 상점의 아주머니가 영어를 하여, 그녀에게 안탈랴 터미널로 가는 방법을 묻는다. 아주머니는 나와 아이를 훑어본 뒤, 당연히 택시를 불러주겠다며 수화기를 집어든다.

"아니에요, 우리는 버스로 가고 싶어요."

"터미널까지는 택시로 천만 리라(약 만 원)면 가. 버스로는 한 번에 못가."

"알고 있어요. 그래도 괜찮아요."

아주머니는 비로소 가는 방법을 설명해준다. 트램-걷기-버스-걷기. 대충 이런 순이다. 고맙단 인사를 하고 라제르를 나서는데, 터키어를 못 알아듣기에 망정이지, 아마도 할머니와 아주머니 사이에 내 귀가 간질간질할 대화가 오갔을 것이 분명하다.

"아유, 택시는 무슨… 얼마나 지독한지, 애를 데리고 굳이 싱글 침대에서 자더라고."

우리의 다음 목적지는 역시 지중해 연안의 고대도시인 올림포스. 안탈랴에서 약 2시간 반 거리에 위치해 있다. 이제부터 지중해 연안을 따라 서쪽으로 돌아 이스탄불로 돌아갈 예정이지만, 늘 그러하듯 우리의 스케줄은 유동적이다.

올림포스는 매우 오래된 고대도시이다. 그러나 터키 전역에 산재한 많은 유적과 유물들이 그 의미를 밝혀내기도 전에 정부의 무관심과 부족한 지원 속으로 사라져 갔듯, 이곳의 역사 또한 불명확함의 신비 속에 방치되어 있다. 밝혀진 것에 의하면, 이곳은 기원전 2세기까지 한 소아시아 부족의 주요 도시였고 그들이 이곳에서 '불과 대장간의 신'인 '발칸'을 숭배했다는 것 정도이다.

이 불에 대한 숭배는 올림포스 근교의 쉬메라에 있는 '꺼지지 않는' 불길에서 연유한다. 쉬메라의 올림포스 산 기슭에 있는 이 작은 불길은 메탄을 함유한 특이한 가스가 지속적으로 분출되면서 공기를 만났을 때 저절로 연소하는 것이라 한다. 때문에 누군가 그릇 같은 것으로 덮어 진압할 수는 있지만, 그것을 치우는 순간 공기와 만나 바로 되살아난다는 것이다.

다른 지중해 연안의 소아시아 도시들과 마찬가지로, 올림포스도 기원후 1세기경 로마인들의 출현으로 쇠락의 길을 걷게 된다. 3세기에는 해적의 습격으로 극빈해졌으며, 중세에는 베니스인, 로도스인 등에 의해 해안가에 성곽이 건설되기도 했다. 이 성곽들은 지금도 볼 수 있다. 이후 15세기까지 올림포스는 버려진 땅으로 남아 있었다.

11시에 올림포스를 향해 떠난다던 버스는 꾸역꾸역 몰려드는 사람들을 빠짐없이 태우더니, 30분이나 지나서 출발한다. 그리고도 몇 번을 더 세워 승객들을 밀어 넣었고, 이제 남은 자리는 없다. 새로 탄 승객들은 부지런히 앉을 곳을 찾아 층계참에까지 자리를 만들어냈는데, 일행과 함께 탄 금발의 할머니 한 분이 선 채로 우왕좌왕한다. 그녀에게 아이의 자리를 양보하고 아이를 무릎에 앉히자, 막 잠이 들었던 아이가 다리를 뻗대고 눕는 자세를 취하며 울음을 터뜨린다. 그녀는 얼른 자리에 앉아 자신의 다리와 내 다리에 아이를 길게 눕힌다. 아이의 신발이 그녀의 셔츠에 닿았지만, 그녀는 조금도 개의치 않는다. 오랫동안 아이를 무릎 위에 놓고 가는 일은, 차마 처음 보는 사람에게 부탁하기 어려운 일이다. 하지만 눈치 빠르고 마음 좋은 그녀가 모든 상황을 앞서 해결해버린 것이다.

60대 초반으로 보이는 그녀의 이름은 알리슨, 미국인이다. 중빈이 깊은 잠에 빠져들었으니 오랜만에 대화하기 좋은 상대를 만난 셈이다. 솔직히 터키에 온 후 나는 대화에 굶주려 있었다. 잠자는 시간만을 제외하고 반복되는 아이와의 짧고 단순한 대화들, 또 터키인들과 간단한 영어로 나누는 미진하고도 되풀이되는 대화들에 약간은 질려 있었던 것이다.

나는 우리가 어느 나라 출신이고 아이가 몇 살인지, 그러한 불변의 '정보'를 훑는 짧은 대화가 아닌, 지금 내 안을 관통하여 흐르는 것, 지금 꺼내어

적거나 토로하지 않으면 사라지는 것들에 대해 사심 없이 귀 기울여줄 누군가가 필요했다. 마찬가지로 누군가의 이야기에 정신을 집중하고 귀 기울이고 싶은 욕구 또한 비등해져 있었다. 누군가를 내밀히 이해하고 그로부터 이해받는 소통의 기쁨이 그리웠던 것이다.

하지만 처음에는 알리슨과 어떤 이야기를 풀어나갈지에 대해 다분히 의구심이 들었다. 그녀의 목소리는 종달새처럼 높고 화창하여 다소 가볍게 들렸던 데다, 서슴없이 계속되는 그녀의 수다스런 질문들이 나를 본능적으로 위축되게 했다. 그런데 난데없이 그녀가 이런 말을 하는 것이다.

"My husband divorced me three years ago."

우리말로 해석하자면 남편과 3년 전에 이혼했단 말이겠지만, 남편을 주어로 끌어낸 것이 어쩐지 심상치 않았다. 낯선 사람을 향해 극히 사적인 화제로 바로 돌입하는 것, 이런 식의 대화가 가능한 사람들은 두 부류로 나뉜다. 모자라거나 용기 있거나. 나는 어쩌면 그녀가 매우 용기 있고 열려 있는 사람일지도 모른다는 생각을 하기 시작했다.

"나는 스무 살이 갓 넘어 결혼했어요. 당시 대학에 입학했었지만, 결혼과 함께 학업을 접었죠. 결혼생활은 37년간 계속되었어요. 두 아들과 딸 하나를 두었는데, 지금은 모두 결혼해서 잘들 살고 있지요. 남편은 활동적인 사람이었어요. 마을에서도 꽤 영향력이 있는 사람이었죠. 사업 수완이 좋아서 경제적으로도 풍요로웠답니다. 멕시코에 휴가를 보내기 위한 별장까지 있었으니까요. 그런데 어느 날 남편이 이혼을 요구해 왔어요. 식당에서 알게 된 멕시코인 웨이트리스와 사랑에 빠졌던 거죠. 자기 딸보다도 어린 여자와 말이에요. 나의 충격은 이루 말할 수 없었어요. 나는 그때 이미 육십을 바라보고 있었고, 그때까지 내가 생각했던 나의 노년은 가끔씩 찾아오는 손주들을 위해 쿠키를 굽는 정도였으니까요.

처음에 나는 아무도 만나지 않았어요. 아무 생각도 할 수 없었어요. 남편이 밉거나 원망스럽다는 생각조차 들지 않았어요. 그저 이해할 수가 없었죠. 내가 가진 전부라 생각했던 모든 것들, 남편, 집, 심지어 나의 인생까지, 어떻게 하루아침에 나의 것이 아닌 것으로 뒤바뀔 수 있는 건지 도저히 알 수가 없었어요. 나는 계속 성실하게 그 자리에 있었거든요. 다른 생각은 한 번도 한 적이 없었거든요. 다른 사람이 다른 생각을 하고 있다는 생각조차 해본 적 없었거든요. 그래서 비로소 생각하기 시작했죠. 남편은 그게 싫었던 것이 아니었을까? 나의 그런 무신경이……? 나는 그렇게 남편을 미워할 겨를도 없이 마구 커지는 분노를 도로 내 가슴속에 쏟아 부으며 자학으로 빠져들었지요.

그 모든 것에서 벗어나는 데 꼬박 2년이 걸렸어요. 아주 작은 집으로 옮기고, 지금은 매우 소박한 삶을 살고 있습니다. 1년 전부터 결혼과 함께 중단했던 학업을 다시 시작했어요. 다시 대학에 들어갔고, 미술을 공부합니다. 젊은이들과 함께 공부하니 나도 젊어지는 기분이에요. 아이들을 위한 미술치료사가 된다면 좋을 것 같아요. 한 번도 이런 노년을 예상하지 못했지만, 나는 지금의 나의 생에 만족합니다."

그녀는 내게 터키에서 드로잉한 것들을 보여주었다. 오스만 시대의 꽃병과 지중해 연안, 그리고 산골에서 만난 터키 여인의 주름진 얼굴.

"숲속을 산책하다가 나무뿌리 같은 것을 다듬고 있는 이 터키 여인을 만났어요. 나는 아무 말도 않고 그녀 앞에 앉아 스케치를 하기 시작했죠. 그녀는 잠시 고개를 들어 내가 하는 것을 보더니, 고개를 한번 끄덕이고 다시 하던 일을 마저 하더군요. 신기한 경험이었어요. 해가 뉘엿뉘엿 지는데, 아주 다른 세상에서 한평생을 보낸 우리들은 오랫동안 아무 말도 않으면서 서로를 잘 알고 있는 듯한 기분이 들었으니까요."

그녀의 드로잉에는 '느낌'이 있었다. 그저 여백일 뿐인 흰 종이에 느낌을 담는다는 것은 쉬운 일이 아니다. 그녀 생의 무게가 텅 빈 종이에 생명을 불어넣은 것이다.

"그전에 그림 공부를 하고 싶었던 적이 있었나요?"

"아니오. 그런 것과는 전혀 무관한 삶을 살았답니다. 그런데 막상 무엇을 공부할까 생각하니, 저절로 그림이 떠오르더군요."

한 사람의 일생을 쭈욱 듣고 나서 보게 된 그림이었기 때문일까? 만약 그 그림이 너무나 엉성했다거나 아무런 울림도 전해주지 못하는 것이었다면 오히려 내가 서글퍼질 것만 같았다. 그런데 고맙게도 그녀의 그림들은 내 가슴속에 잔잔한 파문을 일으키면서 나를 미소 짓게 했다.

"당신의 그 무심한 남편은, 뜻하지 않게, 자기 능력 이상으로 당신에게 좋은 선물을 하고 떠난 셈이 되었군요."

그녀는 터키에 한 평화운동단체의 일원으로 왔다고 한다. 주로 장애인을 위한 시설이나 장비를 만들고 구입하는 것을 도와주었고, 지금은 모든 봉사활동을 접었으며 출국 직전에 주어진 며칠간의 휴가를 파타라 등지의 지중해 연안에서 보낼 계획이라고 한다. 그녀는 버스 앞쪽 층계참에 앉은 자신의 일행을 가리키면서, 이혼 후 그녀가 한평생 사귀었던 친구보다 더 많은 친구를 사귈 수 있었으며, 그들이 그녀의 삶을 풍족하게 해준다고 말했다.

나는 그녀가 자신의 간소한 집에서 혼자만의 적요하면서도 풍요로운 시간을 보내는 것을 상상할 수 있었다. 그녀의 스케치북 속에 있는 터키 여인의 얼굴과 꼭 같은, 삶의 그늘을 무사히 통과한 인간만이 갖는 따스하고 자애로운 얼굴을 하고.

버스는 점점 깊은 산세를 드러내는 숲속으로 들어가고 있었다. 길은 바느질을 하듯이, 해변을 볼 수 있는 뜨거운 바깥쪽과 나무그늘로 뒤덮인 서늘

한 안쪽 숲속 길을 오락가락 했다. 우리는 결혼제도와 출산이 여성의 삶에 드리우는 햇살과 그늘에 대한 대화를 나누었고, 이어 여성의 삶뿐 아니라 동전의 양면처럼 슬픔과 기쁨이 교차하는 우리네 삶이 우리의 어깨에 내려놓은 짐과 그 짐을 지고 가는 자의 수고로움이 가끔씩 가져다주는 보람에 대해서도 이야기했다.

"그 모든 번잡함과 수고로움이 없었다면, 대체 우리 생이 뭘로 채워졌을까요?"

그녀는 나의 질문을 매우 잘 이해하고 있었다.

"텅 비어 있었겠죠. 지켜지지 않을 약속, 공상에 불과한 계획들이 그 빈 곳을 공허하게 드나들었겠죠."

버스가 멈춰 선다. 그녀의 목적지인 파타라까지는 4시간 정도 더 달려야 한다. 창밖을 내다보니, 차도에 얇은 목재로 허술하게 세운 휴게소가 보인다. 올림포스로 가는 이들은 여기서 내려 다시 하얀 밴을 기다려야 한다고 한다. 아이가 잠에서 깨어 어리둥절한 채로 알리슨과 나의 무릎에 앉아 있다. 알리슨이 내 가방을 들어주겠다며 내게 아이를 안고 내리라 한다. 우리는 차에서 내려 뜨거운 포옹을 나누고 헤어졌다. 서로의 앞날에 행운이 있기를 기원하면서.

휴게소 근처에 세워져 있는 하얀 밴에 가방을 올려놓으려 하자, 누군가 제지하면서 올림포스로 가는 하얀 밴이 조금 전에 떠났기 때문에 2시간쯤 기다려야 한단다. 2시간이나! 우리는 휴게소에서 과일 주스를 하나씩 고른 뒤 휴게소 뒷마당에 있는 널찍한 원두막으로 올라갔다. 원두막은 오스만식 거실처럼 사면을 둘러가며 방석과 쿠션이 놓여 있었다. 사랑방식 좌담이라도 열면 딱 좋을 장소였다. 우리는 마음에 드는 쿠션을 하나씩 골라 기대고 주스를 마시기 시작했다.

유감스럽게도 원두막에서는 저 밑 어딘가에 있을 지중해도, 올림포스의 작은 마을도 보이지 않았다. 버스에서 내릴 때, 중년의 영국인 부부가 내게 친절한 미소와 함께 말했었다.

"당신은 그곳을 좋아하게 될 거예요."

짐작을 거부하는 꽉 막힌 풍경, 거기에 두 시간의 기다림이 더해져 나는 올림포스가 어떤 곳인지 몹시 궁금해졌다.

정확히 1시간 45분 뒤, 우리는 흰색 밴에 몸을 실었다. 차 안의 승객은 유럽 출신으로 보이는 중년의 남녀 한 쌍, 나와 중빈, 그리고 한 터키 청년이 전부였다. 차는 골격 큰 바위 산들을 굽이굽이 돌아 내려가고 있었다. 이렇게 평지까지 내려가면 올림포스가 있는 모양이다. 반 시간 가량 내려오자 본격적으로 'Tree House'라는 푯말이 이곳저곳 눈에 띄고 엄청나게 큰 나무 위에 오두막집들이 보인다. 여행자들이 올림포스에 들러 나무 위의 집에 머무는 것은 터키 배낭여행의 주요한 코스로 자리 잡았다고 한다. 나무 위에서 생활해본다는 것은 분명 멋진 경험이겠으나, 나무 위에 걸쳐진 높고 엉성한 사다리를 보니 중빈과 머무는 것은 아무래도 불가능해 보인다.

야트막한 개울을 따라 달리던 차가 급기야 개울 안으로 뛰어든다. 창밖을 내다보던 아이가 이 사실을 알아채고 기쁨에 겨워 소리를 지른다.

"엄마, 차가 물속을 달려!"

자갈이 많이 깔린 개울을 건너자, 방갈로가 많은 어느 펜션 앞이다. 이윽고 중년의 부부가 차에서 내린다. 아직까지 내가 찾는 오렌지 펜션은 보이지 않았다. 나는 내 앞에 앉아 있는 터키 청년에게 오렌지 펜션을 아느냐고 묻는다. 그가 유창한 영어로 자신도 그곳에 가는 중이라고 말해준다. 아주 맑고 예쁜 눈을 가진 청년이다. 그는 그 펜션이 자신의 삼촌 것이며 자신도 거기에서 일한다고 덧붙인다. 그의 이름은 유습이었다. 차는 점점 더 울창한 나무를 따라 난 길로 들어선다. 어디에도 차는 보이지 않는다. 우리가 탄 밴만 멈춘다면 아주 고요하겠다. 공터를 돌아다니는 닭들과 칠면조 무리가 일제히 고개를 쳐들고 요란한 소음을 내는 우리 쪽을 쳐다본다. 그것이 풍요로운 자연과 순한 사람들의 땅, 올림포스와의 첫 대면이었다.

올림포스가
내 안으로
들어오다

오렌지 펜션에 들어서자 유습의 일가족으로 보이는 남자들 네댓이 마침 목재 테이블에 앉아 차를 마시며 눈인사를 한다. 테이블과 벤치, 원두막과 심지어 건물까지 모든 것이 나무로 만들어져 있다. 유습의 가족들이 힘을 합쳐 이 모든 걸 만든 게 아닐까 추측될 만큼 기성품처럼 보이는 것은 없다. 조금씩 투박하지만 사람의 손길이 많이 닿지 않은 전체적인 풍광 속에서 자연스럽다.

넓은 정원은 굵은 자갈로 뒤덮여 있다. 여기저기 심어진 굵직굵직한 나무들이 힘껏 가지를 뻗쳐 드넓은 정원에 그늘을 드리운다. 나는 나무 두 그루 사이에 매어진 해먹을 발견하고 그리로 뛰어가 벌러덩 눕는다. 아이를 내 배 위에 올리자, 슬렁슬렁 흔들리는 해먹을 따라 노래처럼 아이의 웃음소리가 리듬을 탄다. 누워서 바라본 하늘은 온통 나뭇잎이다. 잎이 흔들릴 때마다 빛이 그 사이를 파고들며 부서진다.

건물 뒤로는 오렌지 과수원이 있다. 본격적으로 오렌지 나무를 키운다기보다는 펜션의 특징을 살리는 소품으로 내버려두는 듯하다. 조금 더 일찍 왔으면 오렌지를 실컷 따먹을 수 있었을 거라고 유습이 말해준다. 유습은 이 펜션에서 영어를 할 줄 아는 유일한 사람이다. 주로 외국인을 상대하고 부엌

일을 거든다. 유습의 사촌들이라는 다른 남자들도 부지런히 움직이고 있다. 오렌지 과수원의 나무 사이사이에 방갈로 건축이 한창이기 때문이다.

다른 것이 아닌, 'Tree House'가 이곳에 유행처럼 번진 것은 천만다행이다. 즉, 사람들이 이곳에 와서 찾는 것은 편리함이 아닌 가장 자연적인 것에 대한 체험이다. 덕분에 모든 방갈로, 펜션 건물 등이 'Tree House'의 느낌을 최대한 살리기 위해 노력한다. 우거진 나무들이 관광이나 개발의 이름 아래 손상되지 않고 최대한 지켜지면서 그 사이사이로 새로운 목조건물들이 들어서고 있는 것이다.

유습의 사촌들은 모두 목수의 손을 가졌고, 그들의 얼굴 또한 관광지 사람의 것이 아니다. 우직하고 무뚝뚝하다. 나는 우리에게 별다른 관심도 없고 친절하지조차 않은 그들이 오히려 마음에 든다. 그들은 노동과 휴식, 그 두 가지만으로 생을 성실히 채워나가는 사람들처럼 보이며, 그 이외의 것들로 머릿속을 번잡하게 하는 바깥세상의 사람들과는 달라 보인다. 내가 그들에게 무엇을 물어보기라도 하면, 그들은 매우 자연스러운 무뚝뚝함을 담고 "Yusuf!"을 외치고, 유습이 어느새 다정한 미소를 띤 채 내 곁에 와 서 있다.

중빈은 정원에 흩어져 있는 닭들을 쫓아 뛰어다니고, 나는 해먹에 누워 팔자 좋게 흔들리는데 누군가 중빈에게 말을 건다.

"Where's your Mom? Are you Korean?"

(네 엄마는 어딨니? 너 한국 사람이니?)

잠시 뒤 내게 다가온 것은 통통한 얼굴의 한국 아가씨다. 민이라는 이름의 이 아가씨는 올림포스에 하룻밤만 머물 계획으로 왔다가 벌써 며칠째 떠나지 못하고 있단다. 사람, 음식, 풍경, 모든 것이 너무나 만족스럽다면서.

민은 보통의 한국인답지 않게 펜션의 모든 가족들과 일일이 이야기를 주고받는다. 그들 모두의 이름을 불러주고 영어와 터키어를 섞어가며 농담도 건넨다. 그녀의 씩씩한 목소리가 손님 없는 펜션 전체의 분위기를 활기차게 만드는 듯하다. 그녀가 바닷가로 가는 길을 설명해 준다.

"이 길 따라 죽 가면 되요. 15분도 채 안 걸리는 가까운 거리예요."

15분? 나는 이 애 안 딸린 아가씨가 십 분 동안 훨훨 날아 지중해에 도착하는 장면을 부럽게 상상하면서, 중빈과 나만의 시계로 시간을 환산한다. 길은 울퉁불퉁한 우리네 시골 황톳길이고, 아이는 걷는 도중 몇 번씩 '걷는 목적'을 상실할 것이며, 길 따라 난 풀숲에는 각종 벌레들이 숨어 있을 테니 한 시간? 한 시간 반?

민이 "같이 가실래요?" 하는 걸 먼저 보낸다. 중빈과 함께 걷는다는 것이 무엇을 의미하는지 그녀는 아직 모르고 있다. 그리고 아직은 모르는 게 좋다. 어쩌면 결혼과 육아 모두에 대해 끔찍한 선입견을 갖게 될지도 모르므로.

유습의 안내를 받아 2층 방으로 들어간다. 깨끗한 시트와 얼룩 한 점 없는 욕실. 침대 위쪽으로는 전기히터가 있고 세면대에는 온냉수가 함께 나오니 가히 완벽하다 할 만하다. 게다가 두 벽면 가득 창문이 훤히 빛을 들여보내고, 작은 곁문을 여니 나무 발코니 아래로 오렌지 나무들이 횡렬로 서 있다. 터키식 아침과 뷔페식 저녁식사를 포함하여 하루에 만 오천 원. 아무리 경비를 아끼는 나지만 이건 정말 황송한 가격이다. 비수기이므로 며칠간 내리 묵는다고 하면 디스카운트를 받을 수 있겠지만 별로 그러고 싶지 않다. 나는 오히려 유습에게 방이 너무나 마음에 든다고 고맙다고 말해준다.

이렇게 외진 곳에 누군가 자리를 잡고, 나날이 부지런히 닦고 수리하여 나 같은 여행객이 지나갈 때 깨끗하고 편리한 잠자리를 선택할 기회를 제공해준다는 것, 그것은 분명 고마운 일이다. 내가 10대였을 때는, 누군가 타인을 위해 봉사하고 내가 하기 어려운 일을 앞장서 해준다 하더라도 그것은

'자기가 좋아서' 하는 일에 불과했다. 내가 20대였을 때, 타인에게 봉사하는 것은 감사해야 할 일이지만, 자신의 삶을 성실히 영위하는 것은 '먹고 살기 위해 당연한' 일이었다. 그러나 지금 30대인 내게 타인을 위해 봉사하는 것은 '위대한' 일이며, 자신의 삶을 성실히 살아가는 것은 '고마운' 일이다. 자신의 삶을 성실히 꾸려나가는 것에도 부단한 노력과 결심이 필요하다는 것, 그러한 노력과 결심이 조용히 이 세상을 아름답게 한다는 것을 알게 된 까닭이다.

아이와 함께 오렌지 펜션을 나선다. 목적지는 바닷가이고 아이도 바닷가에 가고 싶다며 따라나선 것이지만, 아이의 기억력은 '메멘토'의 주인공처럼 10분 단위로 앞의 것이 지워지며, 항상 '지금' 눈앞에 있는 것이 새롭게 중요한 것으로 대두되는 까닭에 과연 그곳에 다다를지는 미지수이다.

삼십여 미터쯤 걸어갔을 때, 아이가 커다란 개미집을 발견하고 주저앉는다. 왕개미라 해도 좋을 만큼 큰 종이다. 개미들은 날렵한 다리로 부지런히 과자 부스러기를 긁어모으면서 아이의 눈을 현혹시킨다. 조금 더 관심을 가지고 둘러보니, 개미집은 엄청나게 큰 규모인 듯 놀랄 만큼 여러 곳에 통로를 만들어놓고 외부를 향해 뚫려 있다. 긴장된 얼굴로 쭈그려 앉은 아이에게 그 구멍들을 찾아주며 추임새를 넣는 동시, 나는 향기로운 지중해의 내음을 실어다주는 저만치 앞쪽을 향해 침을 한번 꼴딱 삼킨다.

"중빈, 너 지금 뭐 하고 있니?"

아이는 흙을 집어 개미구멍을 막고 있다. 이미 자신이 하는 행동이 충분히 잘못 되었음을 알고 있기 때문에, 내 질문에 답하지 않고 나를 한번 쳐다본 뒤 눈을 내리깐다. 그 얼굴이 편치 않다.

"뭐 하느냐고?"

이번에는 나를 쳐다보지도 않는다. 흙을 집어든 주먹을 허공에 정지시킨 뒤 몇 초간 망설이다가, '알지만, 나도 어쩔 수 없어요'라는 듯 다시 흙을 구멍에 붓는다. 이해한다. 유년시절 내가 막아버렸던 그 무수한 곤충의 통로들. 구멍이 있으면 막대기로 찌르거나 흙으로 덮어버리고픈 본능이 우리에게는 있다.

게다가 이 흙, 너무나 부드럽다. 한 줌 들어 올리자, 손가락 사이로 빠져나가는 흙먼지가 마치 고운 체에 받친 듯 가볍게 날아간다. 나는 아이 곁에 쭈그려 앉아, 지금 이 구멍과 연결된 통로 밑으로 얼마나 넓은 개미의 세상이 있는지, 그 세상이 얼마나 다양한 개미들의 협력과 수고에 의해 유지되는지 이야기해준다. 아이는 '엄마가 너를 낳았듯이 여왕개미가 수고스럽게 알을 낳고 있는 방도 네 흙에 의해 무너질 것'이라는 대목에서 한동안 멈칫하더니, 무슨 대단한 결심이라도 한 듯 아랫입술을 깨물고 다시 흙을 넣기 시작한다.

나는 지켜보기로 한다. 녀석, 머리와 손 사이를 잇는 연결 신경이 필요에 따라 붙었다 떨어졌다 한다. 마침내 아이는 구멍을 다 메우고 손바닥으로 깨끗이 그 위를 쓸어, 마치 그곳에 아무것도 존재하지 않았던 양 흔적을 지워버렸다. 그리고 일어서며 후련하다는 듯 외친다.

"가자!"

길을 따라 왼편으로는 펜션과 식당, 오른편으로는 들판과 산이다. 인가가 사라지는 지점부터 본격적으로 유적이 등장하면서 바닷가로 향하는 오솔길이 시작된다. 이곳에 매표소가 있어 만 원가량의 입장료를 받는다. 철저하게 입장을 통제하는 곳이 아니라서 뭐 조금 머리를 쓰면 매표소 뒤로 돌아갈 수도 있고, 눈에 잘 안 띄는 차림새를 한 사람은 그냥 통과도 된다. 하지만 이 입장권은 일주일간 사용이 가능하므로 굳이 인색하게 굴 필요는 없다. 다만 입장료에 상응하는 유적 관리가 전혀 되어 있지 않다는 것이 아쉬운 점이다.

유적에 대한 아무런 설명도 없고 심지어는 이름이나 용도조차 밝혀지지 않은 것들이 허다하게 길가와 산속에 널려 있어 관광객들의 잦은 손길에 훼손되어 간다. 따라서 나처럼 얄팍한 상식만을 가진 사람들에게 이곳의 유적들은 그 풍성함에도 불구하고 그 정체는 다소 모호한 '그냥 유적일 뿐'으로 존재하는 것이다. 터키 정부가 이곳의 유적을 위해 한 일은 매표소를 설치한 것 밖에 없다는 생각이 든다.

그럼에도 이 알 수 없는 유적들은 충분히 아름답다. 아니, 조금 부족한 것이 이곳의 매력이다. 산도, 들도, 꽃도, 나무도, 무뚝뚝한 사람들도, 방치된 유적들도, 모든 것이 '아주 매력적'이라고 말하기에는 조금씩 함량미달이다. 내 짧은 경험으로도 이곳 올림포스에 있는 것들보다 멋진 것을 대라고 하면 얼마든지 댈 수 있을 것만 같다. 이를테면, 나무. 앙코르와트의 나무들은 나무로서 표현 가능한 모든 것을 보여주었기 때문에 그곳의 나무에 비하면 이곳의 나무들은 좀 심심하다. 산도 마찬가지다. 굳이 히말라야를 언급할 필요도 없이 이곳의 산은 집 앞의 관악산과 견주어보아도 초라하기만 하다. 그런데…… 이 모든 부족한 것들의 총합이 10점 만점을 이루어내니 신비롭지 않은가. 이 소박한 것들의 모임은 수수한 여인의 얼굴처럼 마음을 평화롭게 한다. 충분히 아름다운 것은 다 있으면서 다 조금씩 부족한, 그 어느 것도 뽐내지 않는 데서 오는 마음의 편안함이다.

돌부리가 튀어나온 흙길을 걸으면서 나는 중얼거렸다. '이곳엔 다 있다. 내가 원하는 것이.' 그리고 또 중얼거렸다. '이곳엔 아무것도 없다. 내가 원하지 않는 것이.'

나는 새로이 깨달았다. 도시에서의 삶이 나를 지치게 했던 것은, 원하는 것이 없어서가 아니라 원하지 않는 것이 너무 많았던 까닭이었다. 그리고 그 많은 것들 가운데 숨어 있는 원하는 것을 골라내고 값을 지불하고, 나머지 것들은 버려야 하는 나날의 피로함이었다. 삶을 아무리 간소화하려 해도 늘 몸과 마음이 번잡해지는 것은, 그렇게 경쟁적으로 틈입해 들어오는 원치 않는 것들의 소란스런 유혹과 강요 때문이었던 것이다.

유적과 나무 사이에서 아이와 나의 발소리가 글자 그대로 저벅저벅 울려 퍼진다. 아이는 작게 으깨진 돌가루에 미끄러져 엉덩방아를 찧기도 하고, 조그만 돌다리 위에 앉아 나뭇잎을 하나씩 개울물에 띄워 보낸다. 발 빠지기 딱 좋게 만들어진 허술한 징검다리에서는 있는 대로 엄살을 피우며 내게 들러붙고, 징검다리가 끝나자마자 저 다리를 건넌 자신은 정말로 용감한 소년이란다.

길이 깊어질수록 양편의 나무들이 서로 손을 맞잡고 '비밀의 화원'으로 통하는 문인 양 초록의 나무 동굴을 만들어낸다. 희고 노랗고 빨간 꽃들이 누구에게도 조종당하지 않은 채 분망하게 피어 있다.

15분 거리인 오솔길을 주파하는 데, 한 시간 반이 소요되었다. 그러나 언제부턴가 시계는 우리들과 무관해졌다. 이 길이 누군가에게 십 분짜리 즐거움이었다면, 우리에게는 한 시간 반만큼의 행복이었다. 길과 유적이 동시에 끝나면서 거짓말처럼 갑작스럽게 지중해가 펼쳐진다. 항상 관심거리가 많아 내 뒤에 처지던 아이가 "바다다!"라는 내 말에 용수철처럼 튀어나간다.

이곳은 바다마저 간소하고 차분한 느낌이지만, 지중해 특유의 청남빛만큼은 다른 화려한 해변에 뒤지지 않는다. 해가 산 너머로 사라지기 시작했고 갑작스레 서늘한 기운이 몰려드는데도, 개의치 않고 수영을 즐기는 굳센 체력의 젊은 백인들 서넛이 눈에 띈다.

때마침 해변에 커다란 검둥개가 뛰어다닌다. 한눈에 보아도 사람의 손길이 닿은 지 오래된 개인데, 정신 상태가 약간 의심스러울 만큼 행동 과잉이다. 저 혼자 뛰고 점프하고 나뭇가지를 물고 던지는데, 송아지만 한 것이 바람에 날리는 신문지처럼 너울대자 조금 겁이 난다. 그런데 나와는 달리, 이 검둥개의 미친 듯한 움직임이 아이에게는 대단한 쇼였다. "엄마, 저 개 좀 봐!"를 외치며 아이가 쉼 없이 까르륵대는 것이다.

아이를 기쁘게 하기 위해서라면 가끔씩 이성적 판단이 흐려지는 내가, 아이가 먹다 만 소시지 반쪽을 꺼내 개를 향해 던진다. 개가 공중으로 몸을 휙 날리더니, 취권이라도 구사하듯 희한하게 몸을 비틀며 용케 소시지를 낚아챈다. 문제는 그 다음이었다. 생전 처음 한국의 '천하장사' 소시지를 맛본 이 반쯤 실성한 개가 중빈을 향해 전속력으로 돌진하는 것이었다. 뭐든 오래 입에 물고 잘 삼키지 않는 중빈에게서 나머지 천하장사 반쪽이 고스란히 냄새를 풍기고 있었던 것이다. 영문을 모르는 중빈은 까르르 웃고, 나는 기절 직전의 공포에서 가까스로 정신을 차려 옆에 있는 커다란 나뭇가지를 집어 들었다. 그리고 있는 힘을 다해 멀리 던졌다. 검둥개는 실성한 개답게 바로 목표를 바꾸어 나뭇가지 있는 쪽으로 뛰어갔다.

그때부터 때마침 지나가는 터키 아저씨에게 도움을 요청할 수 있을 때까지 나는 한참동안 꼼짝없이 나뭇가지를 던져야 했다. 던지면 또 물고 오고, 던지면 또 물고 오고……. 한 50미터쯤 멀리 던질 수 있다면 개가 물러간 사이 도망이라도 쳐볼 텐데, 알량한 내 던지기 실력에 실성한 검둥개의 체력이 만나 밤을 새워도 그 짓이 끝나지 않을 판이었다.

마음씨 좋은 터키 아저씨가 막대기를 손에 들고 무섭게 개를 위협하며 한쪽으로 쫓는 동안, 마침내 아이와 해변을 빠져 나왔다. 배고픈 들개에게 함부로 먹을 것을 주지 말 것. 특히 덩치가 크고 정신이 오락가락하는 개에게는. 오늘 얻은 교훈이다.

다시 바닷가에서 펜션으로 이어지는 길. 다행히 아이는 좀 익숙해진 탓인지 방금 전보다는 빨리 걸어준다. 징검다리를 건너고 개울을 지나, 우리는 아까 한참을 지체했던 개미집 앞에 이르렀다.

“중빈아, 이리 와서 한번 보렴.”

아이는 무슨 영문인지 궁금해하며 내 곁에 앉는다. 아이가 무너뜨린 개미집, 바로 그 자리에 수십 마리의 개미가 바쁘게 드나들며 집수리를 하고 있다.

“봐, 중빈아. 아까 네가 개미집을 무너뜨렸던 곳이야. 네 덕분에 개미들이 아주 바빠졌구나. 개미가 어떻게 집을 고치고 있니? 흙을 입에 물고 나오지? 저 구멍 안에 네가 메워놓은 흙이 가득하기 때문이야. 개미들은 포크레인도 없고 삽도 없는데, 저렇게 흙을 입으로 조금씩 나르자면 집을 다 수리하기까지 얼마나 시간이 걸릴까?”

“아주 많이.”

“그럼 지금 개미들 기분이 어떨까?”

“슬플 거야.”

“그래도 개미들은 부지런하기 때문에 내일 다시 이곳에 와 보면 처음 네가 보았을 때처럼 말끔히 치워져 있을 거야. 다행이지?”

“응.”

“그런데 그때에도 중빈이가 구멍에 흙을 넣고 싶어질까?”

이제껏 시무룩하게 고개를 숙이고 있던 아이가 갑자기 고개를 들고 나를 똑바로 쳐다본다. 동그란 눈에 있는 대로 힘을 주고서 “아니!!” 대답하는데, 어찌나 귀여운지 웃음이 터져 나오려는 것을 간신히 참는다.

“근데, 엄마. 아기 개미는?”

이 녀석 아까 파묻으면서도 아기 개미가 다칠 거라는 내 말이 마음에 걸

렸었는가보다.

“여기 커다란 일개미들이 지켜주어서 아기들이 있는 방은 괜찮을 거야.”

그때였다. 개미 두 마리가 중빈의 신발과 손등을 각각 타고 올랐다. 아이가 찢어지는 비명을 지르며 극도의 공포에 빠진다. 얼굴이 새파랗게 질리고 손과 발을 미친 듯이 흔든다. 나는 아이가 개미에 물린 줄 알았다. 그렇다 하더라도 너무 심한 반응이라 일단 아이를 꼭 끌어안고 진정시켰다. 아이의 손을 살펴보니, 개미는 아무 짓도 하지 않았다. 아팠냐고 물으니 아프지도 않았단다. 그럼 왜 그렇게 울었냐니까 여전히 우는 목소리로 “내가 집을 무너뜨렸잖아” 한다. 자신이 저지른 잘못 때문에 개미가 자신을 가만 내버려두지 않을 거라고 생각했던 것이다. 도둑이 제 발 저리다더니.

오렌지 펜션의 저녁시간은 8시. 우리들은 거의 아사 직전의 상태에서 구원받았다. 뷔페식으로 차려진 식당에는 조기를 닮은 생선튀김, 마음껏 퍼먹을 수 있는 밥, 토마토와 오이, 양파를 올리브 오일과 식초, 소금으로 버무린 샐러드, 결정적으로 삼계탕과 똑같은 맛의 스프가 있었다. 유습에게 이 스프가 한국인 여행객에게서 배운 요리냐, 터키 요리냐 물으니 전통적인 터키 요리란다. 닭살을 잘게 찢어놓은 것만 다를 뿐 맛은 꼭 같다.

밥과 뜨거운 국물에 굶주린 토종 한국인의 몸이 요란하게 꼬르륵대며 음식을 받아 넣는다. 내가 다섯 그릇째의 스프를 비웠을 때 민이 묻는다.

“제가 왜 올림포스를 못 떠나는지 이제 아시겠지요?”

마당에는 완벽한 어둠과 쌀쌀한 밤공기가 깔리고, 그 한가운데 모닥불이 피워진다. 낮 동안 방갈로를 짓고 남은 목재 조각들 위로 익숙한 솜씨로 불씨가 지펴지는 것이다. 밤하늘에는 별들이 흐드러지게 피었다. 말수가 적은 일꾼들이 하나둘 의자를 끌고 불가에 모여들고 내게도 앉기를 권한다. 그들의 크고 투박한 손에는 그들 손만큼이나 투박한 찻잔이 하나씩 들려 있다.

그들의 침묵은 낮이나 밤이나 같다. 아무런 대화도 하지 않으면서 모닥불 곁에 오랜 시간 앉아 불만을 바라보는 그들의 휴식이, 반복되는 단답형 대답과 질문에 지친 내게 마음의 평화를 가져다준다. 나 또한 그들처럼 타오르는 불길을 바라보고 있으려니, 새삼 불의 아름다움에 감탄하게 된다. 불을 또렷이 본 지도 오래되었고, 그 따뜻함에 몸을 맡겨본 지도 오래되었다. 나도 나무 조각을 집어 불 속으로 던진다.

일꾼 가운데 한 명이 중빈과 축구를 한다. 아이를 조금도 봐주지 않는 거친 그의 몸동작이 내 눈치를 살피던 관광지의 그것과 많이 다르다. 아이는 낑낑대면서도 테이블 밑으로, 계단 밑으로 열심히 공을 좇는다. 나도 일어나 아이와 함께 몸을 푼다. 뛰어주지 않으면 오늘 밤 내로 이 많은 스프를 소화시키기 힘들 것 같다. 좋은 음식과 분위기 속에서 나는 한껏 풀어져, 그야말로 중빈이 누나처럼 뛰어 논다. 소리치고, 오르내리고, 아이를 약 올리고, 다시 북돋고…… 그렇게 아이도 나도 지칠 무렵, 더 놀고 싶어 하는 아이를 살살 달래 방으로 데려가 씻기고 책을 읽어준다.

아이 눈에 졸음이 가득할 무렵 누군가 방문을 두드린다. 유습이다. 그는 지금 감자를 구울 거라며 내게 자지 않을 거면 내려오란다. 나는 정말 뱃속에 손가락 하나 들어갈 만큼의 여유도 없었지만, 방까지 찾아와 내려오기를 권하는 그의 호의에 '그럼 딱 한 개만' 먹기로 했다.

잠든 아이를 뒤로 하고 마당으로 내려가는 계단을 디디는데, 음악이 흐른다. 가슴이 턱 얻어맞은 듯 놀란다. 이게 누구야, '펄 잼' 아닌가? 안 그래도 완벽한 이 외딴 곳에 음악까지 있는 것이다. 그것도 멋진 음악이! 나는 카운터의 오디오 곁으로 갔다. 유습이 디제이였다. 그의 시디 목록을 훑으니, '너바나'의 얼터너티브 락에서 '밥 말리'의 레게까지 화려하다. 어떻게 이런 컬렉션을 갖추어놓을 수 있었느냐고 물으니, 이곳은 전 세계의 배낭 여행자들이 드나드는 곳이기 때문에 오히려 음악 수준이 도시보다 높다고 한다.

유습처럼 따로 학교를 다니지 않고도 영어를 유창하게 구사하는 사람에게 이곳을 방문하는 외국인들은 학교나 다름없다. 그들의 모험담, 그들이 지닌 소지품, 그들의 문화적 코드, 이 모든 것에서 유습은 세상을 배워나가는 것이다.

모닥불 사이에서 감자가 다 익었다. 뜨거운 호일을 벗겨내자 유습이 주방에서 소금을 가져온다. 민이 자신은 설탕에 찍어먹는다고 하자, 터키인들이 도저히 이해할 수 없다는 얼굴로 나를 쳐다본다.

"나도 설탕인데……."

유습이 '못 말리는 한국 여성들'이라고 투덜대면서도 기꺼이 설탕을 가져다준다.

일꾼들은 하나둘 잠자리로 사라졌다. 모닥불 타오르는 소리가 밤하늘에서 깜빡이는 별들과 사뭇 조화롭다. 나는 시린 발을 슬리퍼에서 빼내 불가로 가까이 가져간다. 유습은 시디를 뒤적이며 나눈 몇 마디만으로도 나의 음악적 기호를 금세 눈치 챘다. 새로운 시디를 올릴 때마다 그 가운데 내가 가장 좋아할 만한 곡을 알아서 선곡한다. 민은 별구경을 나섰다.

아이는 잠들었으며, 위로는 별이 빛나고 밑으로는 모닥불이 잦아드는 밤. 삼라만상이 온전히 이 밤을 느끼는 자를 위해 순순히 열려 있다. 나는 발끝이 따뜻해지는 것을 느끼며 의자 깊숙이 몸을 기댄다.

무언가 내 안으로 틈입하여 나를 변화시키고 있다. 뭐랄까? '무라카미 류' 식의 표현을 빌리자면, '올림포스가 내 안으로 들어왔다' 한동안 이곳을 떠날 수 없을 것 같다. 나는 모든 일정을 다 미루고 이곳에 더 머물기로 한다. 언젠가 떠날 때, 이 순간 이렇게 내가 깨어진 것, 열린 것, 변화한 것, 꼭 그만큼의 대가를 올림포스는 내게 요구하리라.

© danita

© Otabek Nuritdinov

© John Rutter

벌들이 나를 좋아하나봐

올림포스에서의 첫 아침, 늦잠을 잤다. 대낮처럼 환한 햇살이 커튼을 비집고 들어오고, 이미 창밖은 부지런한 움직임들로 부산스럽다. 펜션의 일손들이 일찌감치 일어나 오렌지 과수원 안쪽에 방갈로를 짓고 있는 것이다.

정원의 테이블에 앉아 터키식 브랙퍼스트를 기다리는 동안, 누구나 언제라도 마실 수 있게 차와 커피가 비치되어 있는 티테이블로 가서 한잔 가득 카페라떼를 만들어 온다. 일반 펜션에는 없는 우유를 실컷 따라 마실 수 있다는 것도 이들이 베푸는 넉넉함 가운데 하나이다. 중빈이 온 뒤로 커다란 우유는 금방금방 동이 난다.

아이는 터키식 브랙퍼스트에 질린 지 오래되었다. 그러나 어느 곳에서든 숙박비에는 항상 아침식사가 포함되어 있었고, 식당에 간다 하더라도 이른 아침 시간에는 터키식 브랙퍼스트 외에 다른 음식을 주문하기가 어려웠다. 그런데 이곳에서는 친절한 유습이 부엌을 맡고 있다! 게다가 어제 저녁 어떤 음식이 얼마나 남았는지 나는 알고 있다.

염치 불구하고 부엌으로 가서 문을 두드린다. 안에서 누군가 가느다란 철사 고리를 당기자 커다란 철문이 스르르 열리고 유습이 '무엇을 도와드릴까요?' 하는 얼굴로 나를 또렷이 바라본다. 그의 숯검댕이처럼 짙은 눈썹 아래 눈이 너무 다정해서 나는 더듬더듬 용기를 내본다.

"저… 그러니까……어제 저녁… 음식이 굉장히… 훌륭했는데… 그러니까… 애가 원래 밥을 먹던 애라… 터키식 브랙퍼스트는 질렸다고 하고… 내 말은… 어제 남은 밥과 닭죽 버렸나요?"

그가 미소를 띠며 음식물이 담긴 커다란 냄비의 뚜껑을 모두 열어준다. 그리고 빈 접시를 건넨다.

그렇게 나의 부엌 드나들기는 시작되었다. 여러 사람의 식사를 준비해야 하는 펜션의 분주한 주방에서 프라이팬을 꺼내 죽을 데우거나 냉장고를 열고 남은 음식을 찾거나 하는 뻔뻔한 아줌마의 행적이 시작된 것이다. 그때마다 유습은 중빈뿐 아니라 터키 여인들에 비해 상대적으로 왜소한 내게도 "당신이야말로 많이 먹어야 한다"며 얼마든지 가져가라고 듬뿍듬뿍 떠갈 것을 권한다.

아침식사를 끝마칠 무렵, 유습이 플라스틱 양동이를 들고 다가온다.

"JB, come!"

양동이 안에는 도정하지 않은 곡식이 담겨 있다. 유습은 커다란 닭장 앞에 중빈을 데려가 낟알을 맘껏 던지게 한다. 이곳의 닭과 타조들은 정말 행복한 가축들이다. 먹히기 위해 사람들에게 사육되는 것이 아니라, 종일 실컷 돌아다니며 사람에게 해로운 전갈을 잡아먹기만 하면 되는 것이다. 그래서인지 닭장 안에는 닭들이 몇 마리 있지도 않았고, 아직 먹지 않은 낟알들도 융단처럼 깔려 있다. 굳이 낟알이 아니더라도 먹을 것이 널려 있으니 넓은 정원에서 맘껏 산책을 즐기고 있는 것이다. 짐승들이야 먹거나 말거나 닥치는 대로 곡식을 한줌씩 집어던지며 중빈은 신이 났다. 중빈을 즐겁게 해주려는 유습의 마음이 느껴졌다.

바닷가로 향하면서 아이가 가지고 놀 수 있는 양동이와 삽이 있으면 좋겠다는 생각에 유습에게 부탁하니, 본래 요구르트 통이었던 양동이와 식탁 위의 빵가루를 쓸어 담을 때 쓰는 귀여운 쓰레받기 하나를 준다. 완벽하다. 양동이에 장난감과 책을 담아 바다로 향한다.

오솔길로 향하면서 식당을 겸하고 있는 다른 펜션을 눈여겨보아 둔다. 오렌지 펜션에서는 점심을 제공하지 않으므로 나중에 출출해졌을 때를 대비해야 한다. '바이람'이란 곳이 정원이 꽤 잘 손질되었을 뿐 아니라, 메뉴도 괜찮은 것 같아 그 안을 기웃거릴 때였다.

"일본인인가요?"

뒤돌아보니, 깡마르고 약삭빠른 인상의 중년 남자다. 꽤 세련된 캐주얼 옷차림에 멋스런 가죽끈 팔찌와 목걸이를 하고 있지만, 어쩐지 오래 마주하고 싶지 않은 눈빛이다. 그는 바이람이 자기 친구 것이라면서, 점심식사로는 치킨 케밥이 훌륭하다는 정보를 내게 준다. 그리고 슬슬 자신이 여행사를 운영하는데 'Blue Voyage'에 관심이 없는가를 묻는다. 나는 에이르디르에서 'Blue Voyage'에 대해 들었던 정보가 지나치게 개인적인 것일 수도 있다는 생각에 다시 이 남자에게 몇 가지 요약해서 질문을 던졌다.

"물론 좋지요! 아이를 데리고 여행하기는 그만입니다."

그는 정반대의 의견을 내놓는다.

"매일 밤 파티가 계속된다면서요?"

"그러니 더욱 좋지요. 아이들은 파티를 좋아하잖아요!"

아이들이 밤 파티를?

"시끄럽고 소란스럽지 않겠어요?"

"그러니 더욱 재미있지요."

흐음, 올림포스에도 이런 사람이 있구나. 돈이라면 논리도 상식도 접어버리는 사람. 지금까지 터키에서 만난 돈을 밝히는 사람들은 차분하게 말로써 잘 설득이 되지 않았다. 서비스나 마케팅 같은 개념이 전무하기 때문에, 마지막 남은 야채 한 근을 팔아치우려는 시골 장터의 고집 센 할머니처럼 무조건 억지를 쓰면 언젠가 거래가 성사되리라고 믿는 부류의 측은한 사람들이었던 것이다. 나는 치킨 케밥에 대한 정보를 얻은 것에 만족하고 서둘러 그와 헤어졌다. 그가 탐욕스런 눈길로 나를 위아래로 훑는 것이 뒤통수에까지 느껴진다. 얼빠진 인간 같으니라고, 쥐방울만한 아이를 데리고 다니는 엄마에게까지 대체 무엇을 기대한다는 말인가?

어제보다는 빨리 오솔길을 주파했다. 그런데 우리가 바닷가에 도착하자마자 비가 내리기 시작한다. 걸음이 빠른 다른 이들은 서둘러 짐을 챙겨 각자의 펜션으로 향했으나, 우리는 그냥 해변에 앉아 있었다. 우리가 왕복 세 시간에 육박하는 저 오솔길을 왔다 갔다 하는 사이에 아마도 날씨는 또 서너 차례 변할 테니까. 아이의 웃옷 안쪽에 손가락을 넣어보니 아직 보송보송하다. 다행히 비구름은 아직 부슬비를 뿌릴 뿐이다.

"엄마, 이것 봐."

아이가 비밀을 털어놓듯 내게 속삭인다. 아이의 통통한 발과 다리 위로 서너 마리의 벌들이 앉아 있다. 물기를 찾아 해안에 내려앉았던 벌들이 거칠게 밀려드는 파도에 휩쓸려 우왕좌왕하다가, 온기가 느껴지는 아이의 다리로 몰려든 것이다. 햇빛도 거의 없고 날개는 물에 젖었으니, 벌들에게는 환하고 따뜻한 중빈의 다리가 태양이나 다름없을 터였다.

"벌들이 나한테 왔어."

아이는 벌들을 위해 최대한 다리를 내어주면서 혹여 그들이 날아갈까 미동도 하지 않는다.

"나를 좋아하나 봐."

비가 다 그치기까지 한 시간 정도의 시간이 흘렀다. 아이는 벌들을 바라보고 그들의 움직임을 살갗으로 느끼느라 내게 아무 말도 하지 않았다. 어쩌면 그들이 날아갈까 봐 입조차 떼지 않았던 것인지도 모르겠다. 덕분에 나는 아무것도 하지 않으면서 우리 둘만을 위해 열려진 바다를 마냥 바라보는 자유를 누렸다.

언제 비가 내렸냐는 듯 뜨거운 태양이 솟아오른다. 우리는 요구르트 통에 자갈을 가득 담아 탑을 쌓기도 하고, 크고 흰 자갈을 골라 토마스와 고든을 그려 넣고, 작고 흰 자갈에는 한국에 있는 아빠와 친구들 얼굴을 그려 넣은 뒤 그들을 모두 토마스와 고든에 태우고 이스탄불과 카파도키아, 안탈랴 등지로 여행을 시켜주었다.

마침내 아이 눈꺼풀이 조금씩 내려온다. 그늘 밑으로 자리를 옮긴 뒤 이어폰을 귀에 꽂아주자, 자기가 좋아하는 'Under the sea' 음악을 들으면서 지중해를 바라본다. 그리고 천천히 꿈나라로 빠져든다. 바닷가에서 바다 속 노래를 들으며 잠들었으니, 돌고래랑 헤엄치는 꿈이라도 꾸게 될까.

아이가 잠들자 나야말로 돌고래와 친구하는 것이 부럽지 않을 만큼의 평화를 누린다. 발가락은 뜨끈뜨끈한 햇살에 달구어졌고, 그늘 속에 뉘인 몸은 페퍼민트처럼 차고 시원하다. 머리맡 위로는 바닷물에서 흘러나온 가느다란 샘물이 새처럼 종알대며 흘러가고 있다. 책을 읽기에는 완벽한 장소다. 나는 '닉 혼비'의 책을 꺼냈다.

여행을 시작할 때 '혹시나' 하고 가방에 넣어두었던 책이었다. 하지만 밤마다 아이를 씻기고 재우고 빨래하고 그 곁에 누워 내일의 일정을 짜면서, 나는 그 '혹시나'가 얼마나 헛된 망상이었는가를 깨닫지 않을 수 없었다. 그런데 이곳 올림포스에서 나는 드디어 해변에 누워 책을 읽는 것이다.

닉 혼비는 유머감각이 풍부한 사람이다. 아니, 어쩌면 나는 모든 자잘한 간지러움에도 크게 웃을 준비가 되어 있다. 그래서 끊임없이 킥킥대면서, 몇 번이고 모래 위에서 몸을 뒤집으면서 책장을 넘긴다. 잠깐씩 책을 내려놓을 때마다 완벽한 코발트블루의 지중해가 발가락 뒤로 너울거린다. 아름다운 해변마다 정박하는 우아한 목조 선박이 올림포스에도 간간이 들러 관광객들을 유적 탐사에 보내놓고 저 홀로 고요히 흔들거린다.

책을 읽어도 좋고 눈을 감아도 좋다. 닉 혼비라도 좋고 춘향이라도 좋다. 눈을 감고 바람을 느껴도 좋고 눈을 뜨고 날아가는 새를 보아도 좋다. 정신과 몸이 모두 완벽히 이완되어 누가 지금 내게 너의 이름이 무엇이냐고 묻는다면, 의식의 가닥을 모아 답을 찾느라고 한참이나 시간이 걸릴 것 같다.

바이람에서 점심식사를 하는 동안, 중빈은 '조'와 놀았다. 조는 바이람 주인의 개였다. 사람이 많이 드나드는 곳의 개답게 사람을 잘 구분하고 눈치껏 따랐으며, 총명하고 큰 귀를 쫑긋 세우고 우아한 걸음걸이로 아이를 리드했다. 아이는 이 개에게 매료되어 바이람을 떠날 생각을 하지 않았다. 카운터로 가서 식비를 계산하는데, 유로화로 지불해도 되겠느냐고 물으니 그러라고 한다. 그런데 카운터에서 일하는 영국인이 제시한 환율은 바로 며칠 전 안탈라에서 적용된 환율과 너무 차이가 났다. 나는 그에게 어떻게 며칠 만에 이렇게 큰 환율차가 생길 수 있냐고 물었다.

그러자 올림포스에 눌러앉은 이 마리화나 골초의 영국인은 자신에게 아무 권한도 책임도 없다는 듯 어깨를 들썩이더니, 바로 바이람의 주인을 데려왔다. 그는 산초처럼 땅딸막하고 똥배가 튀어나온 사람이었다. 아침에 만난 친구만큼이나 탐욕스런 인상을 하고 있었다. 그에 대한 불신이 내 얼굴에 묻어났던 걸까? 자초지종을 들은 그는 내가 정확한 환율을 물은 것이 무슨 대단한 권위에의 도전이나 되는 듯 있는 대로 성을 내며 언성을 높인다.

“그동안 얼마나 환율이 바뀌었는지 아는가? 나는 매일 뉴스를 본다.”

그의 다음 말은 더욱 가관이었다.

“네가 원한다면 지금 나랑 단둘이 내 방으로 가자. 거기에 텔레비전이 있으니.”

이쯤 되면 별로 말을 섞고 싶지 않다.

“내가 당신 방에 갈 이유는 없다. 엉뚱한 고집을 피운다면 터키 리라로 지불하겠다.”

내던지듯 돈을 지불하는데, 뒤에 대고 또 야비한 말들을 쏟아 붓는다. 결국 자신이 얼마의 손해를 보고 내가 얼마의 이득을 보았느니 하는 되지도 않는 말들이었다. 상황을 알지 못하는 식당 내의 다른 여행객들이 우리를 쳐다보고 있고, 그들 눈에 나는 졸지에 돈을 떼어먹고 달아나기라도 하는 사람처럼 비춰지게 된 것이다. 조를 쫓아다니는 아이를 부르고 거칠게 양동이를 챙긴다. 너무 상대가 형편없으니 전의도 상실되었다.

‘정말 잘 어울리는 한 쌍의 친구다. 일방적으로 대화한다는 것, 그러기도 쉽지 않은데 중년의 나이에 복사판처럼 똑같은 눈빛을 가졌다는 것, 둘 다 혐오감을 주면서도 눈치 없이 여자를 밝힌다는 것…….’

상황을 모르는 아이가 조와 더 놀겠다고 한다. 나는 아이를 식당 밖으로 데리고 나와 어떤 일이 벌어졌는지를 간략히 설명해주었다. 저 식당의 주인 아저씨는 탐욕스런 사람이다. 엄마가 계산할 때 그가 억지를 부렸고, 또 무례한 말로 엄마의 기분을 상하게 했다. 엄마는 지금 몹시 화가 났다. 앞으로 다시는 저곳에 가지 않을 것이다. 네가 조를 좋아하는 것을 알지만, 이제는 저곳에서 조와 어울려 놀지 않았으면 좋겠다. 엄마를 위해서 그래 줄 수 있겠느냐고 물으니 내 손을 꼭 잡으며 “알겠어, 엄마” 한다.

"다시 바닷가에 갈 때 조가 보여도 모른 척 지나갈 수 있겠어?"

"응!"

아이가 자신 있게 고개를 주억인다. 이 녀석, 이럴 땐 제법 든든하다.

오렌지 펜션으로 돌아오니 음악이 깔리고 있다.

"JB!"

"Yusuf!"

카운터의 오디오 근처에서 유습이 환한 미소로 중빈을 맞이하고 중빈이 그리로 콩콩콩 뛰어간다. 유습이 중빈을 안고 내게 다가온다.

"바다는 어땠나요?"

"좋았어요. 아주 훌륭했지요. 중빈도 나도 행복한 시간을 보냈어요."

유습이 무슨 뜻인지 충분히 이해하고 있다는 듯 지그시 고개를 끄덕한다.

"지금 막, 당신이 해가 질 무렵에 듣고 싶다는 그 시디를 올려놨어요."

그런 걸 다 기억하다니 참 세심한 사람이다. 과묵하다는 사실을 제외하면 눈빛이나 말투, 움직임 하나하나가 무뚝뚝한 그의 사촌들과는 너무 달라서 어떻게 그가 그들 틈바구니에서 자신의 풍부하고 섬세한 감성을 다스리는지 궁금해진다. 이런 자연이 있으니 꼭 사람들 사이에서 감성을 조절할 일은 아니겠지만, 아직 어린 사람이므로 자신과 비슷한 사람들을 만나 교류하고 나눈다면 그의 감수성은 훨씬 풍성해질 수 있으리라.

유습은 이제 갓 스무 살이 넘었다. 그 나이에는 검은 돌들 속에 자기 혼자 흰 돌로 존재한다 하더라도, 그것이 얼마나 큰 손실인지 잘 알지 못한다. 그리고 이 세상에는 흰 돌만으로 가득한 장소도 있다는 것을 알지 못한다. 그는 먼저, 홀로 흰 돌로 살아간다는 것의 불편함을 느껴야 할 것이고, 그 불편함이 자라 자신의 존립 자체를 고통스레 뒤흔들 때 막연히 흰 돌이 가득한 땅을 꿈꾸게 될 것이다. 꿈이 자라면 떠날 것이고, 계속 찾는다면 찾아질 것이다. 그는 아직 어리니 가능성은 다양하다.

아이를 내려놓고 하던 일로 돌아가려던 그가 다시 뒤돌아 내게 묻는다.

"당신은 에이르디르와 안탈랴를 거쳐 이곳으로 오게 된 거죠?"

"맞아요."

그는 호기심을 감추지 못하고 내게 질문을 던진다.

"에이르디르는 어땠나요?"

이렇게 평이한 질문을 왜 저토록 진지하게 던지는 걸까? 나는 약간 의아해하며 간단히 대답한다.

"내가 아주 좋아했던 곳이죠. 조용하고 평화로웠으니까."

"안탈랴는?"

"가장 싫어했던 곳이죠. 시끄러운 관광지였으니까."

희고 가지런한 이를 드러내며 그가 환하게 미소 짓는다. 마치 하나의 정답을 가슴속에 지닌 면접관이 질문을 던지고 그 대답을 들었을 때와 같은 표정이다.

"맞아요."

그는 알 듯 모를 듯한 대답을 남기고, 근육질의 몸에 전혀 어울리지 않는 걸음걸이로 행복한 어린아이처럼 신나게 뛰어 사라진다.

펜션에 새로운 여행객이 도착했다. 그런데 평범한 여행객이 아니었다. 엄마와 아기. 다갈색의 머리를 하나로 땋아 늘어뜨린 엄마는 프랑스인이었고, 보석처럼 아름다운 초록 눈을 가졌다. 그녀의 이름은 앙겔. 엄마를 닮은 아기의 이름은 아다. 만 17개월이라고 한다. 민이 난리가 났다.

"세 살짜리 데리고 여행하는 것도 놀라운데 17개월이라니, 왜 이렇게 용감한 엄마들이 많은 거야? 또 혼자 잘 다녀오라고 밀어주는 멋진 남편들은 왜 이렇게 많은 거야? 올림포스에서 만난 사람들 때문에 결혼에 대한 생각이 바뀌려고 해요."

중빈도 난리가 났다.

"엄마, 아가야, 아가가 왔어, 이름은 아다래, 아다야, 이리 와봐, 아다야, 오빠 봐봐……."

그런데 막상 앙겔은 무표정하다. 자신은 나처럼 먼 곳에서 온 것이 아니며, 이스탄불에 살고 있단다. 터키 남자와 결혼해 이스탄불에서 외국인 학교 프랑스어 선생을 하고 있고, 주말을 이용해 비행기로 안탈랴까지 왔으므로 힘든 여행도 아니었다는 것이다. 게다가 자신은 혼자 온 것도 아니고 친구와 오기로 했는데, 약속이 어긋나는 바람에 먼저 도착했을 뿐이란다. 그렇지만 그녀의 말과 달리 얼굴은 지칠 대로 지쳐 있었다. 그녀는 아다를 바닥에 내려놓고 벤치에 털썩 주저앉아 넋 나간 듯 한 곳만을 응시했다.

그녀가 힘이 빠져 있는 동안, 사람들이 돌아가며 아이를 보아주었다. 펜션 일꾼의 아내인 하티제가 부엌에서 나와 한참을 안아주었고, 민과 중빈도 한동안 놀아주었다. 그러나 지치고 내성적인 앙겔의 얼굴에는 미소나 고마움이 어리지 않았다. 그녀는 마지못해 칭얼대는 아다를 데려가면서 매우 형식적이고 차갑게 "Thank you" 한 마디 내뱉을 뿐이었다.

저녁식사 무렵 로라가 도착했다. 그녀가 앙겔의 친구임을 안 순간, 나는 지친 앙겔이 편안한 주말을 보내기는 틀렸다는 것을 예상했다. 조용하고 차가운 앙겔과 달리, 크고 쉰 목소리로 끝없이 수다를 떠는 그녀는 잠깐씩 끼어드는 침묵의 순간조차 견디기 어려운 듯 보였다. 게다가 요란한 히피풍으로 겹겹이 스커트를 껴입은 그녀는 줄담배를 피워댔기 때문에 친구를 위해 한번 아기를 안아주기는커녕, 아기를 안고 있는 친구 곁에 가까이 가는 것조차 불가능해 보였다. 그런데도 로라와 앙겔은 내일 쉬메라를 지나 10킬로미터 정도 걷는 도보여행을 계획하고 있단다. 독립적인데다 내성적이어서 속내를 드러내거나 도움을 청하는 데 익숙하지 않은 앙겔이 어떻게 아다를 데리고 로라와 함께 남은 여행을 진행할지 걱정스러워졌다.

다시 별밤이다. 모닥불 주변에 둘러앉은 인원이 더 많아져 어젯밤보다는 후끈한 것 같다. 어디서 그런 생각이 났는지, 중빈이 갑자기 디저트로 아이스크림을 먹겠다고 한다. 사람들에게 물어보니 매표소 근처에 가게가 있지만 아마 닫았을 것이란다. 내가 가게 주인이라도 올림포스에서 해가 졌는데 아이스크림 한두 개 팔아보겠다고 가게 문을 열어두지는 않겠다. 그래도 아이가 가보겠다고 우긴다. 그래, 눈으로 꼭 확인을 해야겠다면.

고작 펜션에서 일이 미터 벗어났을 뿐인데, 신기할 만큼 칠흑 같은 어둠이 길 위에서 우리를 기다리고 있다. 아이가 걸음을 멈추더니, 확신에 찬 목소리로 말한다.

"가게는 문 닫았어."

그리고 망설임 없이 내 손을 다시 펜션 쪽으로 잡아끈다. 우리의 대화를 전해들은 사람들이 우르르 웃음을 터뜨린다.

아이를 재우고 모닥불가로 돌아와 나무토막 하나가 재가 되어가는 느리고, 고요하고, 충만한 과정을 지켜본다. 내 빈곤한 삶이 자리한 도시에서는 밤이 밤으로서의 대접을 받지 못한다. 어둠은 사람들의 활동에 제약을 주는 장애물로서, 어떻게든 그것을 밀어내고 파괴하여 낮의 시공간을 재현하려 들기 때문이다. 아침도 낮 같아야 하고 밤도 낮 같아야 한다.

그 인공의 공간에는 자연스러운 흐름이나 순환의 즐거움이 존재하지 않는다. 언제나 같을 것, 그래서 최대한 효율적일 것, 효율을 저해하는 변수들은 무슨 수를 써서라도 통제할 것. 그렇게 변수들을 통제하고 그것에 맞서 투쟁하는 방향으로 역사의 빈 칸이 메워지는 곳이다. 나는 언제나 그곳에서 내가 제대로 아귀가 맞지 않는 벽돌처럼 존재한다고 느꼈다. 불편했고 피로했고 따로 떨어져나와 혼자 거스르고 싶었다. 흰 돌과 검은 돌의 이야기는 아직 어린 유습의 문제만은 아니었던 것이다. 다만 나는 유습처럼 어리지 않기 때문에, 이 세상의 여러 곳에 각각 다르게 흐르는 시간이 존재한다는 것을 잘 알고 있다는 것, 그 정도가 차이점인 것이다.

이곳 올림포스의 시간은 나와 같이 흐른다. 나는 이곳에서 들녘에 방만하게 흩어진 돌멩이처럼 편안하게 존재한다. 이곳의 느슨한 흐름은 모난 아귀를 만들라고 내게 강요하지도 않으며 구르도록, 방황하도록, 최대한 비효율적이도록 내버려둔다. 나는 시도 때도 없이 나를 괴롭히는 상상(이곳에 오래오래 머물며 돌아가지 않는)에서 벗어나기 위해 집요하게 스스로에게 같은 질문을 던진다. 왜 이곳인가? 더 아름다운 별밤, 더 느슨한 삶의 조직 속으로 여행하였으면서 왜 지금 이곳인가? 그러면 조금도 망설이지 않고, 올림포스가 이렇게 내게 되묻는 것이다. 그럼 왜 이곳이 아닌가?

나는 올림포스에서 다시 밤마다 꿈을 꾼다. 닻을 내려놓듯 아이를 낳은 뒤로는 꾸지 않게 된 그 꿈들을. 마티스의 그림처럼 원색적이며 달리의 그림처럼 휘어진, 끝이 없는 골목들을 헤매 다닌다. 이 골목 어딘가 나의 집이 있다고 확신하지만, 깨어날 때까지 그것을 찾지는 못한다. 때로는 누군가 내 손을 잡아끌기도 하고 때로는 누군가 밀어내기도 한다. 그 손길이 너무나 생생해서, 나는 그것이 꿈임을 짐작조차 해볼 수 없다. 그리고 아침이 되면 쏟아지는 햇살과 새소리들. 그 햇살이 너무나 눈부시고 그 새소리가 너무나 화려해서, 나는 이곳이 현실임을 믿을 수가 없다.

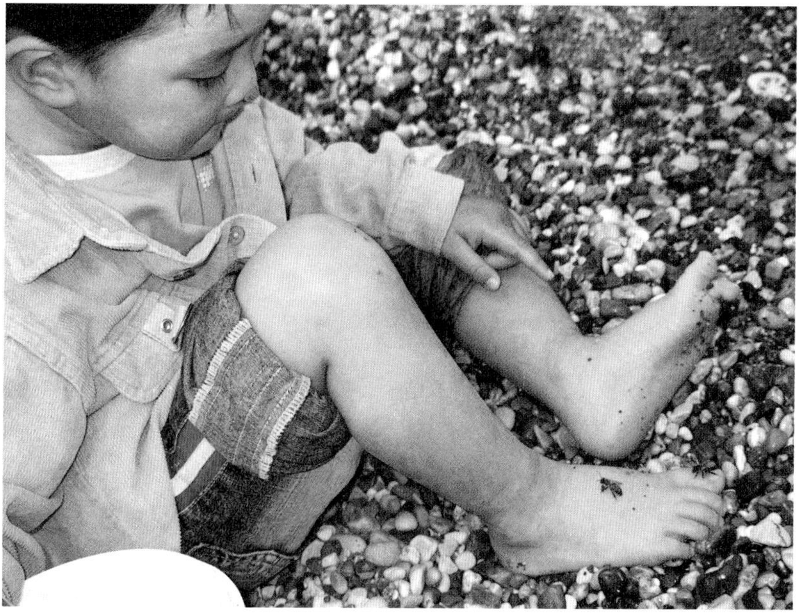

영원히 계속되는 것,
우리를 스쳐가는 것

주말을 맞아 펜션에 여행객들이 많아졌다. 휴가 중인 20대 후반의 터키 남자 한 명이 아무와도 어울리지 않은 채 정원에서 책을 읽으며 시간을 보내고, 스위스에 거주한다는 터키 이혼남이 일곱 살 난 아들과 함께 우리 옆방에 머문다. 한 쌍의 호주 커플도 도착했는데, 둘 다 똑같이 금발에 알 작은 안경을 끼고 있어서 애인 같다기보다는 사이좋은 오누이 같아 보였다.

아다는 간밤에 많이 보채더니 일찌감치 일어나 식사를 마친 모양이다. 온 얼굴과 셔츠에 음식 부스러기를 묻히고 자갈 바닥에 주저앉아 돌멩이를 입에 넣었다 뱉었다 하고 있다. 앙겔은 땀을 흘리며 아다가 어지른 것을 수습하고, 로라는 한쪽 귀퉁이에 앉아 우아하게 뜨개질을 하고 있다. 앙겔은 아다가 열이 난다면서 로라와의 도보여행을 내일로 미뤘단다. 민은 벌써 화장을 마친 얼굴로 펜션을 나선다.

꽤 분주해 보이는 아침식사 시간인데도, 내가 중빈의 아침밥을 구하러 식당에 들어갔을 때 유습이 묻는다.

"JB 것은 여기 있어요. 그런데 당신도 색다른 아침식사를 원하나요?"

잠시 후 유습이 퍽 먹음직스러운 에그 스크램블을 내온다. 토마토, 감자,

양파, 치즈를 잘게 썰어 그 안에 넣었다. 내가 탐욕스럽게 포크를 집어드는데, 길다란 옷소매가 손등까지 내려와 손을 가린다.

"내가 도와줄게요."

유습이 얼른 옷소매를 접어준다. 자신의 손가락이 내 손목에 닿지 않도록 최대한 배려하면서. 이런, 멀리서 보면 뮤직비디오 한 장면 같겠군.

"고마워요. 그런데 다음부터는 내가 할게요."

그는 약간 시무룩해져서는 긍정인지 부정인지 불분명하게 고개를 끄덕인다. 그리고 할 말이 있는 듯 곁을 떠나지 않는다.

"당신은 굉장히 특별해요. 알고 있나요?"

80년대에 태어났을 이 청년이 내게 호감을 가져주는 건 정말 영광이지만, 그의 호감을 애써 모른 체하며 마음씨 좋은 누나 노릇으로 일관하는 것이 쉽지만은 않다. 이 맑은 영혼의 소유자는 너무나 크고 선한 눈을 지녀서 자신의 마음의 움직임, 그 아주 작은 파장 하나도 제대로 감출 수가 없는 것이다.

"고마워요. 그런데 뭐가 특별하다는 거죠?"

"모두 다요. 당신의 모습, 당신이 하는 말, 아이와 놀 때의 에너지…… 모든 것이요. 나는 당신처럼 생기 있는 사람을 본 적이 없어요."

유습은 참으로 좋은 청년이다. 이런 순간 내가 할 수 있는 최선은, 그가 하는 말의 의미를 가능한 축소 해석하되 그가 마음을 다치지 않도록 조심하는 일일 것이다.

"당연하죠. 지금은 여행 중이니까요. 특히나 올림포스에는 사람의 기분을 돋워주는 신비한 힘이 있는 것 같아요. 내가 늘 이렇지는 않답니다. 집으로 돌아가면 불평도 많고 쉽게 우울해지기도 하죠. 지금 당신은 내 최상의 상태를 보고 있는 거예요."

다시 바닷가에 가기 위해 요구르트 통과 빵가루 쓰레받기를 찾아들었다. 오늘은 아이가 바닷가에서 무엇을 하고 시간을 보내는 것이 좋을까 궁리하다가 모닥불을 만드는 데 사용하는 나무 조각들을 모아보았다. 방갈로를 지을 때 잘라낸 자투리 토막들은 정육면체에 가까운 것과 길다란 직육면체, 심지어 반원형까지 다양했다. 한 양동이 가득 챙기고 나니 훌륭한 블록세트가 된다. 음료수를 챙겨 펜션을 나설 때였다.

"소희! 지금 바닷가로 가나요?"

앙겔이었다. 그녀는 내게 같이 가도 괜찮겠느냐 묻고서 잠깐 기다려줄 것을 부탁하더니, 깔끔한 성격답게 1분 만에 필요한 물건들을 후다닥 챙겨 뛰어왔다.

내가 허리에 둘러맨 힙색은 아다가 앉아가기에 아주 좋은 의자였다. 배 앞쪽으로 툭 튀어나온 힙색 위에 아다를 앉히니, 그 안에 여권과 카메라 등이 든든하게 받쳐주어 딱히 팔을 사용할 것도 없이 손으로 살짝 아기 등을 눌러주기만 하면 되었다. 아다를 앞으로 안았다가 목마를 태웠다가 옆으로 안았다가 젖을 먹였다가 하던 앙겔은 비로소 살았단 표정을 짓는다.

나는 외국인으로서 이스탄불에서 사는 그녀의 삶이 어떤가 물었고, 그녀는 이스탄불이 아름답고 외국인에게 친절한 도시여서 사는 데 불편함이 없다고 한다. 더구나 그녀가 외국인 학교에서 받는 보수는 프랑스에서 교사들이 받는 봉급과 같은데, 이는 터키에서 적지 않은 액수에 해당하므로 경제적으로도 유리한 위치에 있다고 한다. 그녀의 남편은 다른 터키 남자들과 달리 가사를 분담하고 육아에도 열심이기 때문에, 이곳에서 자신의 삶은 비교적 행운이 많이 따라주었다는 것이다. 그녀를 가장 힘들게 하는 것이 프랑스에 있는 가족과 친구들에 대한 그리움일 뿐이라는 걸 보면, 확실히 터키에서 그녀의 삶이 그만큼 만족스럽다는 뜻일 터이다.

매표소를 지나자 나무숲이 시작된다. 아다 때문에 아직까지 오솔길 근처에도 와보지 못했던 그녀는 올림포스의 나직함과 고요함에 드디어 매료되었다. 오솔길 중간의 개울가에서 고개를 들어 주변을 둘러보더니, 눈을 감고 한동안 정지화면처럼 서서 자연의 속삭임을 빨아들였다.

이곳의 한적함 속으로 숨어들어 살고 싶다는 나의 말끝에 미셸 투르니에의 『방드르디, 태평양의 끝』 이야기가 나왔고, 그것을 시작으로 우리의 화제는 파트릭 모디아노, 아멜리 노통, 급기야는 까뮈까지 계속해서 이어졌다. 프랑스 사람을 만나면 부러운 것이, 그들은 나라 밖에서도 자신의 문화를 '당연히' 화제의 중심에 올릴 수 있다는 것이다. 어디 문학뿐이랴. 그들의 미술, 그들의 영화, 그들의 패션…….

속내라고는 털어놓을 것 같지 않던 지적이고 창백한 인상의 그녀가 뜻밖에도 내게 갑자기 성큼 다가온다.

"이상하게도 나는 내가 자꾸만 작게 느껴져요."

나는 그녀의 아름다운 초록색 눈을 바라보았다. 그녀의 목소리는 여전히 차분했고 가장 적당한 음을 타고 일정하게 전해졌지만, 그 울림만큼은 분명히 나를 향해 열려 있었다.

"아이를 낳기 전에는 그렇지 않았던 것 같은데…… 아이는 충분한 기쁨을 주지만, 나는 더 이상 이전의 내가 아닌 것 같다는 생각이 들어요."

나는 그녀의 마음을 너무나 잘 이해하고 있었다. 중빈이가 아다만 했을 때는, 또 그보다 더 작았을 때는 나 또한 마음껏 걷지도 뛰지도 못하면서 단 일이 분도 지속적으로 사유할 짬을 갖지 못하면서, 같은 생각을 했었다.

"당신이 변한 것은 아닐 거예요. 단지 그렇다는 생각이 들게 하는 상황이 계속되고 있는 것뿐이죠."

나는 그 시절 누군가 내게 해주었으면 좋았을 이야기를 그녀에게 해주고 싶었다.

"당신은 자신이 옛 모습을 다 잃었다고 생각하지만 사람들은 아직도 그걸 볼 수 있어요. 당신이 아다를 키우는 방식, 이를테면 땅바닥에서 뒹굴고 돌을 입에 가져가도 내버려둔다든지 하는 그런 모습 속에서도 당신이 살아온 과정, 당신이 삶을 대하는 태도, 그런 것들이 드러나니까요. 그런 건 당신의 우려와 달리 감추려 해도, 지워버리려 해도 잘 사라지지 않는 것들이에요.

물론 지금 상황에서 그 모습들은 온건하게 드러나죠. 아이를 들쳐 메고 마리화나를 핀다든지, 락 음악에 맞춰 헤드뱅을 한다는 것은 불가능하니까요. 우리의 행동은 제약받을 수밖에 없어요. 이 약하고 어린 것들과 함께하니 말이죠. 그리고 사람의 행동이 극도로 제한되면 그의 사고 또한 제한되지요. 나는 중빈이 아기였던 시절, 그 시기를 '분석이 없는 시기'라고 불러요. 그런데 그 분석이 없는 시기가 나쁘지만은 않았다는 생각이 들어요. 내가 나 자신을 돌아보면, 그 시기를 통과하는 동안 분명히 '진화'했거든요.

작고, 느리고, 지루한 것들을 반복해서 무비판적으로 들여다보면서 나는 조금 따뜻해졌다는 생각이 들어요. 이전엔 남과 다른 것을 사랑했지만, 이제는 남과 같은 것에도 진심으로부터 눈물이 나올 때가 있어요. 어머니라는 자리가 준 선물이죠. 그리고 따지고 보면, 열심히 분석했던 시기에도 대단한 분석을 해냈던 것은 아니었거든요.

한 사람의 생의 내용이 항상 같다면 그 사람의 삶은 죽은 것과 같은 걸 거예요. 우리의 변화, 그 변화를 초래한 애초의 결심, 행동, 이런 것들이 결국 오랜 시간이 지나면 우리의 삶을 풍성하게 했다는 것을 깨달을 때가 오겠죠……."

오솔길을 빠져나와 바다에 이르는 짧은 동안 우리는 친구가 되었다. 진심으로 위로하고 싶다는 생각에 걱정 많은 할머니처럼 말이 길어졌지만 앙겔은 그 가운데 몇 마디, 자신이 필요로 하는 것만을 취할 것이다. 누구나 그러하다. 듣고 싶은 말을 듣는 것이며, 그 말을 듣기 위해 털어놓는 것이다.

이 무용한 듯 보이는 고백의 행위는 우리가 그것을 꾸준히 계속한다면 언젠가 순도 높은 자기성찰의 지점에 우리를 내려놓아 준다. 물론 그 지점에 도달하는 시기는 말로써 당겨지는 것이 아니라, 그곳까지 포기하지 않고 걸어온 본인의 노력에 의한 것이다. 앙겔은 오늘 순간적인 위로를 얻고, 혹은 그렇지 못했다 하더라도 가던 길을 갈 것이며, 그러다 보면 언젠가 내가 지나온 그 지점에 도달할 것이다. 물론 그때 아다는 지금보다 훨씬 더 커 있겠지. 그리고 그때 그녀는 한번쯤 나와 JB, 그리고 올림포스의 이 산책로를 떠올려 줄지도 모르겠다.

푸른 하늘에 뭉게구름이 가득하다. 해변 가까이에 가파르게 산이 깊어지고, 기슭마다 폐허가 된 성과 무덤과 극장이 숨어 있다. 매우 온순한 바람이 우리에게 바다 내음을 전해준다. 나는 해변에 두 아이와 자리를 잡고 앉아 앙겔을 멀리 밀어낸다.

“보세요. 아다가 당신보다 나와 JB를 더 좋아하는군요. 우린 지금 당신이 필요 없어요. 그러니 저쪽으로 좀 산책이나 하고 오지 그래요?”

앙겔의 초록색 눈동자가 약한 진폭으로 흔들린다.

“고마워요.”

그녀의 목소리가 촉촉하다.

아다와 중빈과 나는 넓적한 돌을 하나씩 차지하고 앉아 양손에 자갈돌을 쥐고 북을 치듯이 두드리며 노래를 부른다. 아는 영어 동요가 다 나오고, 한국 동요도 동원되고, 마침내 아다를 위해서 유일무이하게 알고 있는 프랑스

동요까지 끌어내 빈약한 레퍼토리를 채운다. 아다는 밝고 흥이 많은 아기여서 신나게 같이 두드리며 리듬을 탄다.

눈을 들면 시시각각 다채로운 하늘빛이 새로운 뭉게구름을 빚어내고 있다. 그 새로운 하늘빛에 따라 지중해의 푸르름도 끝없이 새로워진다. 국적과 나이와 성별을 불문하고, 해변을 거닐던 모든 사람들이 우리를 향해 따스한 미소를 짓는다.

앙겔은 사실 내게 고맙다고 말할 필요가 없었다. 나 또한 아이를 키우며 받은 것이 많고, 그중의 일부를 앙겔과 나누는 것뿐이며, 앙겔은 또다른 누군가에게 오늘의 기억을 나눠 줄 것이다. 내가 받은 것들…… 수술 후에 드러누워 잘 돌지 않는 젖을 물리며 힘들어할 때, 그 많던 천기저귀와 배냇저고리를 일일이 빨고 삶아주셨던 엄마. 젖이 잘 돈다며 돼지 다리를 고아주셨을 때는 또 거기에 얼마나 비밀스런 정성을 다하셨는지, 마치 설렁탕 같은 맛이 났었지. 그리고 "아기 엄마, 여기 앉아" 부득불 자리를 양보해주셨던 허리 굽은 할머니, "고놈 참 잘 생겼네!" 마치 자신의 기쁨인 양 진심을 다해 웃어주던 이웃 사람들……. 예전에 나는 낯선 사람과 그렇게 '즉각적으로 공통의' 화제를 찾아 환하게 미소를 터뜨려본 적이 없었다. 그렇게 쉽게 열리고 나눠본 적이 없는 삶이었다.

그것은 또 내가 어떻게 자랐는가를, 얼마나 많은 미소와 따스한 손길과 보살핌 속에 성장하여 오늘날 이렇게 존재하게 된 것인가를 감사히 반추하게 되는 계기이기도 했다. 이전에 내가 반추했던 것들이 상처와 얼룩에 대한 기억이었다면, 이후에 나는 아이에게 무조건적인 사랑을 베풀면서 내가 받은 사랑의 기억들을 떠올리고 비로소 화해와 치유의 시간을 갖게 된 것이었다.

잠시 후, 로라가 해변으로 왔고, 앙겔과 로라, 아다는 먼저 펜션으로 돌아

갔다. 아이와 나는 해가 질 무렵까지 바닷가에 있었다. 나는 화장실에 가고 싶어졌고 아이는 텅 빈 해변에 혼자 있고 싶지 않다며 가지 말라고 우겼다. 화장실은 매표소 부근. 혼자서 속보로 왕복한다 해도 족히 20분은 걸릴 터였다.

"중빈, 엄마 지금 안 보내주면 바지에 실례할 것 같아!"

드디어 녀석의 허락이 떨어졌다. 시무룩하기 짝이 없는 음성으로 느릿느릿.

"오~케~이~"

나는 후다닥 뛰어가며 아이를 향해 외친다.

"엄마 올 때까지 그 자리에 있어!"

그 아름답던 오솔길이 왜 이리 길기만 한지, 화장실에서 바닷가로 다시 되돌아오는 오솔길의 마지막 지점. 근심으로 가슴이 뛴다. 드디어 아이가 보인다. 침침한 어둠이 내리기 시작한 연못가 근처, 처음 그 자리 그대로 가만히 앉아 있다. 나를 보면 반가움에 울음을 터뜨리지 않을까 하는 내 염려와 달리, 아이가 나를 보자마자 외친다.

"엄마, 개구리 소리가 들려!"

아무도 없는 고요한 해변에서 아이는 외롭고 두려웠겠지만, 그 고요함 속에서 용기를 낸 덕택에 작은 친구의 목소리를 찾아낼 수 있었던 것이다.

아이 곁에 앉아 들어보니, 개구리 소리는 마치 코맹맹이 소리처럼 귀엽게 울려퍼진다. 나는 내 멋대로 아이에게 그 소리를 통역해준다.

"중빈, 네 엄마가 화장실 다녀올 동안 내가 너한테 노래를 들려준 거야. 개굴개굴. 난 말이야. 용감한 아이들에게만 이렇게 노래를 불러준단다. 넌 정말 대단한 아이야. 아직 세 살밖에 안 된 꼬맹이면서 혼자서도 엄마를 잘 기다리는구나. 자, 들어봐. 이건 널 위한 노래야. 오, JB. 오, JB, 용감한 소년……."

시간이 흐르지 않는 곳, 올림포스에서 시간은 오직 하루에 한 번 존재한다. 저녁 8시. 기다리고 기다리던 밥이 나오는 시간. 8시가 되려면 해가 져야 한다. 나는 고통의 시간(?)을 단축하기 위해 최대한 느릿느릿 해변을 나선다. 덕분에 아이는 전혀 재촉 받지 않고서 이 저녁의 돌아가는 길을 즐길 수 있다. 이제 이 오솔길은 아이에게 너무나 익숙한 길이 되었다. 내가 할 일은 멀찍이 떨어져서 가끔씩 그 행복한 얼굴을 확인하는 것뿐이다.

아이는 어디선가 나뭇가지를 찾아 양손에 쥐고 지휘봉처럼 흔들며 노래를 한다. 어린아이 특유의 신비로운 집중력으로 누구의 시선도 의식하지 않은 채 손안에 쥐인 나무와 스산해지는 저녁 공기와 발밑에서 저벅대는 작은 돌들의 느낌을 온몸으로 받아들이면서. 목청껏 고래고래 노래를 하는 아이에게는 '나'와 '나 아닌 것'의 구분이 없다. 노래는 저만치 산기슭에서 메아리가 되어 되돌아온다.

커다란 물웅덩이 앞에 이르러서는 잠시 달콤한 공상을 하다가 실컷 휘저어 물을 튀겨보기도 한다. 익숙한 그 개미집을 그냥 지나치지 못하고 시간을 끌지만 이제 아이는 매우 신중해져서 섣불리 흙을 집어넣는다거나 하는 행동은 하지 않는다.

그러다 문득 주변을 돌아본 아이에게 '나'와 '나 아닌 것'의 경계가 불현듯 선명해지고, 아이는 화들짝 놀라 제 엄마가 저만치, 아주 멀어진 것을 확인한다. 엄마아아아아~ 부르며 다가오는 녀석의 얼굴, 검게 그을린 너는 잿빛 내복 하나만 걸치고서 이 소박한 풍경 속에서 처음부터 그 일원이었던 것처럼 조화롭구나.

저녁식사는 늘어난 여행객들을 위해 더 푸짐해졌다. 덕분에 30분 더 늦어졌고, 애타게 기다리다 지친 나는 해먹에 드러누웠다. 아이도 배가 고팠는지 몇 번씩 부엌을 드나들면서, "Potato chip!"을 외쳤고 그때마다 유습이 커다란 감자튀김 하나씩을 들려 보냈다. 나는 아이를 계속 꼬드겨 감자튀김을 더 가져오게 했다. 마침내 아이는 성공적으로 유습을 괴롭혀, 케찹이 끼얹어진 튀긴 감자를 둥근 빵에 잔뜩 담아오는 개가를 올렸다.

잠시 후 유습과 하티제가 순서대로 하나씩 준비된 음식을 들고 나온다. 오븐에서 구운 마늘향 닭다리 요리, 요구르트 소스를 얹어 먹는 파스타, 올리브 오일과 발사믹 식초가 곁들여진 토마토 샐러드, 초르바시라 불리는 발갛고 얼큰한 콩 스프, 그리고 언제나 빠지지 않는 밥! 두 한국 여인은 또 이성을 잃고 덤벼들었다. 맛있는 음식 앞에서 양 조절을 하는 이성적인 사람들을 나는 존경한다.

우리가 식사를 하는 테이블 옆으로 하루 일과를 마친 인부들이 자리 잡았다. 바닷가에서 놀다 온 나도 이렇게 배가 고픈데, 온종일 방갈로를 지었을 이들은 얼마나 시장하겠는가. 그들은 서로 말 없이 오직 먹는 데만 열중하며, 그들의 밥숟가락은 한번 퍼 올릴 때마다 반 주걱은 됨직하게 커다랗다. 언제나 먹는 것보다 주변 상황에 더 관심이 많은 이 조그만 녀석, 한참 동안 그들을 뚫어지게 쳐다보더니 내게 하는 말.

"엄마, 저 아저씨들, 좀 안돼 보인다."

아이가 막 잠에 빠져들면서 내게 속삭인다.

"엄마, 오늘 정말 재밌었어."

멍청한 엄마가 묻는다.

"어디가 제일 재밌었어?"

"다. 다 재밌었어."

네게는 행복의 조건이 없다. 엄마를 만족시키는 데는 조건이 필요한데,

너는 그렇지 않다. 행복의 조건이 없다는 것은 얼마나 어려운 일인가? 조건 없이 행복해진다는 것은, 무한정 열려 있거나 한없이 낮게 엎드리지 않으면 불가능한 일이다. 어른들은 잘 열리지 않을뿐더러 낮게 엎드리는 데는 더더욱 익숙하지 못하다. 그러니 조건이 많은 이들에게 누군들 쉽게 다가가려 할 것이며, 조건이 맞지 않으면 아무도 다가오지 않는 삶을 사는 이들이 어떻게 행복해질 수 있겠는가. 너를 보면 엄마는, 엄마가 왜 유년에 행복했는지 알 것 같다. 그리고 그 이후에 비롯된 생의 무게들이 어디서 비롯된 것인지도 조금은 알 것 같다. 물젖은 꿀벌을 위해 한 시간 내내 다리를 내어주고 움직이지 않는 네게 누군들 친구 되기를 마다하겠느냐.

모닥불이 다시 밝혀졌다. 로라가 아카시아 꽃을 가지째로 꺾어 부엌에서 밀가루 반죽을 입힌 뒤 튀김을 만드는 데 한창이다. 아다도 잠들었는지 앙겔이 옆에서 거들고 있다. 밤참을 만드는 그녀들의 얼굴이 기숙사에서 라면을 끓여 먹는 십대 소녀들처럼 발갛게 들떠 있다. 한 조각 입에 집어 넣으니, 뜨거운 튀김옷의 고소함 너머로 머나먼 곳에서 전해지는 향기처럼 아카시아 꽃잎이 은은하게 부서진다. 부엌을 기웃거리던 민이 동참하여 이내 두 조각 더 없어진다. "왜 민만 두 조각이냐?"는 나의 항의에 로라와 앙겔이 웃음을 터뜨리고, 곧이어 또 한 조각이 냉큼 사라진다.

민이 별을 보러 바닷가로 가잔다. 잠든 아이가 마음에 걸리기는 하지만, 지금이 아니면 힘들 것 같다는 생각이 든다. 바닷가까지 별을 보러 간다는 우리의 말에 유습이 펄쩍 뛴다. 이 칠흑 같은 어둠에 여자 둘이서만 가기에는 너무나 멀고 위험하다는 것이다.

"그럼 유습도 같이 가."

민의 제안에 유습이 손전등을 찾아 들고 앞장선다.

손전등은 건전지가 다되어 쓸모가 없다. 농밀한 어둠이 귓속까지 파고 들어 온몸을 적셨기 때문에, 시각에만 의존해서는 내가 지금 이곳에 있다는 것조차 확신할 수 없을 정도이다. 민은 보기보다 겁이 많다. 새까만 어둠 속에서 잔뜩 겁을 집어먹고, 작은 들짐승의 부스럭거림에도 비명을 지른다. 생각해보니 나도 한때는 그랬던 것 같다. 그런데 한 아이의 엄마가 되고 나서부터는 오직 아이의 안위와 관련된 것만이 나를 겁먹게 한다. 아이를 다치게 할 만한 것, 아이에게 해가 될 만한 것, 그런 것들만이.

"언니는 안 무서워요?"

"난 지금 호랑이가 나타난대도 별로 안 무서울 것 같아. 내가 지금 제일 무서운 건 중빈이가 자다 깨서 혼자 우는 거야."

우리는 오솔길을 발로만 더듬어 걸으면서 추측한다.

"이제 개울이 나올 거야."

"저 앞이 징검다리일 거야."

추측은 대체로 들어맞았다. 한두 번 발을 헛디뎌 민이 비명을 질렀지만 마침내 우리는 그 지점에 이르렀다. 오솔길이 끝나고 갑작스럽게 바다가 열리는 지점.

우리는 아무 말도 할 수 없었다. 천체 망원경으로 들여다보는 것처럼 거대한 밤하늘이 둥그렇게 펼쳐져 있고, 그 새카만 하늘 속에 수백 수천 개의 별들이 깨알같이 흩어져 있다. 각각의 별들은, 별에 대한 우리의 미천한 관념을 깨부수기라도 할 기세로 미친 듯이 빛을 발한다. 바다는 포효하고 있다. 이렇게 성난 지중해는 본 적이 없다.

"내일 폭풍이 올 것 같아요!"

크게 외치는 유습의 목소리가 이내 성난 파도에 지워진다.

나는 신발을 집어던지고 미처 바지도 제대로 걷지 못한 채 실성한 사람처럼 바다로 걸어 들어간다. 얼음처럼 차가운 파도가 집어삼킬 듯 머리끝까지 튀어 올라 나를 위협한다. 그러나 지금, 이 파도의 위협마저 신비롭다. 이렇게 걸어 들어가면, 이렇게 끝도 없이 걸어 들어가면 그곳에 닿을까? 어둠과 빛과 흙과 물이 맞닿아 있고, 생의 모든 비밀들이 일순간에 해체되는 곳.

허옇게 거품을 문 파도가 나를 밀쳐내고 나는 어느 한 지점에 그대로 선다. 파도는, 이 완벽하게 자연만을 위한 시간에 맨발로 뛰어든 불경한 나를 머리끝부터 발끝까지 적시고 만다.

"여기서 무슨 일이 벌어지고 있나요?"

기다리다 못한 유습이 신발을 벗고 들어와 옆에 서며 묻는다.

"Everything."

(모든 일들이.)

진정으로 운이 좋은 사람만이 생애에 단 몇 번 절정을 경험하며 산다. 지금 이 순간 나는 그중 하나에 도달해 있다. 자연이, 온 우주가, 내게 아무것도 요구하지 않으면서 그 최상의 모습을 보여주는 순간. 가장 깊은 속살을 숨김없이 내주는 순간.

"저길 좀 봐, 유습. 나는 이 순간을 영원히 잊지 못할 거야."

"아니, 당신은 곧 잊을 거예요."

유습의 목소리에는 원망이 어려 있다. 내가 말하는 '잊지 못할 것'과 그가 말하는 '내가 곧 잊을 것'은 조금 다른 것이었다. 같은 자리에서 우리는 다른 것을 생각하고 있었던 것이다. 나는 그에게 그 서로 다름을 굳이 말해주지는 않기로 했다. 시간이 흐르면 그도 그것을 깨달을 테니.

"아니, 그렇지 않아. 내 나이가 되면 영원히 계속되는 것과 스쳐지나가는 것을 구별하게 돼. 아마도 유습, 당신이야말로 이걸 곧 잊게 될 거야."

우리 모두는 바닷가에 누워 한참 더 별들을 바라보았다. 나는 실로 오랜

만에 모든 것을 잊고 '살아 있음'의 감각을 음미했다. 홀로 잠들어 있는 아이마저도 그 축복의 시간에 끼어들지 못했다. 독실한 기독교 신자인 민은 내내 침묵 속에서 기도를 올리는 것 같았다.

얼마쯤 시간이 흘렀을까. 일어나 신발을 찾아 신기 시작하는데, 막상 '간다'고 생각하자 축복의 시간은 황급히 막을 내렸다. 그리고 미친 듯이 아이가 걱정되기 시작했다.

"언니, 걱정 마세요. 내가 기도 올렸어요. 중빈인 잘 자고 있을 거예요."

신기한 일이었다. 기도를 올리고 난 그녀의 음성은 평소의 그녀의 것 같지 않았다. 진중하고 느린, 신뢰할 수 있는 말투. 나는 마음으로부터 그녀에게 감사하고 다소 위안을 받았다.

하지만 5분 뒤 나는 뛰고 있었다. 그 깜깜한 어둠 속을, 그 울퉁불퉁한 오솔길을 어떻게 그처럼 빨리 주파할 수 있었는지 모르겠다. 뒤에서는 아직 어린 유습이 계속해서 "왜 이렇게 좋은 밤에 서둘러 돌아가려 하는지 알 수가 없다"며 볼멘소리를 하고 있었다. 마침내 민과 유습은 이 비정상적인 엄마의 괴력을 따라잡는 것을 포기하고 천천히 오기로 한 듯했다. 나는 허겁지겁 펜션에 도착했다. 나와 눈이 마주치자마자 앙겔은 모든 걸 이해했다. 그리고 묻지도 않은 내게 먼저 말해주었다.

"JB는 잘 자고 있어요. 걱정 말아요. 한 번도 깨지 않았으니까."

당신이 거기 있으면,
나는 행복해져요

비바람 소리에 눈을 떴다. 폭풍이 올 것 같다는 유습의 말이 맞았다. 창밖을 내다보니, 오렌지 나무들이 미친 듯이 사방으로 휘어지면서 고통을 호소한다. 어찌나 바람이 센지 창문이 모두 닫혔는데도 커튼이 바람을 탄 돛처럼 출렁거린다. 허술하게 지어진 듯 보이는 이 나무 펜션이 비바람에 뿌리째 뽑혀 날아가지 않는 것이 신기할 정도다.

발코니에 나와 섰다. 빗물이 얼굴로 달려들고, 비릿하다고밖에 표현할 수 없는 원초적인 내음이 순식간에 후각을 압도한다. 이 내음에는 무언가 익숙한 것에 대한 기억이 담겨 있다. 내가 언제 이곳에 온 적이 있었던가?

아마도 지금의 내 아이보다 더 어렸던 시절, 어느 시골 친척집에선가 이런 아침을 맞이한 적이 있다는 생각이 든다. 이 전혀 낯설지 않은 축축함의 냄새 속에 새끼 산짐승처럼 녹아들었던 기억. 어떻게 줄곧 도시에서 살아온 내게, 그 오래전 시간의 기억이 이리도 강렬하게 남아 있을 수 있는 것일까. 어떻게 삼십을 훌쩍 넘긴 어느 날, 지구를 반 바퀴 돌아 땅도 물도 전혀 무관한 이곳에서 뇌의 한 구석 꼭꼭 숨겨두었던 지점을 콕 찔러내 눈물샘을 자극하고, 그러니 여기 더 머물라고 유혹할 수 있는 것일까.

여기서 일어나는 일들은 모조리 불가사의하다.

아이가 부스스 일어나 담요를 밀어낸다.

"Mommy, good morning."

단단히 아이의 옷 단속을 한 후 부엌 앞의 실내식당으로 향한다. 아침식사를 마칠 때까지도 비바람은 그칠 생각을 하지 않는다. 앙겔과 로라는 물론 도보여행을 포기했고, 민은 어젯밤 바닷바람에 감기가 들었는지 간신히 아침식사를 마치고 방으로 돌아가 누웠다. 스위스에 거주한다는 터키 남성과 그의 일곱 살 난 아들은 느지막이 일어나 식당으로 들어온다.

아이는 고작 일곱 살밖에 되지 않았을 뿐인데, 아이답지 않은 거만함과 이기심이 몸에 배어 있다. 중빈이 함께 어울리고 싶어 내내 눈으로 그 아이를 좇는 것이 안쓰러워, 혹시나 하면서도 장난감을 몇 개 쥐어주고 가보라 한다. 하지만 역시나. 아이는 중빈의 손에서 낚아채듯 장난감을 가져가며 일이 분 가지고 놀다가 싫증이 나자 이내 중빈에게 소리를 지르며 장난감을 집어던진다. 로라는 "제 아빠를 꼭 닮아서 저런다"며 내게 의미심장한 얼굴을 한다.

"그게 무슨 말이에요?"

"저 사람, 세 번이나 이혼을 했대요. 뻔하죠. 터키 남자들, 연애할 때 잘해주다가 결혼만 하면 본색을 드러내니까요. 내가 그랬어요, 뭐 하러 자꾸 결혼을 하냐고. 여자가 필요하면 그냥 연애만 하라고. 그래도 세 번이나 결혼하는 데 성공했으면, 최소한 연애에는 소질이 있는 거 아니냐고."

로라 또한 터키 남자와 살고 있다. 그녀는 프랑스에서 가족도 없이 외로운 청춘을 보냈고 어쩌다 터키까지 오게 되어 지금의 그 남자를 만났다고 한다. 남자는 이즈미르에서 작은 펜션을 운영하고 있고, 그녀 또한 터키 남자와 결혼한 다른 외국인 여자들처럼 그 펜션에서 많은 일을 하고 있단다. 앙겔과는 달리, 그녀는 터키에서의 삶이 전혀 만족스럽지 않지만 달리 선택의 여지가 없어 머물고 있는 중이었다.

"내가 올림포스에서 주말을 보내기 위해 얼마나 그 사람을 오랫동안 설득해야 했는지 모를 거예요. 그런데 그 인간이 내게 여행 경비로 얼마를 주었는지 아세요? 내 참, 고작 10만 원이라고요……."

로라의 말은 끝없이 이어졌지만 그녀가 살아온 삶의 거친 여정은, 불행히도 그녀에게 아무런 성찰을 안겨주지 않았다.

"나는 아이를 정말 좋아해요. 당신도 아이가 있고 앙겔도 아이가 있는데 보세요, 정작 아이를 좋아하는 내게만 아이가 없네요. 당신과 나는 한 살 차이밖에 나지 않는데, 당신 아인 벌써 세 살이잖아요. 나는 네 번이나 아이를 지웠어요. 그러고 싶지 않았지만 어쩌겠어요. 내가 키울 능력이 안 되는 것을. 그 애들을 낳았으면 지금쯤 당신 아이보다 훨씬 컸을 텐데. 휴우, 너무 수술을 많이 해서 이제 아이를 낳을 수나 있을지……."

나는 그쯤에서 거북해진 나머지, 중빈 핑계를 대고 일어났다.

로라는 모르고 있었다. 관계의 많은 부분이 희생으로 이루어진다는 것을. 우리는 자신이 희생하는 것들과만 관계를 맺을 수 있다. 무언가를 좋아하는데 그것을 얻을 수 없다면 이유는 간단하다. 그 '무언가'를 위해 자신이 희생하는 것이 없기 때문이다. 언제부턴가 나는 좋아하는 것을 위해 아무것도 희생하지 않으면서 '얻을 수 없다'며 푸념을 늘어놓는 사람들과 거리를 유지하게 되었다. 그들의 오해가 불편하기 때문이다. 그들은 자신의 생각과 달리, 그 '무언가'를 좋아하지 않는다. 좋아하지 않기 때문에 희생하지도 않는 것이다.

오늘 아침, 부엌에는 중빈에게 줄 만한 것이 하나도 없다. 어제 저녁 메뉴가 하도 근사했던 까닭에 밥조차 남기지 않고 모두들 싹싹 비웠던 모양이다. 아이는 마지못해 터키식 브랙퍼스트를 만지작거리더니 처마 밑에 모여

든 닭들을 핑계 삼아 줄행랑을 친다. 유습이 부엌 정리를 거의 마쳐 가는데도 아이가 돌아오지 않는다. 뒤늦게 그릇을 부엌에 가져다 놓으며 미안한 마음에 남은 설거지를 해준다. 그릇을 치운 것을 눈치 챈 아이가 뒤늦게 부엌으로 돌아와 유습과 장난을 친다. 오늘은 꼼짝없이 이 꼬마 악동과 온종일 펜션에서 머물러야 할 것 같다.

방으로 돌아와 히터를 켰지만 창문 틈으로 서늘하게 바람이 파고든다. 감기가 걸린 민의 방에는 히터가 없다. 중빈과 해열제를 들고 민의 방으로 올라갔다. 민의 얼굴은 열로 들떠 벌겋다. 그녀는, 해열제는 고맙게 받았지만 히터가 있는 우리 방에서 쉬는 게 어떠냐는 제안은 거절했다. 가지고 온 옷을 모두 겹겹이 걸쳐 입었기 때문에 괜찮다고 하면서 그녀는 혼자 있고 싶어했다. 어제까지만 해도 심각하게 헤어질 것을 고려하고 있었던 남자친구 이야기를 꺼내면서, 갑자기 그가 너무나 보고 싶다고 했다. 어서 빨리 한국으로 돌아가고 싶다고도 했다. 그녀의 얼굴엔 홀로 길 위에 던져진 어린아이처럼 서러움이 묻어난다. 그녀를 이해할 수 있다.

돌아보면 나의 이십 대에도 갑작스런 서러움과 자기연민이 중요한 의사결정의 순간을 장악해버린 경우가 있었다. 그렇게 내려진 결정들은 대체로 또 하나의 실수를 내포하거나 매우 소극적인 선에 그치게 마련이었다. 그래서 우리는 흔히 자기연민 앞에 '싸구려'라는 수식어를 붙이는지도 모르겠다. 하지만 이 싸구려 감정에 빠져보지 않은 사람은 타인의 고통에도 둔감하다. 그러니 이십 대에 자기연민에 빠지는 것이 반드시 무익하다 할 수는 없을 것이다. 그것으로써 타인을 이해하고, 그것에서 빠져나오는 와중에 강인해지니 말이다.

아이와 방으로 돌아와 하릴없이 궁싯거리는데 누군가 문을 두드린다. 유습이다. 그가 내미는 것을 보니, 밥이다! 작은 공기에 뜨거운 밥을 꽉꽉 눌러 담고 숟가락을 그 위에 꾸욱 찔러왔다.

"아까 JB가 아침을 잘 먹지 않아 걱정했지요? 그래서 새로 했어요."

아, 이렇게 고마울 데가. 고맙다는 말을 연거푸 하고, 아이와 침대에 앉아 갓 지은 밥을 떠먹는다. 터키인들은 밥에 소금을 넣고 기름에 볶아 먹는데, 그래서인지 아무 반찬도 없이 맨밥만을 오래도록 씹어도 짭짤하고 고소한 것이, 그것 그대로 훌륭한 식사가 되어준다.

밖에서는 윙윙 바람이 몰아치는데, 아이와 커튼이 펄럭이는 방안에 마주앉아 맨밥을 한입씩 나누어 먹으니 기분이 묘해진다. 우리가 그 옛날, 먹거리도 잠자리도 그다지 풍요롭지 않았던 시절로 거슬러 올라가, 우리만의 소박하고 아늑한 보금자리에서 매우 어렵게 구한 양식을 맛보고 있는 것 같은 느낌이 든다.

오후가 되자, 거짓말처럼 맑은 하늘이 되었다. 앙겔과 아다, 나와 중빈은 다시 바닷가로 향했다. 우리가 바이람을 지나는데, 바이람의 정원에서 '조'가 우아하게 꼬리를 흔들며 우리를 바라본다. 중빈이 조를 한참동안 바라보고 섰다.

"중빈, 조와 놀고 싶니?"

"응……."

아이는 약간 시무룩한 듯하더니만 이내 목소리에 단호함을 담고 말한다.

"하지만 난 조와 놀지 않을 거야. 여기 엄마를 괴롭히는 아저씨가 있기 때문에."

장하다, 우리 아들. 자초지종을 전해들은 앙겔이 나와 함께 웃음을 터뜨린다.

바닷가에 도착한 앙겔이 스웨터와 스커트를 벗는다. 간소한 옷차림이지만 초록색 스웨터는 그녀의 초록 눈동자와 조화를 이루고, 다갈색 스커트는 하나로 땋은 붉은 머리와 같은 빛깔이다. 앙겔은 은근하고 조용하게 자신의 매력을 드러낼 줄 아는 사람이다. 그녀가 옷을 한쪽에 개켜두고 수영복 차림으로 물속에 들어간다. 으, 저렇게 차가운 물속에! 똑같은 아기 엄마인데도 앙겔은 시린 데가 없나 보다. 산후조리를 제대로 못한 것도 아닌데, 나는 왜 이리 시린 곳이 많은지.

이때 중빈이가 들으란 듯이 매우 우울한 목소리로 한마디 한다.

"엄마…… 난 수영을 못해."

아마도 엄마랑 자신은 매일 해변 가장자리에서만 왔다갔다하는데, 아다의 엄마가 스스럼없이 물속에 들어가는 걸 보고 뭔가 느낀 모양이다.

"음, 중빈아, 너도 수영을 배울 수 있어. 누구한테 배우냐면…… 그러니까……."

나는 수영을 못한다. 남편도 마찬가지다.

"수영 선생님한테. 수영 강좌를 듣는 거야. 네가 하고 싶은 건 뭐든지 배우면 돼."

"당신도 마찬가지예요. 당신도 수영을 배울 수 있어요."

어느새 앙겔이 옆에 와 아다의 옷을 벗기고 있다.

뜨끔. 맞다. 나도 수영을 배울 수 있다. 물과 친해지면, 여행을 하며 아이와 함께 즐길 수 있는 공간이 그만큼 넓어지리라.

앙겔은 차가운 물속에 아다를 데리고 들어간다. 앙겔도 앙겔이지만, 아다 또한 아무렇지도 않은가보다. 금방 물과 친해져서 제법 키득거리기까지 한다. 중빈 같으면 차갑다고 난리가 났을 텐데, 역시 온돌에 익숙한 우리와 그네들의 체감온도는 다른가 보다. 7월에도 9월에도 물에 들어가지 않고 오직 8월 한 달만 해변에서 수영을 즐기는 한국인에 반해, 유럽인들은 햇빛만 따사로우면 물의 차갑기와 상관없이 해수욕을 즐긴다. 사람의 체감온도라는 것은 철저히 환경에 대한 적응의 산물이어서, 제각각 다른 자연 여건 속에서 우리의 상상을 초월할 정도로 주관적이 된다.

이를테면, 동남아시아인들은 30도 정도가 되면 추위를 느끼고 겨울 잠바를 꺼내 입는다. 헬레나 노르베리 호지의 저서, 『오래된 미래』에는 그 반대의 경우가 나온다. 추운 겨울에 맨발로 살얼음이 언 개울을 건너는 라다크 여인에게 헬레나가 "춥지 않느냐?"고 물었을 때, 그 라다크 여인은 도대체 질문의 의미가 무엇인지 이해할 수 없다는 얼굴로 되묻는다.

"춥다고요? 왜요?"

아다를 해변으로 돌려보내고 앙겔은 자유로이 헤엄치면서 조금 더 느긋한 시간을 보낸다. 그녀와 아다는 오늘 안탈랴로 떠난다. 그곳에서 비행기를 타고 이스탄불로 향할 것이다. 그리고 월요일인 내일부터는 다시 학교에 나가겠지. 직장에 보육시설이 갖추어져 있어 아다를 함께 데리고 출근할 수 있는 여건이라니 정말 부럽다. 앙겔이 커다란 타월로 머리의 물기를 닦으면서 내게 다가온다.

"소희, 이제 당신 차례예요."

나는 앙겔에게 아이들을 맡겨두고, 오랜만에 성큼성큼 산기슭을 올라 폐허가 된 성터 위에 앉아 바다를 내려다본다.

혼자 있느냐, 같이 있느냐, 천천히 걷느냐, 빨리 걷느냐…… 이 각각의 사소한 요인들이 전혀 다른 생각의 집을 짓게 한다. 나는 저 멀리 해변에서 작은 모래알처럼 앉아 있는 아이를 쳐다보며, 우리가 이 느린 여행에서 어떤 집을 짓고 있는지 궁금해졌다. 지금은 집 안에 있어 전체 윤곽을 잘 인식할 수 없지만, 여행이 끝나면, 이 방 저 방으로의 탐색을 마치고 집 밖으로 나오면 그때에 알아보게 되리라. 우리가 지은 소박하고 아늑한 집, 혹은 우리가 지은 크고 수려한 집…….

중빈과 아다는 커다란 초콜릿 쿠키를 하나씩 손에 쥐고 키득거린다. 한 입 깨물어 먹을 때마다 중빈이 점점 작아지는 쿠키의 모양을 읽어낸다.

"엄마, 이건 기차네."

"이건 버스 같네."

아다는 제 얼굴만한 쿠키를 죄다 침으로 녹여 입안에 구겨 넣고는 말할 수 없이 행복한 표정이 되어 맛을 음미한다. 무언가 하고자 하는 생각을 죄다 지워버리는 그런 평화로움이고 뜨거움이다. 나는 책으로 얼굴을 덮고 큰 대자로 드러눕는다.

드디어 태양이 조금씩 힘을 잃고 앙겔이 떠날 시간이 되었다. 앙겔과 나는 해변의 커다란 바위 동굴 앞에서 마지막 포옹을 나눈다. 어떤 사람과는 손으로 포옹을 하지만, 드물게 어떤 사람과는 가슴으로 포옹을 한다.

"Thank you so much, Sohi. I was very pleased to meet you."

내 등에 얹은 앙겔의 손가락이 가늘게 떨린다. 'pleased to meet you'라는 흔하디흔한 인사가 문자 하나하나의 무게와 의미를 담고 내게 다가온다.

"I thank you, Angel."

한참동안 우리는 서로 하고 싶은 나머지 말을 가슴으로 전했다. 헤어짐은 슬프지만, 너를 만난 것은 그보다 훨씬 큰 기쁨이었다. 고맙다, 이제 내 인생은 너를 추억할 수 있어 조금 더 아름다워졌구나. 앙겔은 해변에서 오솔길을 향해 멀어지는 동안 몇 번이고 뒤돌아 손을 흔들었다.

저녁식사 시간에 종일 눈에 띄지 않던 민이 내려왔다. 민은 아침보다 식사량이 늘어난 것이 약간 살아난 듯 보였다. 식사 후 커피를 한 모금 들이키면서 민이 말한다.

"언니, 저 가기로 결심했어요. 내일 마지막으로 한번 둘러보고 모레 아침에 떠날 거예요."

나도 떠날 때가 가까워졌다는 생각을 하고 있었다. 이곳의 모든 것에 너무나 익숙해져서 몸과 마음이 길들여지고 있었던 것이다. 이 길들여짐은 방문을 한다거나 거주하기에는 더할 나위 없이 좋은 현상이지만, 여행자로서는 경계해야 할 무엇이다. 느슨해지고, 집과 같은 편안함에 익숙해진다는 것. 그것은 이미 여행이 주는 순수함을 반 정도 상실한 것이다.

그렇지만 나는 여전히 왜, 어디로에 대한 대답을 찾을 수가 없었다. 여느 때 같으면, 느슨해지는 동시에 그것을 조이고자 하는 탄력적인 긴장감이 반작용적으로 튀어오르게 마련이었다. 또 다른 세계에 대한 호기심, 모험을 찾는 강렬한 욕구로 손발이 근질근질해지기 시작하곤 했던 것이다. 저 산 너머, 저 바다 건너에 있는 세상, 이곳과는 다르고 어쩌면 더 아름다운 꽃 한 송이가 피어 있을지도 모르는 그곳을 생각하면, 끊임없이 편안한 안정을 향해 뿌리를 내리려는 혐오스런 생활자의 본능에서 언제든지 쉽게 벗어날 수가 있었다.

그런데 이곳 올림포스의 어느 지점에 나는 애초의 열의를 떨어뜨렸고 그것은 이 산골의 적막함 속에 자취도 없이 파묻혀버렸다. 그 어느 곳에도 이곳에서보다 더 아름다운 꽃 한 송이는 피어 있지 않을 것만 같다.

"언니는요?"

"오늘 잠들기 전까지 결정을 내릴 생각이야."

민이 유습을 불러 사무적으로 떠날 계획을 말한다. 유습이 곧바로 고개를 돌려 “당신은?” 묻고, 나는 민에게 했던 대답을 반복한다. 유습이 도저히 이해할 수 없다는 얼굴이 된다.

“당신들은 이곳을 굉장히 좋아했잖아요? 그런데 왜 이렇게 갑자기 떠날 생각을 하죠?”

그의 질문에는 다분히 비난이 어려 있다. 그에게 두 명의 한국 여인은 특별히 친근한 존재였으며, 때문에 그는 여행지에서 일하는 사람이 주의해야 할 한 가지, 떠날 이에게 마음의 문을 열었던 것이다. 우리가 여기서 일상적으로 마주했던 유습의 모습은 어쩌면 매우 예외적인 것이었는지도 모른다. 우리가 떠나고 나면 유습 또한 이곳의 무뚝뚝한 일꾼들과 똑같은 얼굴, 똑같은 침묵 속으로 숨어들게 되는 게 아닐까.

앓고 난 때문인지, 민은 여유를 잃었다. 별안간 유습을 흔해빠진 펜션에서 일하는 사람 이상으로 이해하고자 하지 않는다.

“내가 가고 싶을 때 가는데 왜 참견이야.”

상처받은 유습의 뒷모습에 대고 한마디 한다. 그러고 보니 그녀가 오늘 저녁 나를 대하는 태도도 여행지에서 만나는 ‘다시 안 볼’ 많은 사람 가운데 하나로 극명하게 축소되어 있다.

아이와 가지고 놀던 빵가루 쓰레받기를 부엌에 가져다 놓는데 유습이 나를 부른다.

“그 쓰레받기 갖다 놓지 말아요. 내일도 그걸 가지고 바닷가로 가고, 그 다음 날도, 그 다음 날도 가지고 바닷가로 가세요. 그리고 해가 질 무렵에 돌아오세요, 언제나처럼.”

그의 목소리가 사뭇 애처롭다. 뭐라 달리 할 말이 없어, 아직 생각 중이란 뜻으로 손가락을 머리에 갖다댄다.

"가지 마요. 가지 마요. 여기 있어요."

그는 모르고 있다. 그가 해야 할 일은 나를 붙잡는 것이 아니라, 그 자신 이곳을 떠나는 일이다. 그의 섬세한 감성을 표현할 수 있는 곳, 그리고 표현해도 좋은 대상을 찾는 일이다. 올림포스에는 여자와 아이가 없다. 젊은 터키 남자들에게는 가혹한 곳이다. 그는 이곳을 떠나 헌신할 수 있는 일, 감성을 몇 백 배 연소시킬 수 있는 사람을 찾아야 한다. 하지만 나는 이 모든 말을 그에게 하지는 않았다. 내가 무슨 말을 한다 한들, 그는 듣지 않았을 것이다.

"오늘밤 잘 생각해보고 내일 아침에 확실히 말해줄게요. 잘 자요."

문가에서 멀어지는 내 뒷모습에 대고, 유습이 말한다.

"당신이 이곳에 있기만 해도 난 행복해져요. 테이블에 앉아서 JB와 놀기만 해도. 나를 쳐다보지 않아도, 내게 말을 걸지 않아도 그냥 거기 있으면……."

아이를 재우고 나서, 모닥불에서 멀찍이 떨어진 곳에 자리를 잡고 앉았다. 민과 로라가 불가에 앉아 소리 높여 떠들고 있기 때문이기도 했고 상심에 빠진 얼굴로 팔짱을 끼고 그들 틈에 앉아 있는 유습과 거리를 유지하고 싶기 때문이기도 했다.

하늘을 올려다본다. 다시금 셀 수도 없이 많은 별들. 눈을 감자, 머릿속이 텅 비워지면서 아무것도 제대로 생각할 수가 없다. 눈을 뜨자, 칠흑 같은 어둠의 틈새로 모든 질문들이 사라져버린다. 어째서 여기에 왔는지, 다시 어디로 돌아가는지, 왜 그래야 하는지. 이곳은 모든 의지가 무화되어버리는 지점이다. 의지가 작용하지 않는 지점.

나는 모닥불에 둘러앉은 사람들의 붉은 실루엣을 멍하니 바라보면서 이곳을 떠나기로 결심한다. 이것이 내게 남은 마지막 의지의 총량이며, 이것을 놓쳐버리면 하루라도 더 늦춰버리면, 정말로 떠날 수 없을 것 같다, 남은 힘을 다해 생각하면서…….

이제 너는 나를 떠나
안식을 구하지 못하리라

파타라로 가는 길은 구불구불했다. 피니케를 지나면서부터 해안절벽을 따라 달리기 시작한 버스는 손에 식은땀을 쥐게 한다. 저 밑으로는 새파란 지중해가 무시무시하게 펼쳐져 있는데, 좁다란 차도 가장자리에는 아무런 안전장치도 없다. 앞에서 차라도 마주 달려오면 그야말로 이제 버스가 절벽에 대롱대롱 매달리겠구나 싶을 정도로 아슬아슬하게 서로 좁은 길을 나누어 스쳐 지나간다.

아침에 올림포스를 떠나기 위해 짐을 펜션 정문에 내려놓는데 유습이 다가와 종이쪽지를 내밀었다. 여행지에서 헤어질 때 이메일 주소를 교환하는 것은 의례적인 일이므로 "Thank you" 하고 펼쳐보았더니, 이메일 주소와 함께 깨알 같은 글씨로 따뜻하고 정감어린 편지가 씌어 있다. 가방에서 펜과 종이를 꺼내 나의 이메일 주소를 적어주면서, 나 또한 한 줄 더 적어 넣었다.

Olympos is a beautiful place and you make it even more.

(올림포스는 아름다운 곳이에요. 그리고 당신은 이곳을 더 아름답게 하지요.)

같이 올림포스를 떠난 메멧은 거구의 30대 터키인이다. 아마도 터키의 좋은 가정에서 태어난 듯, 일찌감치 미국에 건너가 공부했고 지금은 미국에서 터키와 관련된 정치 컨설팅에 종사한다고 한다. 그는 휴가를 이용해 터키에 들른 것이며, 앞으로도 미국에서 미국인으로서의 삶을 살게 될 것이라고 말했다.

그는 '미국식 밝음'을 미덕으로 삼는 사람 같았다. 이유는 잘 알 수 없지만, 그가 잠시 말을 멈출 때마다 그 커다란 눈에 불안한 기운이 몰려들었는데, 그는 그것을 열심히 감추어가며 줄기차게 이야기를 끌어나가고자 했다.

그러나 지금 버스 안에 이렇게 많은 사람이 있을진대, 어째서 그 대상이 나이어야 한단 말인가? 나는 그의 말에 그다지 열심히 귀 기울이고 있지도 않을뿐더러, 무엇보다도 지금 혼자 있고 싶다. 솔직히 나의 심정은 다시 못 갈 고향 마을을 떠나온 것만 같다. 몸은 올림포스를 떠났지만 마음속에서는 계속 올림포스의 아우라가 넘실거리고 있는 것이다. 나는 애써 파타라에 대한 좋은 기대를 갖고자 했다.

파타라의 해변은 세계에서 가장 아름다운 백사장 가운데 하나이다. 성 니콜라스의 탄생지이기도 하며, 눈부시게 흰 백사장을 따라 수없이 많은 유적이 펼쳐져 있다. 올림포스를 떠날 구실을 만들기 위해서 나는 다음 목적지를 고심 끝에 엄선했다. 주변에는 유럽인들이 휴양지로 선호하는 그림같이 생긴 해안 도시들이 여럿 있었고 당일 코스의 지중해 선박여행을 즐길 수도 있었지만, 관광지의 북적대고 계산속 빠른 분위기는 안탈랴로 충분했다는 생각이 들어 모두 제외시켰다. 파타라까지는 버스로 4시간 거리. 파타라에 가는 버스는 자주 있지도 않고, 버스에서 내린 뒤에도 마을 안쪽까지 갈 방법이 따로 없는 곳이다. 세부적인 것들은 내려서 생각해볼 일이다.

메멧은 다음 목적지를 생각 중이라고만 한다. 그러면서 내게 파타라에 대해 이것저것 질문을 하고, 론니 플래닛을 빌려달라고 하기도 한다. 아이가 무슨 투명인간이라도 되는 양, 내내 아이에게는 시선조차 주지 않으면서 아이 엄마인 동양여자에게만 관심을 갖는 이 수다쟁이 터키인이 혹여 파타라로 행선지를 결정하지 않을까 나는 슬슬 걱정이 되기 시작한다.

어제 오렌지 펜션에는 수십 명의 터키 대학생들이 MT를 왔다. 그들로 인해 올림포스의 신비스런 고요는 깨어졌다. 밤새 인근 도시의 바에서 술을 마신 그들은 고요한 땅, 올림포스에 대한 아무런 존경도 호감도 없이 자신들의 욕구를 충족시키는 것과 배설하는 것에만 온 힘을 기울였다. 정원은 금세 쓰레기로 뒤덮였고, 그들이 가져온 시디가 올려진 오디오에서는 24시간 견디기 힘든 음악이 울려퍼졌다.

깔끔하고 부지런한 펜션의 일꾼들조차 일제히 흩어져 구석구석을 오염시키는 그들의 행적을 일일이 추적해내기에는 역부족이었다. 유습은 온종일 대학생들의 무지하고 무례한 요구를 묵묵히 받아내면서 테이블을 닦았고 쓰레기를 주웠다. 한 인간이 지닌 내적 숭고함이 주어진 사회 환경의 차별적인 폭력성 앞에서 군말 없이 고개를 숙이는 모습을 지켜보는 것은 마음 아픈 일이었다.

버스가 카쉬 터미널로 들어선다. 민은 오늘 아침 카쉬에 잘 도착했을까? 그녀는 오늘 카쉬에서 선박 여행을 하겠다고 했다. 버스가 터미널에서 쉬는 동안, 잠시 내려 작은 도시를 내려다본다. 푸른 지중해를 배경으로 부두마다 새하얀 요트가 꿈처럼 정박해 있고, 멋지게 버뮤다팬츠를 차려입은 유럽인들이 거리를 산책한다. 도시는 유럽 어딘가의 축소판이고, 거리 전체가 하나의 개성 없는 공원이다.

마침 카쉬의 터미널 근처에 장난감 가게가 있다. 이천 원짜리 미니 견인차를 사주자, 아이의 얼굴이 활짝 피어오른다. 버스로 돌아와, 견인차가 사고 차량을 끄는 놀이를 하고 있는데 메멧이 뒷좌석에서 느끼한 얼굴을 들이민다. 자신도 파타라로 가기로 결정했단다.

버스가 다시 출발하고 지중해 연안의 해안 도시들을 하나씩 거친다. 4시간 정도 지나자, 지중해 특유의 놀라운 푸르름도, 여름 달력 사진 같은 해안 도시의 정경도 식상하게 다가온다. 나는 무언가 중요한 것이 내게 결락되었다고 느낀다. 그것이 무엇일까? 막연한 피로감에 짓눌려, 나는 아직 그 정체를 알 수가 없다.

파묵칼레, 에페수스, 트로이…….

앞으로 남은 일주일의 일정으로 커버할 수 있는 지역명들을 지도에서 더듬으면서, 나는 숙제를 떠안은 사람처럼 어깨가 무거워졌다.

"파타라!"

운전사의 외침을 듣고 버스에서 내렸을 때는 석양이 깔릴 무렵이었다. 메멧과 우리, 세 사람을 남겨놓고 버스는 황망히 떠나버렸다. 길 건너 세워져 있는 손바닥만한 표지판에 'PATARA'라는 녹슨 글씨가 있을 뿐, 사람도 집도 보이지 않는다. 억새풀처럼 생긴 키 큰 들풀들이 마을 입구를 뒤덮고 있어, 얼마만큼 들어가야 할지, 어떻게 생긴 마을인지, 좀처럼 종잡을 수가 없다.

이때 수다스런 메멧이 의외로 도움이 된다. 터키어에 능통한 그가 마을로 들어가는 밴을 세워 탈 자리를 마련한 것이다. 밴 안에는 일가족이 타고 있어 우리를 위해 모두 엉덩이를 좁혀 앉아야만 했는데, 친척의 결혼식에 다녀오는 길이라고 한다. 집에 잠시 들렀다가 그들은 다시 결혼식 피로연에 참석할 것이라고도 한다.

운전사와 이야기를 나누던 메멧이 내게 통역을 해준다.

"이 사람이 펜션을 운영한다는군요. 차를 얻어 탔으니, 일단 이 사람 펜션을 구경해보도록 하죠."

그래요. 나는 고개를 끄덕이면서 바깥 풍경을 살핀다. 흙벽을 세운 허름한 농가들이 드문드문 나타나고 염소와 개들이 길가에 엎드려 있다. 딱히 농사에 주력하는 시골 풍경도 아니고…… 말하자면, 조금 황폐하다.

우리가 내린 곳은 플라워 펜션. 가이드북에 의하면, 의욕이 왕성한 무스타파가 운영하는 소박하면서 아름다운 정원을 가진 곳이라고 되어 있다. 그러나 방값을 언급하는 무스타파의 얼굴은 비수기에 한몫 잡았다는 장사꾼의 열의로 가득했고, 아름다운 정원은 먼지 나는 흙바닥으로 변한 채 차고로 쓰이고 있었다. 플라워 펜션에 플라워는 없었던 것이다. 무스타파가 돈을 벌 수 있도록 한몫 했을 꽃들이, 벌어들인 돈으로 산 차를 보관하기 위해 희생되어 버렸으니 안타까운 일이다. 무스타파는 까짓 널리고 널린 꽃이 왜 중요한지 알지 못하는 사람이었고, 당연히 그가 요구하는 방값은 터무니없었다.

유일하게 마음에 드는 것이 있다면, 차고 한 구석에 처박혀 있는 장난감 수레였다. 아이가 그것을 끌고 놀며, 내가 다른 펜션을 둘러보고 올 때까지 혼자 있어주었기 때문이었다.

파타라는 묘한 마을이었다. 다른 해안 도시들처럼 유럽 흉내를 내며 아기자기하게 잘 정비된 것도 아니면서, 특유의 분위기라 할 만한 것도 따로 없었다. 그러나 식당과 펜션에서 요구하는 금액은 다른 휴양지와 맞먹거나 더 비쌌다. 아마도 적은 숫자의 여행객들에게서 다른 관광지와 같은 수준의 소득을 올리려는 의도인 것 같았다. 모든 집들의 창틀에는 먼지가 희뿌옇게 앉았고, 집들은 조금씩 부서지거나 덜 지어졌다.

거리는 황량했다. 단 한 명의 외국인 관광객도 찾아볼 수 없었다. 아이와 저녁을 먹을 만한 곳을 미리 알아보기 위해 한 식당에 들르자, 한 끼 저녁 값으로 웬만한 펜션의 숙박비를 요구했다. 이상한 일이었다. 바람까지 차가워서 같은 위도에 위치하고 있는데도 올림포스가 봄이라면 파타라는 겨울이었다. 빠끔히 열린 문틈으로 고개를 내민 상점 사람들이 겨울바람에 발갛게 언 거친 얼굴을 하고서, 승냥이처럼 굶주린 눈으로 동양에서 온 여자의 돈주머니를 살폈다.

내가 실망스러운 표정으로 되돌아왔을 때, 메멧이 말했다.

"이곳은 완전히 죽은 곳이에요. 술집도 여행객도 찾아볼 수 없어요."

그에게는 무엇보다도 다른 여행자를 찾을 수 없다는 것이 안타까운 것 같았다. 그는 올림포스에서처럼 여행객이 많이 있어 밤이면 새로운 사람과 술잔을 기울이며 대화를 나누는 것을 여행의 첫 번째 즐거움으로 삼는 사람이었던 것이다.

메멧과 우리는 플라워 펜션에서 하룻밤을 묵기로 했다. 더 좋은 곳도 찾을 수 없었을 뿐 아니라, 그나마 메멧이 흥정을 벌여 숙박비를 좀 다운시켜 놓았기 때문이었다. 한몫 잡았다 생각했던 무스타파는 기분이 상한 듯했고, 다음 날 펜션을 떠날 때까지 얼굴도 비치지 않았다.

메멧이 더블 침대가 두 개나 있는 자신의 방을 원한다면 내게 양보하겠다고 몇 번이고 이야기했다. 나는 고맙지만 '그 방이 그 방'이라며 사양했다. 몇 번 더 권하고 나서야, 그는 내가 겸손하고자 하는 것이 아니라 진심으로 그렇게 생각하고 있다는 것을 알았다. 정말이지, 내내 까닭 모를 피로감에 젖어 있던 나는 바로 옆방으로 가방을 옮기는 일조차 수고스럽게만 여겨졌다. 나는 내일 아침 가보기로 한, 2킬로미터쯤 떨어져 있다는 바닷가에 남은 희망을 걸어두었다.

중빈과 저녁을 먹고 돌아왔을 때, 메멧은 여전히 정원에 혼자 서 있었다.

"저녁 먹었나요?"

메멧이 물었을 때, 아뿔싸! 나는 그의 가련한 표정에서 그가 저녁을 함께 먹기 위해 나를 기다리고 있었다는 것을 알았다.

"혼자 밥 먹는 거, 싫어하는군요?"

"죽는 것보다 더. 미국에서도 저녁시간은 어떻게 해서든지 친구들과 함께 보냈어요."

나는 그제야 그가 애써 가장하는 활기의 이면으로 쉴 새 없이 솟아오르던 불안의 정체를 알 것 같았다. 그는 덩치가 큰 아이였던 것이다. 지적이고 의욕이 넘치는 성인으로서의 그의 뒷면에는, 혼자 있는 시간을 피하기 위해 안간힘을 다하는 아이의 쓸쓸한 얼굴이 있었다.

그는 매우 딱한 얼굴로 내 앞에 서서, 지금이라도 내가 그와 함께 식당에 가주기를 바라는 듯 나를 바라보았다. 휴우…… 중빈이 밖에서 놀고 싶어했기에, 그럼 식사 후에 식당에서 차나 한 잔 하자고 했다. '그냥' 혼자 있기를 즐길 수 없는 미성년자의 내면을 지닌 자에게 혼자 여행을 한다는 것은 결코 녹록지 않은 일이리라. 더구나 황량한 파타라에선.

메멧은 정말 우울한 얼굴로 혼자서 저녁식사를 했다. 그 자신 터키인이면서도 그 식당에 같이 자리한 다른 터키인들과는 대화하고 싶어 하지 않는 눈치였다. 그가 말하는 대화 상대는 영어를 구사하는 외국인에게 국한되어 있는 것 같았다.

차를 마시며, 메멧은 내일 날이 밝자마자 이곳을 떠나겠다고 한다.

"당신은요?"

"일단 여기까지 왔으니 바다는 보고 가겠어요. 나도 오래 머물 것 같지는 않아요."

밤이 되었다. 아이를 재우고, 양치질을 하기 위해 화장실 거울 앞에 섰다. 샤워도 세수도 귀찮고, 이만 닦고 자야지 하면서. 그러다 문득 나는 짐을 제대로 풀지조차 않고, 최소한의 필요한 것들만을 꺼내어 최소한의 행위만으로 시간을 연장하고 있다는 것을 깨달았다. 무엇에 대한 연장인가? 나는 떠난 사람인가, 돌아갈 사람인가?

그 질문에 이르렀을 때, 나는 내게 결락된 것의 정체를 알아버렸다. 호기심. 내게서 호기심이 사라진 것이었다. 더 좋은 곳, 더 좋은 사람들, 더 좋은 잠자리를 만날 수 없을 거라고 거의 확신에 차 있었기 때문에 '떠난 사람'으로서 길 위를 떠돌며 불행했던 것이다.

그렇다면 새로운 것에 대한 호기심은 언제 사라지는가? 이 질문에 대한 답은 간단하다.

사랑에 빠져 있을 때. 사랑에 빠진 사람에게는 이 세상의 더 아름다운 이성들이 모두 무의미해진다. 내가 사랑하고 있는 이 사람 외의 것에 대해 알고 싶지도 않고 호기심도 생기지 않는다. 실제로 더 멋진 사람이 옆에 와 자신을 바라보고 있어도 그 얼굴을 알아보지 못한다. 나는 뒤늦게 알아버렸다. 내가 올림포스를 사랑하고 있다는 것을.

그러므로 올림포스가 내 안으로 들어왔을 때 내가 치러야 할 대가는 바로 이것이었다.

너는 이제 터키의 다른 어떤 곳에서도 안식을 구하지 못하리라.

한평생 번 돈,
길에서 다 쓰고
죽을 거야

플라워 펜션의 창밖에서 닭들이 시끄럽게 홰를 치고 울부짖는다. 망가진 꽃밭 위에서는 탁한 빛깔의 밴이 끝없이 매연을 쏟아내고 있다. 무신경한 주인 무스타파가 시동을 걸어놓고 볼일을 보러 떠난 사이 낡은 엔진이 공회전을 계속하고 있는 것이다. 나는 아이가 일어나기 전, 간밤에 꺼내놓았던 것들을 빠짐없이 가방 속에 도로 집어넣는다.

머리를 빗어 틀어 올리기 위해 화장실 거울 앞에 섰다. 거울 속의 얼굴은 이제 해답을 구했기 때문일까. 확신과 기쁨으로 가득 차 있다.

"엄마, 어딨어?"

아이가 잠에서 깨어났다. 나는 화장실에서 뛰어나가 아이를 꼬옥 끌어안고 오늘 일어날 일들을 이야기해준다.

아침식사를 위해 펜션의 식당으로 내려왔을 때, 메멧이 내 가방을 눈여겨본다.

"떠날 건가요?"

"네."

"바닷가는요?"

"이제 가볼 필요가 없어졌어요. 식사 후 바로 이곳을 떠날 거예요."

나는 메멧에게 다음 행선지를 결정했느냐고 물었다.

"아마도 페티에가 될 것 같아요. 파타라가 마음에 들지 않는다고 해서 왔던 길을 되돌아갈 수는 없으니까요."

그는 나와 마찬가지로 시계 반대방향으로 터키를 돌고 있었던 것이다. 그런데 왜, 되돌아가는 것은 안 되는 것일까. 여행은 기록을 갱신하기 위함이 아닌데.

"당신은요?"

"나는 되돌아가요, 올림포스로. 그곳에서 남은 일정을 다 보낼 거예요."

밴을 타고, 버스를 타고, 다시 밴을 타고, 우리는 올림포스로 되돌아왔다. 맨 처음 오렌지 펜션에 도착했을 때의 그 모습 그대로. 달라진 것이 있다면, 좀 더 본격적인 물놀이를 위해 새로 산 장난감 트럭이 이끌려 왔다는 것.

펜션의 일꾼들이 깜짝 놀란 표정으로 아이와 나를 번갈아 바라보더니, 이내 무슨 연유로 우리가 되돌아왔는지 자세한 설명을 듣기 위해 유습을 찾으러 갔다. 허겁지겁 유습이 뛰어나왔다. 그의 뺨은 발갛게 상기되었고, 그의 눈에는 옅은 반가움의 눈물이 맺혔다. 비로소 사람들이 일제히 질문을 터뜨렸고 유습이 내게 통역을 했다.

"어디에서 오는 길이에요?"

"장난감 가게에서요."

와하하! 사람들이 웃음을 터뜨렸다. 그리고 이어지는 나머지 질문들.

"어디에?"

"파타라에."

"어땠나요?"

"훌륭한 곳이었어요. 올림포스가 얼마나 좋은 곳인지 깨닫게 해주었으니까요."

이번엔 내가 물었다.

"나처럼 다시 되돌아온 외국인이 있었나요?"

"아니오. 단 한 번도."

그들은 올림포스를 다시 찾아준 이방인에게 진심으로 감사와 기쁨을 표했다. 점토가 물을 만나 부드럽게 허물어지듯 무뚝뚝함이 허물어지고 다정한 미소가 스민 얼굴들은 완전히 다른 이목구비처럼 보였다. 하티제는 차를 내왔고 유습은 시디를 올렸다. 일꾼들은 공놀이를 하기 위해 아이를 데리고 뒤뜰로 갔다. 나는 정말로 집으로 돌아오기라도 한 것처럼, 이들을 위해 아무 선물도 사오지 않았다는 것을 깨닫고 조금 미안한 마음이 들기까지 했다.

우리는 그렇게 닷새를 더 보냈다. 오솔길과 지중해와 모닥불과 새로운 사람들.

그 닷새 가운데 어느 날은 '드디어' 유적 탐방을 했다. 아이는 내 예상과 달리 험한 산세 구석구석 숨어 있는 유적들을 다람쥐처럼 오르내렸다. 때로는 나를 앞장서 또 다른 유적으로 안내하기도 하면서.

"우린 길을 잃었어!"

아이는 나름대로 혼자만의 상상에 심취해, 책에서 본 모험 이야기를 재현하고 있는 듯했다.

숲 한가운데에 숨겨진 목욕탕 잔해에 앉아, 천 년을 한결같이 같은 돌무더기 위에 내려앉았을 오후의 햇살을 바라보았다. 고즈넉한 시간이었다. 걸음을 옮길 때마다 웃자란 풀더미 뒤에서 무너진 극장과 무덤, 또 용도를 알 수 없는 그 옛날 누군가의 공간이 나타났다가 사라졌다.

유적이란 아이에게 그저 점프를 하기 적합한 돌덩어리일 뿐이어서, 타박타박 아이가 지침 없이 뛰어내리는 소리가 조용한 숲속에 울려퍼지는 동안, 나는 오래된 혼령들이 유적들 가운데서 되살아나 움직이고 차가운 돌에 생기를 불어넣으며 그들만의 온화한 생을 유지해 나가는 것을 조용히 지켜볼 수 있었다.

또 그 닷새 가운데 어느 날인가는 한국인 할아버지를 만났다.

"너 한국 사람이냐?"

중빈과 영어로 이야기하고 있었음에도, 한국인의 얼굴 윤곽을 정확히 짐작하고 아이에게 말을 걸어온 이 할아버지는 초등학교 교장으로 정년퇴임하셨다고 했다. 그분의 말씀 가운데 잊혀지지 않는 것은, 바로 그분이 내게 맨 처음 들려준 말씀이었다.

"내가 한평생 번 돈, 길 위에서 다 쓰고 죽을 거야."

그 말씀은 마치 선언처럼 들렸다. 그리고 무슨 투쟁처럼도 들렸다. 자신도 집이 있어야 하고 자식 집까지도 장만해주어야 부모 노릇 했다 소리 듣는 한국에서, 연금을 일시불로 타서 세계일주를 하는 데 다 쓰고 죽겠다는 것은 가족에게 전면전을 선포하는 것이나 다름없다는 것을 충분히 짐작할 수 있는 까닭이었다.

"작년엔 두 달 동안 남미를 여행했어. 밤새워 버스 타고 이동하는 짓을 두 달 동안이나 했는데도 끄떡없었어. 여행을 하는 동안에는 건강이 최상이야. 아프지도 않아."

할아버지에게선 매캐한 땀 냄새가 났다. 그는 여행을 노동처럼 하고 있었다. 한평생 미뤄온 세상구경을 뒤늦게 하려니 남은 시간이 많지 않다는 발걸음이었다. 이렇게 좋고 넓은 것을 이제야 알게 되다니, 억울하다는 발걸음이었다.

"부인은 어디 계신가요?"

한 터키인의 질문에 할아버지는 할머니가 여행을 싫어한다고 대답했다. 짐작할 수 있었다. 할머니에게 할아버지는 이기적인 사람일 것이다. 그러나 어떤 꿈은 이기적이지 않고서는 이룰 수 없다. 꿈이라는 것의 속성이 현실을 배반하기 때문에, 꿈꾸는 자를 얽어매고 있는 지독한 현실(생계나 가족 같은)에는 접근을 허락하지 않는다. 때문에 어떤 이들은 이기적이지 않기 위해 꿈을 내려놓고, 그 자리를 다른 것으로 메운다. 그러나 과연 무엇이 더 낫다고 말할 수 있을까. 후회가 남지 않는 것만이 더 나은 것일 것이다.

"매일 아침 영어 다섯 문장씩, 하루도 빠짐없이 총 2000문장을 외웠어. 그래서 아쉬운 소리는 다해."

할아버지의 영어는 거칠고 단도직입적이었지만, 의사를 관철시키는 데는 별 어려움이 없어 보였다. 나는 그가 들고 있는 여행 가이드북을 보고 경악했다. 헌책방에 가도 구하기 어려워 보이는, 절판된 지 수십 년은 지난 듯한 책이었다. 목적지에 어떻게 도착하는지, 그곳에 호텔은 있는지, 아무것도 담겨 있지 않은 책이었다. 오직 '터키의 가볼 만한 곳'이라는 부제 하에 각 지역의 사진 한 컷씩이 들어 있고 그 밑에 지역명이 씌어 있을 뿐이었다.

나는 지금도 가끔씩 그가 몽둥이처럼 둔탁한 영어 실력과 괴나리봇짐처럼 작은 배낭, 믿을 수 없이 형편없는 사진첩 하나만을 들고 세계 구석구석을 거침없이 누비는 것을 상상해보곤 한다. 그러면 어쩐지 통쾌한 기분이 든다. 우리가 흔히 늙음에 대해 가지게 되는 초라하고 우울한 기분, 그리고 지금 당장 우리의 어깨를 짓누르는 생활자의 고민들, 그는 이 모든 것들을 간단히 짓뭉개버리며 내게 이렇게 말해주는 듯하다.

가능한 것은 '언제라도' 가능하다. 네가 그것을 불가능하다고 생각하지 않는 한.

그리고 또 그 남은 닷새 가운데 어느 날 밤, 유습이 내게 물었다.

"방갈로 문에 달린 손잡이들을 보았나요?"

뒤뜰의 오렌지 나무 사이를 산책하면서, 나는 그 손잡이들을 본 적이 있었다. 손잡이마다 몇 가지 안 되는 페인트로 제각각 다른 그림이 그려져 있었는데, 열악한 재료만을 가지고 즉흥적으로 이루어졌을 작업임을 감안한다면, 색상과 균형에 대한 감각이 뛰어나다고 생각했었다.

유습은 비밀을 털어놓듯이 수줍게 말했다.

"그거, 내가 그린 거예요."

나는 이미 알고 있다고 고개를 끄덕였다. 유습이 깜짝 놀랐다.

"어떻게 알았나요?"

"여기 당신 말고 그런 일을 할 사람이 또 있던가요?"

그렇게 나와 유습의 긴 대화는 시작되었다.

"사람들이 당신과 소통할 수 있는 방법에는 여러 가지가 있어요. 당신이 이곳에서 일하는 사람들과 주고받는 일상적인 말 외에도 당신이 선곡하는 음악, 작은 사건을 대하는 당신의 표정, 그 모든 것들이 마치 말을 걸듯이 타인에게 끊임없이 전달되어요. 그 그림들도 마찬가지예요. 이해하기 힘들지 모르겠지만, 때로는 당신의 말과 행동보다 방갈로의 손잡이에 그려 넣은 점 하나가 당신에 대해 더 많은 것들을 알게 해주지요. 그리고 이 세상의 어떤 곳에서는 그런 점 하나의 의미를 매우 중시하기도 한답니다. 당신이 찍은 점 하나는 당신이 알고 있는 우주, 당신의 전부이기도 해요.

당신의 꿈은 무엇인가요? 그렇군요. 올림포스는 아름다운 곳이에요. 그러니 이곳에서 펜션을 운영하는 것도 멋질 거예요. 하지만 지금 당신이 가진 꿈은 광산촌에서 자란 아이가 광부가 되겠다는 꿈을 지닌 것과 다를 바가 없어요. 선택된 꿈이 아니라 운명처럼 짐 지워진 꿈이죠.

아직 젊은 당신에게 런던이나 파리는 이곳에서 먼 곳이 아니에요. 만약 당신이 런던의 아무 미술관이나 들어가 그곳에 걸린 그림들을 본다면, 확신하건대 당신은 몹시 충격을 받을 거예요. 고흐나 샤갈이나 루벤스……. 이런 이름을 들어본 적이 있나요? 굉장히 유명한 화가들이에요. 당신이 그 그림들과 마주한다면, 그 그림들은 당신에게 말을 걸어올 거예요. 이곳에서 당신이 주고받았던 말과는 아주 다른 방식으로요.

처음부터 그 말을 이해하기는 쉽지 않겠지만, 나는 당신이 그 말을 이해하기 위해 적극적으로 노력할 사람이라는 것을 알아요. 왜냐면, 당신은 '알고 싶기' 때문이죠. 이곳에도 좋은 음악이 있고, 당신은 그것이 좋음을 느낄 수 있는 사람이지만, 또 당신은 그것이 음악이라는 방대한 우주의 일부에 불과하다는 것을 아는 순간, 더 많은 것을 '알고 싶어' 하는 사람이기도 해요. 좋은 것을 알아볼 수 있고, 알고 싶어하고, 표현해낼 수 있다는 것은 매우 매우 중요한 재능입니다. 당신이 이곳에서 테이블을 닦고, 멍청한 대학생들의 수발을 드는 것보다 훨씬, 훨씬, 훨씬 중요한 일입니다.

이곳에서 사람들이 당신에게 기대하는 일은 짧은 시간에 많은 토마토 껍질을 벗기는 일이죠. 그러나 또 다른 곳에서는 당신이 1분에 몇 개의 토마토를 손질하는지는 관심이 없는 사람들이 있어요. 그 대신 그들은 당신이 손잡이 위에 찍은 점의 의미를 궁금해할 거예요. 그들은 당신에게 말을 걸어올 거예요. 미술관에 걸린 그림들처럼요. 그들의 말은 난해하고 기교적으로 들릴지 모르겠지만, 중요한 것은 난해함과 기교에 있지 않아요. 그들이 당신을 깨우쳐주는 데에 있어요. 당신이 당신의 점을, 그 점에서 시작될 모든 미래를 소중히 해야 한다는 것을 말이에요……."

고맙게도 유습은 나의 말에 열심히 귀 기울여주었다. 그는 내가 그에게 던지는 질문들이 모두 흥미롭다면서—그동안 그가 받은 질문들은 '설거지

다했어?' 같은 것들이었을 테니—계속해서 더 많은 것을 질문해달라고 했다. 밤이 깊어졌으므로, 나는 '스스로 질문하는 사람은 스스로 해답도 지니고 있다'고 말해 줄 수밖에 없었다. 그리고 몇 년 뒤 런던의 어느 골목에서 밤에는 접시닦이를 하고 낮에는 행복한 얼굴로 미술관 탐험을 하는 그의 모습을 상상해보며, 우리는 함께 커다랗게 웃음을 터뜨렸다. 나는 덧붙였다.

"그러고 나서도 여전히 올림포스에서 펜션을 운영하고 싶다면, 그거야말로 당신의 '선택'이겠죠."

나는 다시 올림포스로 돌아와, 그 모든 이야기를 그에게 들려줄 수 있어 행복했다.

그리고 또 그 닷새 가운데 마지막 날, 아이와 나는 징검다리를 만들었다. 올림포스의 해변에는 얕은 여울이 있었다. 아이가 개구리 소리를 들었던 연못에서 바닷가로 이어지는 약 10미터 길이의 여울이었다. 폭은 2미터 정도밖에 되지 않고 무릎 정도까지만 올라오는 얕은 물이긴 한데, 해변 가운데를 뚝 잘라먹는 역할을 해서 누구라도 이 해변을 산책하고 싶은 사람은 이 여울을 건너야만 했다. 산에서 내려오는 등산객은 등산화 끈을 모두 풀었다 발을 말리고 다시 신어야만 했고, 나 같은 경우는 늘 아이를 안아서 건넨 뒤 다시 나머지 짐을 들고 건너야 하는 수고로움이 뒤따랐다.

마지막 날 저녁, 나는 올림포스에 무언가 '해주고' 싶은 강력한 에너지에 휩싸였다. 올림포스를 향해 어떤 식으로든 남은 힘을 몽땅 쏟아놓지 않으면 다음날 떠나면서 또 미련이 남을 것 같았기 때문이리라. 해가 질 무렵 불현듯 솟아난 그 에너지는 아무런 계획도, 차분한 구상도 없이 무작정 돌을 들고 여울에 댐을 쌓는 것으로부터 시작되었다.

보기와는 달리 여울의 물살은 꽤 거센 것이어서 웬만한 무게의 돌들은 내려놓자마자 바로 떠내려가 버렸다. 나는 점점 무거운 돌을 골라 바닥에 쌓기 시작했다. 내 형편없는 주먹구구식 계산에 의하면, 먼저 무거운 돌들로 댐을 쌓아 지반을 높인 뒤 그 위에 결정적으로 커다란 돌 몇 개를 나란히 올려놓으면 징검다리가 완성될 것 같았다.

왜소한 동양 여자가 윗도리를 벗어젖히고 직경 50센티미터 가량의 바위를 나르기 시작했다. 처음엔 다리가 달달 떨려서 굴리다시피 아랫배까지만 간신히 들어 올렸으나, 시간이 지날수록 팔에 힘이 붙기 시작했다. 그리고 힘들더라도 어깨 위로 번쩍 들어 올리는 것이 오히려 나르기 수월하다는 것도 깨달았다. 아이가 내가 하는 것을 유심히 바라보다가, 가지고 놀던 장난감을 던져두고 함께 작은 돌멩이를 나르기 시작했다. 댐이 어느 정도 높아지자, 사람들이 관심을 보이기 시작했다. 어떤 이는 박수를, 어떤 이는 미소를, 어떤 이는 바위 하나를 보태주었다.

내가 찾던 크기의 바위가 많이 모여 있던 곳은 동굴 앞이었는데, 그곳에서는 한 쌍의 백인 남녀가 사랑을 나누고 있었다. 옷은 다 걸치고 있었지만, 듣기에도 민망할 정도로 쪽쪽 소리를 내며 애무를 하고 있었다. 별로 그들을 방해할 마음은 없었지만, 그들 때문에 하던 일을 멈추고 싶지도 않았다. 나는 되도록 그들에게 시선을 자제하면서 바위를 날랐다.

그런데 내가 자꾸 그쪽을 드나들자 키스에 열중하던 아가씨가 내가 하는 일에 관심을 가지기 시작했다. 이런 경우, 남자는 고도로 집중하는 반면, 먼저 산만해지는 것은 언제나 여자 쪽이다. 동양인처럼 까만 머리숱에 통통한 이 아가씨는 내게 살짝 미소를 짓더니, 나와 함께 돌을 나르기 시작했다.

"Honey! Honey! Come here!"

(자기야, 자기야, 이리 와!)

계속해서 애인을 부르며 황당해하는 남자친구의 얼굴.

나는 그 표정이 재미있어서 중얼거렸다.

'녀석, 평소에 키스 연습 좀 하지. 오죽하면 바위한테 여자친구를 뺏기냐.'

나보다 힘이 좋은 통통한 아가씨와 열성적인 중빈의 도움을 받았음에도 불구하고 징검다리는 완성되지 못했다. 댐이 높아질수록 댐 자체의 무게가 스스로 바닥을 파고들었기 때문에, 쌓아도 쌓아도 바위가 여울의 수면 위로는 오르지 못했던 것이다. 막연히 댐의 높이만 생각했을 뿐, 지반의 특성이나 물살의 세기 같은 것을 고려하지 않은 것이 패인이었다.

그래도 좋았다. 기진맥진해질 때까지 바위와 씨름하고 나자, 몸 안의 것을 다 쥐어짠 듯 텅 비고 가벼운 가죽만 남은 느낌이 상쾌했다. 이제 다른 것으로 나를 다시 채울 수 있을 것 같았다. 비로소 기쁘게 떠날 수 있을 것 같았다.

© Sergey, 여울을 건너는 사람들

istanbul II 다시 이스탄불로

남은 이틀은 이동을 위해 써야 했다. 아이의 피로를 최소화하면서 대중교통만으로 이스탄불까지 가기 위해서는 각 버스의 출발 시간과 중간 경유 지점을 세심하게 계산에 넣어야만 했다. 대부분의 장거리 버스가 밤에 출발했기 때문에 낮에만 이동한다는 단서까지 붙어버리니 계획을 짜기가 한결 어려워졌다. 일단 올림포스에서 안탈랴까지 버스를 타고(2시간), 다시 안탈랴에서 이스탄불을 향해 중간 정도까지 올라가야(6시간) 다음 날 나머지 거리를 달려(8시간) 이스탄불에 도착할 수 있을 터였다.

그러나 막상 안탈랴의 버스터미널에서 살펴본 시간표로는 우리의 여건에 맞는 중간 지점을 선택하기가 쉽지 않았다. 내가 동동거리면서 터미널의 각 버스회사를 찾아다니며 짧은 터키어로 중간 경유지를 문의하는 동안, 그나마 몇 안 되는 버스들이 하나둘 떠나가버렸다. 선택의 폭은 점점 좁아졌다. 두 시간 가까이 고르고 고른 끝에, 가까스로 아피욘을 중간 경유지로 선택할 수 있었다. 아이는 뭔가 심상치 않음을 느끼고 열심히 곁을 지켜주었지만, 간단한 저녁거리로 짜디짠 치즈 페스트리를 사서 아피욘행 버스에 올라탔을 때 나는 이미 녹초가 되어 있었다.

아피욘에 도착했을 때는 깜깜한 밤이었다. 단지 잠을 자기 위해 찾아든 만 원짜리 호텔에서는 먼지로 뒤덮인 침대와 오물이 가득한 화장실이 우리를 기다리고 있었다. 게다가 호텔을 지키고 있던 두 청년은 영어를 한 마디도 알아듣지 못했다. 하지만 다행히도 그들은 나의 짧은 터키어 실력과 판토마임에 가까운 제스처를 금방 이해하고 따로 떨어져 있던 두 개의 싱글침대를 기꺼이 번쩍 들어 나란히 붙여주었다. 아이와 나는 침대를 뒤덮은 먼지가 최대한 날리지 않도록 하기 위해 살금살금 신발을 벗고 이불 속으로 기어들어갔다. 화장실에서는 시큰한 냄새가 계속 올라왔고, 침대에서는 한 달은 빨지 않은 남학생의 체육복 냄새가 코를 찔렀지만 우리는 금세 잠 속으로 빠져들었다.

이른 아침, 먼지가 날리지 않게 살살 커튼을 젖히니 비가 내리고 있었다. 오래된 지방 도시의 활기찬 아침 풍경이 비에 젖는 모습은 애잔하면서도 매력적이었다. 촘촘하게 돌이 박힌 오스만식 보도 위를 무채색의 옷차림과 우산들이 빈틈없이 수놓고 있었다. 종이에 싼 큰 빵을 들고 빵가게를 나서는 여인, 하얀 앞치마를 두르고 분주히 오가는 식료품점 주인, 달콤한 사탕 한 무더기를 저울에 올리는 노인…….

문득 종아리가 가려워 바지를 걷어보니, 밤새 정체를 알 수 없는 벌레에게 백여 군데 뜯겼다. 기겁을 하고 자는 아이를 살펴보니 멀쩡하다. Thanks, God. 한 달은 굶주린 채 먼지 구덩이 속에서 신선한 피가 공급되기만을 애타게 기다렸을 벌레들에게 피를 헌사하는 것은 나 하나로 족하다.

식당을 찾아 나선다. 울퉁불퉁한 보도에서 비에 젖을세라 서둘러 무거운 가방을 끌기 때문인지 몇 번씩 웅덩이에 빠진다. 한 손으로는 아이를 잡고 한 손으로는 가방을 끌며 우산을 꺼내들 여분의 손은 없다. 하지만 우리의 외투는 실외에서 살짝 젖었다가 실내에서 입은 채로 마르는 데 이미 익숙해져 있다. 아이의 하늘색 모자 또한 햇빛과 빗물을 모두 가리는 차양 역할을 톡톡히 해내고 있다.

생각해보면, 우리는 한국에서도 웬만한 비에는 우산을 쓰지 않았다. 비, 눈, 햇빛, 바람…… 차갑고 축축하고 따뜻하고 뜨거운 그 모든 자연의 손길에 대해 아이는 체력이 허락하는 데까지 열려 있었다. 열려 있는 만큼 아이의 체력은 강인해지는 것 같았다. 강인해진 만큼 아이는 더 많이 열리는 것 같았다.

마침내 왠지 음식 솜씨가 좋을 것 같은 식당을 찾아냈다. 주인아저씨의 꼼꼼하고 엄격해 보이는 얼굴과 툭 튀어나온 배가 관록이 있어 보인다. 메뉴판에는 식욕을 당길 만한 음식 이름들이 잔뜩 적혀 있지만, 그러나 이른 아침에 주문 가능한 것은 역시 수프 두 가지뿐이다. 둘 중 한 가지는 맵다 하니, 그나마 선택의 여지도 없다.

잠시 후 우리 앞에 놓인 것은 양고기 내장 수프. 한 여름 내내 줄창 신은 양말 냄새가 이보다 더 할까. 내장 안쪽의 융모가 올올이 일어난 것 하며 건더기까지도 리얼하다. 아이가 윽 외마디 소리를 내며 뒤로 도망간다. 수프의 가격은 1500원. 일이 초 동안 다른 것을 주문할까, 나는 흔들렸다.

그러나 곧 정신을 차렸다. '여행을 한다'라는 것의 정의를 피라미드 형태로 쌓아본다면, 그 피라미드의 가장 밑바닥에 자리하는 것이 '다른 것에 대한 체험'이다. 그러니 여행지에서 익숙한 것을 고집하거나 자신과 다른 것을 무시하는 것만큼 어리석은 일은 없다. 익숙한 것이 좋으면 떠나지 않으면 될 일이다. 하찮아 보이는 음식 한 가지에도 반드시 역사적 문화적 기원이 있는 것이며, 우리가 이 세상의 그 많은 곳 중에, 터키의 그 많은 지방 도시 가운데, 일정에도 없는 아피욘까지 와서 이 냄새나는 음식을 마주하게 된, 소중한 확률에 의거한 예정된 인연이라는 것이 있는 것이다.

내 아이도 예외일 수 없었다. 나는 먼저 빵을 뜯어 수프에 찍은 뒤 맛나게 먹어 보였다. 실제로 그 맛은 첫 입에도 견딜 만했고, 반복할수록 깊은 고소함을 느끼게 했다. 사람의 감각 가운데 가장 취약한 것이 후각이라고 했던가. 비위를 건드리던 냄새는 곧 후각을 마비시켰다. 사실 지구촌이라는 말이 횡횡하는 요즘 세상에 후각만큼 주관적으로 생존하는 감각도 드물 것이다. 우리의 청국장과 신김치 냄새를 보라. 음식보다 훨씬 낮은 차원에서도 우리는 나날이 그것을 경험한다. 누구라도 자신의 똥냄새는 견딜 만하며, 특히 내 아이의 똥냄새는 이 세상에서 가장 향기로운 무엇이다.

권하지도 않고 혼자서 맛나게 먹어 보이자, 드디어 아이가 궁금해한다.

"맛이 어때?"

나는 일부러 '네가 꼭 먹어볼 필요는 없어. 엄마 혼자 먹기도 아까우니까.' 하는 식으로 깨알만큼만 숟가락에 묻혀 아이에게 맛보게 했다. 아이는 미간을 찌푸렸으나 고개를 젓지는 않았다. 그렇게 몇 번을 반복한 후에, 사골국물을 좋아하는 아이는 이 양고기 내장 국물로부터 그 사돈의 팔촌 되는 설렁탕 맛을 조금쯤 상기해낼 수 있었던 것 같다. 점점 속도를 내더니 금세 빵 한 조각과 수프 반 그릇을 해치웠다.

수프가 다 사라지고, 우리는 오히려 식욕이 더 동했다. 혹시나 하면서 '피데'를 주문할 수 있는가 물었다. 피데란 터키식 피자로서 얇은 밀가루 반죽 위에 야채와 치즈, 양고기나 소고기를 뿌려 굽는다. 다행히 우리가 양고기 수프 탐험을 하는 동안 주방의 음식 준비가 거의 끝난 모양이었다. 주인아저씨의 오케이 사인이 떨어졌고, 곧이어 우리 앞에 등장한 소고기 피데는 주인의 관록을 여지없이 입증하는 환상의 맛이었다. 우리는 터키 여행을 통틀어 가장 정신없이 맨손가락을 쪽쪽 빨며 음식에 몰두했다.

아피욘에서 이스탄불까지는 8시간. 버스는 해 질 무렵에야 이스탄불 근교로 접어들었다. 나는 아이에게 이제 곧 내릴 테니 신발을 신으라고 했다. 아이가 평균 신발을 신는 데 걸리는 시간은 15분. 흔들리는 버스 안임을 감안해서 내리기 30분 전에 신발을 신도록 해야 했다. 아이의 운동화는 양쪽에 두 개씩 네 개의 찍찍이가 있고, 신발혀를 들어야만 발이 들어가도록 되어 있기 때문에 아이는 신발을 신을 때마다 상당한 도전과 수고를 감수해야 했다. 하지만 시간이 문제가 될 뿐, 아이의 손힘은 가까스로 신발을 건사할 수 있을 만큼 자랐으므로 나는 며칠 전 아이에게 '이제부터 그것은 너의 일이다'라고 넘긴 터였다. 아이는 내게 몇 번 도움을 요청했지만, 힘이 들겠지만 네가 해낼 수 있다고 말해주고 창밖으로 시선을 옮겼다. 아이는 내 도움을 포기했다. 이런 과정을 며칠 더 반복하면 아이는 완전히 이 일을 자신의 것으로 인식하게 될 것이다.

우리 옆 좌석에는 터키인 소년과 그 아빠가 앉아 있었다. 중빈은 먼저 신발을 뒤죽박죽된 순서로 신으려 했으나 잘되지 않았다. 다시 처음부터 신발을 신는 방법을 제대로 터득해내느라, 아이의 얼굴에서는 땀이 흘렀고 입에서는 연신 신음이 새나왔다. 십 분, 이십 분……. 소년의 아빠는 중빈을 열심히 쳐다보다가 이제는 도저히 이해할 수 없다는 얼굴로 나를 뚫어지게 보고 있었다.

내가 아이의 신발을 신겨주는 데 걸리는 시간은 십 초도 채 걸리지 않을 것이다. 그러나 우리에게는 시간이 있다. 아이의 땀방울과 신음 소리는 시시각각 화살이 되어 창밖으로 시선을 돌린 내 가슴을 찔러대고 있었지만 나는 최대한 인내했다. 아이가 해낼 수 없는 것을 요구하는 것은 부모의 무지이자 욕심이다. 그러나 아이가 해낼 수 있는 것을 기다리지 못하는 것은 부모의 무능력이다.

드디어 아이의 두 발이 신발 속으로 들어갔다.

"엄마, 내가 해냈어!"

아이의 조그만 얼굴이 땀과 성취감에 흠뻑 젖어 빛이 난다. 나는 아이를 꼭 끌어안고 키스 세례를 퍼부었다.

아피욘의 호텔을 나설 때, 아이는 제 손으로 바지를 입고 양말과 신발을 신은 뒤 가방을 끌며 나를 앞장섰다. 시간을 끌며 허둥대는 내게 제법 어른스럽게 이렇게 물으면서.

"준비 됐어?"

여행을 떠나기 전, 옷이나 양말을 챙기는 일은 모두 내 손을 거쳐야 하는 것들이었다. 그리고 준비가 됐냐는 그 질문은 나의 것이었다.

버스 승무원의 무성의한 실수 때문에 우리는 제때에 못 내리고 이스탄불 시내를 한 시간 정도 더 돌아야만 했다. 도합 9시간 넘게 아이를 버스에 태워야 했으니, 그 승무원에게 화가 있는 대로 났지만 그는 이미 내려버리고 없었고 그를 믿은 내게도 잘못은 있었다. 어둠이 내린 이스탄불 시내를 도는데, 드디어 아이 입에서 '엄마, 피곤해' 하는 소리가 나와 아픈 가슴을 후벼 판다. 하지만 그것도 잠시 어둠 속에 조명을 받아 빛나는 블루 모스크와 트램을 다시 만나자, 아이는 소리 높여 환호했다. 그리고 인삼 녹용보다 강력한 아이스크림 한 개로 기력을 되찾았다.

이스탄불로 다시 돌아온 우리는 이제 한 달간 단련된 방랑자답게 일사분란하게 움직였다. 술탄 아흐멧 근방을 다 꿰고 있던 나는, 다음 날 떠나기에 불편함이 없는 곳에 위치한 저렴한 호텔을 금방 찾아냈다. 호텔에 들어선 아이 또한 이제 밤 프로그램을 모두 암기한 듯 보였다. 목욕, 양치질, 잠옷 갈아입기…… 훈련 잘 받은 군인처럼 순서대로 착착 팔다리 들어가며 협조한다.

드디어 잘 준비를 끝내자 "이제 난 자유야!"를 외치며 침대 위에 장난감을 늘어놓는다. 그러고 나서 한 십초나 지났을까? 뒤를 돌아보니, 장난감에 둘러싸인 채 큰 대자로 벌리고 누워 제 아빠처럼 코를 드르렁드르렁 골고 있다.

MINT
NANE
25.00 YTL
-CURRY-
KÖRİ
15.00
HOT CHILLY
POWDER
15.00 YTL
-CUMIN-
-KİMYON-
15.00 YTL
INDIAN SAFFRAN
HİNT-SAFRANI
10.00-YTL
BARBECAU
SPICE
KÖFTE-BAHAR
20.00-YTL
SUMAC
SUMAK
15.00-YTL
OREGANO
KEKİK
25.00 YTL
APPLE
TEA
LEMON TEA
TÉ DE
LIMÓN
LİMON ÇAYI
LEMON TEA
20.00 YTL.
ELMA ÇAYI
APPLE TEA
20.00 YTL
PORTAKAL
ORANGE
20.00 YTL

© Ann P

© Brent Scheneman, 소피아 성당

© Purple Cloud, 성당 내부

마지막 날. 비행기 출발 시간이 저녁이기에 짐을 꾸려 호텔 카운터에 맡긴 뒤 홀가분하게 그랑바자르로 향한다. 그랑바자르에서 아침을 해결하고, 마지막 날이니 선물도 몇 가지 사두려는 마음에서이다. 아이를 데리고 허허벌판 카파도키아나 올림포스의 산중을 헤맸던 내게, 이제 트램과 식당으로 무장한 이스탄불은 마치 놀이동산처럼 이동하기 수월하다. 어째서 한 달 전 이곳에서 코앞의 블루 모스크로 '구경' 가는 데에도 애를 먹었는지 잘 이해가 되지 않을 지경이다. 아이도 익숙한 도시가 반가운지 노래를 흥얼거리며 술탄 아흐멧 보도 위를 앞질러 간다.

실크로드의 중요한 거점이었던 이 유서 깊고 거대한 시장은 이제 막 잠에서 깨어나 새로운 하루를 준비하고 있다. 부산한 상인들의 움직임을 헤집고 몇 골목 접어드니, 매점 형태의 식당을 운영하는 할아버지 두 분이 눈에 띈다. 바쁜 와중에도 중빈에게 손을 흔들고 악수를 청한다.

내친 김에 매점에서 샌드위치 두 개를 산다. 흰 머리와 콧수염이 멋진 할아버지는 피클과 따뜻한 소시지를 넣고 납작하게 빵을 눌러준다. 돼지고기를 볼 수 없는 이슬람 국가이므로, 정확한 원재료를 알 수 없는 소시지에서는 독특한 향이 난다. 하지만 아이는 '소시지'라는 것에 감지덕지하며 두 손으로 큰 빵을 꼭 붙들고 베어 먹는다. 볼 때마다 신기하다. 이 아기가 '제 손으로' '원해서' 음식을 먹다니.

아이와 그랑바자르의 커다란 대문 문지방에 쭈그려 앉는다. 대리석으로 지어진, 몇 백 년은 됨직한 고색창연한 문이다. 수많은 사람들의 발길이 닿아 대리석 문지방이 촛농처럼 흘러내렸다. 우리는 천천히 아침식사를 하며 사람들 구경을 한다. 지난 번 이곳에 왔을 때는 상인들이 우리를 구경했는데, 이제는 떠날 때가 가까워진 우리 차례다.

무거운 물건을 들고 황급히 걸음을 옮기는 남자들, 단골 수레에서 빵을 사려고 줄 서 있는 남자들, 가게 안에 걸린 거울을 보며 새로 입은 흰 와이셔츠 깃을 매만지는 남자들, 조그만 쟁반에 열 개의 유리 찻잔을 올려놓고 한 방울의 차도 흘리지 않으며 군중 속을 달리는 재주 좋은 차 배달 청년들……. 이전에 왔을 때만 해도 그저 '사람들'이 많다고 느꼈을 뿐인데, 이제는 이 이슬람 사회가 좀 더 분명하게 보인다. 여기 이곳 양지에서 바쁘게 움직이는 남자들뿐 아니라, 음지에 숨겨져 있는 여자들까지도.

아이가 춥다 하여 햇볕이 내리쪼이는 계단 쪽으로 옮겨 앉는다. 그런데 바로 옆에 오렌지 주스를 만드는 아저씨가 있다. 한 잔에 천 원. 커다란 오렌지 두 개를 아낌없이 눌러 짜는데, 먼 나라에서 수입된 오렌지에만 익숙한 우리에게는 환상의 신선함이다. 컵에 넘치도록 꾹꾹 눌러 담아주는 아저씨의 인심이 후하다. 아이가 정신없이 한 컵을 들이켠다.

아이가 남은 빵을 다 먹을 동안 내가 서서 기다리자, 바로 옆의 금은방 주인이 내게 가게에 들어가 앉을 것을 권한다. 반쯤 머리가 벗겨지고 만삭의 여인처럼 배가 나온 생김과는 대조적으로 그의 옷차림은 눈처럼 새하얀 와이셔츠에 까만 조끼와 정장 바지를 맞추어 입어 매우 깔끔하다. 이른 아침부터 물건을 살 것도 아니면서 남의 가게에 들어가기도 그렇고, 또 막상 들어가면 내게 어떤 호객 행위를 할지도 모른다는 생각에 괜찮다고 했다. 그러자 옷차림만큼이나 세련되고 깔끔한 매너의 소유자인 이 금은방 주인은 자신의 종업원을 시켜 의자를 가지고 나오게 한다.

따뜻한 햇살 속에서 갓 짜낸 오렌지즙을 마시며 타인이 배려해준 의자 위에 앉아 올려다보니 새파란 하늘이다. 어느덧 오월이 다가와 있다. 한 달간의 터키 여행은 내게 마지막 순간까지 아름다움을 선사할 모양이다. 오늘 하늘에는 최상의 햇살과 뭉게구름이 어우러져 있다. 처음 이스탄불에 왔을 때와는 달리 해야 할 일도 가야 할 곳도 없다. 모든 것이 여유롭고 상쾌하게 다가올 뿐이다.

아이에게 한국에서 기다리는 가족들을 위해 선물을 살 것이라는 설명을 하니 꾸준히 옆을 잘 지켜준다. 그런데 이 녀석 옆을 지켜주는 방식이 조금 독특해서 내가 가게에 들어가 애플티 몇 봉지를 사노라면, 어느새 신발을 벗고 가게의 카펫에 드러누워 장난감을 굴리는 식이다. 여행이 막바지에 이르자 마치 '이 세상 모든 곳이 다 내가 거할 곳'이라 생각하는 듯하다.

호객행위가 지나친 가게에서는 빨리 나와야만 했는데, 이 녀석이 눈치 없이 벗어놓은 신발이 그때마다 장애가 되었다. 하지만 '저 아저씨가 기분 나쁘게 자꾸 물건을 사라고 우긴다. 우리 빨리 나가는 게 좋겠다.' 내가 속삭이면, 이미 여러 상황을 경험해본 아이가 고맙게도 벌떡 일어나 신발에 발을 밀어 넣어주었다.

그러다 내 눈에 예쁜 러그 하나가 들어왔다. 카펫 가게에서 액세서리처럼 파는 작은 러그에 불과했지만, 카펫 하나를 외국인에게 팔아 한 달은 먹고 산다는 이들의 악명에 걸맞게 그 러그의 가격도 세 배는 부풀려진 것 같았다.

아이를 데리고 여행을 온 내가 그들 눈에는 카펫의 주 고객층인 돈 많은 일본 여자처럼 보였는지도 모르겠다. 나는 처음부터 액수를 정하고 그 이상으로는 한 푼도 여유가 없다는 것을 분명히 했지만, 비잔틴 이전부터 수천 년 전수받은 그들의 흥정술은 예술이었다.

내가 고른 러그가 얼마나 특별한 것인지를 설명하고, 안타깝게도 종업원인 자신에게는 디스카운트를 할 능력이 없음을 밝히고, 보이지 않는 사장과 계속 지루한 전화통화를 하면서 '사장이 ○○ 이하로는 절대 팔지 말라고 했다'는 말을 엄숙한 권위를 담아 내게 전하고, 그러면서도 계속 5달러씩 가격이 다운되고…….

점원은 중간에서 정말 난처한 듯 계속 고객을 설득한다. 실세는 보이지 않고 아무 권한이 없는 점원을 상대로 아쉬운 소릴 하는 고객은 지쳐간다. 이때 고객이 먼저 지치면 낙찰. 그러나 그들의 흥정술이 부드러운 예술이라면, 한국인 아줌마의 흥정술은 바위처럼 단단한 뚝심이다. 미소를 잃지 않으며 같은 말만을 반복했다.

"바쁜 당신을 상대로 억지를 부리고 싶은 마음은 추호도 없다. 아까도 말했듯이 오늘은 터키에서의 마지막 날이고, 그게 남은 돈의 전부다. 나는 감히 그 금액으로 이 아름다운 러그를 구입하는 게 가능한지, 단지 그것만 알고 싶을 뿐이다. 확답을 달라."

마침내 금액이 10달러 차이로 근접했다. 종업원은 이래도 양보 못하느냐는 얼굴로 내 입에서 'Yes!'가 떨어지기만을 기다리고 있었다. 나는 이슬람 국가에서 통용될 마지막 히든카드를 꺼냈다.

"If I pay that much, my husband will kill me."

(내가 그 가격에 산다면, 남편이 나를 잡아먹을 거예요.)

종업원이 웃음을 터뜨리고, 다시 사장에게 전화를 건다. 사장의 웃음소리가 수화기 너머까지 들린다. '팔아버려!' 아마도 그는 종업원에게 그렇게 말했겠지.

종업원이 러그를 포장하는 동안, 바로 옆 어딘가에 숨어 있던 사장이 나타났다. 검은 양복에 흰 와이셔츠, 희끗한 머리와 금반지를 낀 두툼한 손. 이슬람 국가에 생생하게 살아 있는 가부장적 권위와 위엄을 보여주는 그는 언제 우리가 교양 없이 돈 문제를 가지고 입씨름을 했냐는 듯 우아하기 이를 데 없는 얼굴로 내게서 돈을 챙긴다. 이때 궁금해 못 견디겠다는 얼굴로 중빈이 내게 질문을 퍼붓는다.

"Your husband will kill you? who is your husband? who? Who?"

(엄마 남편이 엄마를 죽인다고? 누가 엄마 남편인데? 누군데? 누구냐니까?)

그랑바자르에서 나오는 동안, 아이는 자신이 기차라면서 가게 앞에 문턱처럼 돋워진 돌만을 밟으며 전진한다. 할아버지 서너 명이 자신의 점포 앞에 나와 담소를 나누고 있는데, '전진'밖에 모르는 이 겁 없는 기차는 도리어 눈을 동그랗게 뜨며 그들을 향해 경적을 울린다.

"PEEP! PEEP!"

(빵! 빵!)

산타클로스 할아버지처럼 땅딸막하고 배가 나온 할아버지들은 허허허! 호호호! 귀여워 어쩔 줄을 모르며 각자 가게에 들어가 한 개씩 물건을 들고 나온다. 눈 깜짝할 사이에 기차에는 터키 국기 문양의 열쇠고리가 달리고 긋력이 매달리고 사탕이 얹힌다.

치킨과 빵을 사들고 공원으로 향한다. 정오의 햇살이 눈부신 술탄 아흐멧 공원은 때마침 휴일을 맞아 많은 내외국인들로 붐빈다. 공원 나무그늘에 자리를 잡고 앉아 고양이들에게 치킨을 나눠주며 점심을 먹는 동안, 아이가 먹잇감을 찾는 꼬마 승냥이처럼 어슬렁대며 놀 건수를 찾는다. 아이는 이제 새로운 곳에서 어떻게 자신이 원하는 재미를 찾을 수 있는가를, 그 방법을 터득한 것처럼 보인다. 드디어 할머니와 함께 나온 일곱 살 가량의 터키 남자아이와 죽이 맞았다. 둘이는 공원의 오래된 극장 터에서 오르내리기를 반복한다.

아이들이 함께 뛰고 오르고 쉼 없이 몸을 쓰는 이러한 행위는 대부분의 어른들에게 무용하게 보이기 쉽다. 특히 교육열이 높은 부모일수록 이 순간에 무언가 지적인 내용을 가미해야만 유희가 바람직하게 '완성된다'고 하는 단순한 오해를 지니고 있다. 그러나 아이에게는 이것 자체가 하나의 완결된 구조의 유희이다. 고도로 집중하고 최선을 다해 뛰고 성공적으로 몸의 균형을 맞추어 착지해내는 순간들.

주변을 둘러보면, 암기와 입시의 지옥에서 자란 어른들일수록 이 정련된 동작이 요구하는 대뇌활동을 불신하면서 여기에 자꾸만 새로운 학습을 끼워 넣기 위해 초조해지는 경향이 있다.

"난 애가 가만히 있는 게 싫어. 그걸 보면 내가 다 초조해져."

내 이웃의 어떤 유치원생 엄마는 이렇게 말하곤 한다. 덕분에 그 아이는 두 돌이 되기도 전부터 가베와 오르다, 닥터 레고와 유리드믹스 등으로 꽉 짜인 하루를 보내고 있다. 그 아이가 가베 수업을 받는 것을 본 적이 있다. 방문교사는 울퉁불퉁한 공과 매끈한 공을 함께 던지면서 어느 공이 더 빨리 굴러가는가를 맞춰보게 하고 있었다. 나는 그 엄마에게 말했다.

"저런 건 아이가 놀다 보면 저절로 알게 되는 거잖아. 굳이 가르칠 필요가 없을 것 같은데……."

"아유, 자기는 너무 천하태평이야. 저런 걸 남보다 빨리 깨쳐야 저기서 또 생각이 가지를 쳐서 마찰이나 뭐 그런 현상까지도 이해하게 되는 거 아니겠어?"

과연 그럴까? '이해'란 경험을 통해 몸과 마음에 자연스럽게 '체화'될 때에만 가능한 것이다. 부모가 쑤셔넣기에 어쩔 수 없이 토해내는 것을 이해라 할 수 있을까? 나는 그녀의 생각이 궁금해 한번 물어보았다.

"그런데 이런 생각은 안 해봤어? 저런 학습이 아이가 스스로 깨우칠 권리와 즐거움을 미리 빼앗는다는?"

부모가 어린아이의 교육을 위해 해줄 수 있는 것은, 아이가 미래에 스스로 터득할 수 있는 것을 미리 가르쳐주는 것이 아니다. 지금이 아니면 영원히 갖기 힘든 것을 잘 자리 잡을 수 있도록 도와주는 일이다. 이를테면, 고갈되지 않는 자연에 대한 사랑, 열등하고 약한 것을 보호하고 배려해주는 마음, 고마움을 느끼고 표현하는 법, 혹은 어떤 상황에서도 좋으면 'YES!' 싫으면 'NO!' 하고 말할 수 있는 투명함 같은 것들. 정말로 늦어지거나 실기하면 그 사람의 영혼과 인격 밖으로 걸어 나가 되돌아오지 않는 것들, 필생의 숙제가 되는 것들……. 부모가 따로 시간과 돈과 품을 내어 아이에게 해주어야 할 것은 어떤 식으로든 아이의 영혼과 관계를 맺고 있는 것이어야 한다.

아이가 노는 것을 바라보고 있는데, 누군가 함부로 내 등을 탁 때린다. 뒤돌아보니, 키 작은 남자 아이가 휴대용 화장지 몇 개를 들고 턱을 쳐든 채 내게 살 것을 요구한다. '무례'란 말을 떠올릴 것도 없이, 이 아이는 헐벗었고 아무것도 배운 게 없다. 얇은 플라스틱 슬리퍼 사이로 짐승처럼 길고 검은 발톱이 비죽 나와 있고, 때에 전 발뒤꿈치와 손은 차마 바라보기 힘들다. 내가 널 추운 겨울에 만나지 않아 다행이다, 그것이 내게 처음 든 생각이었다.

내 옆의 터키인 청년이 외국인에게 흉한 모습을 보인다 생각했는지, 아이에게 뭐라 나무라며 쫓는 손짓을 한다. 아이가 자리를 옮기려는 것을 붙잡았다. 내가 널 마지막 날 만나 다행이다, 그것이 두 번째로 든 생각이었다. 나는 휴지를 하나 받아들고 많지는 않지만 내게 남아 있던 남은 터키 돈을 모두 아이에게 주었다. 터키 청년이 매우 어리석은 사람을 바라볼 때의 눈으로 나를 쳐다보고 있다.

하지만 이 젊은이는 모르고 있다. 터키가 아름다운 것은 저 높은 곳에서 빛나는 별과 함께 가장 낮은 곳에서 잠자리를 찾아 헤매는 이 어린아이의 서성임이 공존하기 때문이라는 것을. 수많은 인력과 재정적 지원을 받는 톱카프 궁전에 들어가기 위해 지불한 돈이 20달러일진대, 여기 아무의 보살핌도 받지 못하면서 훼손당하고 있는 아이의 삶 속으로 한순간 들어와 있는 나는 구경꾼으로서 얼마의 값을 치르는 것이 적당할 것인가? 터키가 내게 보여준 사랑에 비한다면 나의 보답은 이렇게 미미하기만 할 뿐인 것이다.

내가 건넨 돈을 주머니에 넣고 나서, 세파에 찌들어 외모만으로는 도저히 나이를 가늠할 수 없을 것 같은 이 꼬마의 얼굴에 약간의 여유가 깃들었다. 아이는 내 곁에 머물면서 굳이 설명해주지 않아도 되는 휴지 꺼내는 법을 설명해주고자 했다. 그때 중빈이 내게 다가왔다. 함께 놀던 소년이 할머니와 다른 곳으로 가버린 것이다. 중빈이 내가 들고 있는 휴지에 호기심을 보이며 손을 뻗자, 아이가 호랑이처럼 으르렁대며 중빈을 나무란다. 내가 "괜찮다. 내 아들이다."라고 말해도(물론 알아들을 리 없는) 그 아이는 아주 소중한 것을 사수하듯이, 굳이 휴지를 내 주머니 속에 밀어 넣고 나서야 다른 곳으로 자리를 옮겼다. 비록 아이의 행동은 거칠었지만, 거기엔 분명한 자존심이 어려 있었다. 자신이 대가 없이 돈을 구걸한 것이 아니었다는…….

"엄마, 왜 저 형아가 가지? 나 저 형아랑 놀고 싶은데……."

물정모르는 중빈이 안타깝게 중얼거린다.

아들아, 세상에는 유희가 생략된 유년을 보내야 하는 아이들도 있단다. 따스함과 보살핌을 받지 못하는 아이들이 있단다. 네게는 세 살부터 시작된 이런 여행이, 한평생을 다해 노력해도 이룰 수 없는 사치가 되는 사람들이 많이많이 있단다. 나는 네가 그런 사람들을 부단히 많이 보아서, 끝없는 속도전에서 비롯되는 초조와 이기심으로 차갑게 마음이 식어버렸을 때마다 스스로 발광하는 태양처럼, 스스로 네 마음을 뜨뜻하게 덥힐 수 있기를 바란다. 가진 것을 느끼고, 가진 것에 감사하고, 감사한 마음으로부터 나누고, 함께함으로써 더 많이 채울 수 있기를 바란다. 그렇게 융숭 깊은 사람으로 자라주렴. 네가 살아 있는 한 온 세상이 너의 것이다. 몸과 마음을 담그고 느끼거라. 그 안에 네가 안아줄, 너를 안아줄 모든 것이 다 한데 어우러져 있단다.

'아야 소피아'로 향했다. 이스탄불의 가장 큰 구경거리를 꼽으라면, 단연 톱카프 궁전, 블루 모스크, 그랑바자르, 그리고 아야 소피아이다. 이스탄불에 다시 돌아왔을 때를 대비해서 남겨두었는데, 마지막 날, 드디어 구경할 수 있게 되었다.

시장에서 산 물건을 들고는 거대한 소피아 성당을 구경할 수가 없어, 매표소 직원에게 짐 보관함이 있느냐고 물었다. 안토니오 반데라스처럼 생긴 그는 보관함이 없으니 자신이 매표소에 보관해주겠다며 친절을 베푼다. 그의 동료는 그에게 화를 내며 왜 함부로 물건을 맡느냐고 하고, 안토니오 반데라스가 목청을 돋워 다시 반격한다. 아마 '애도 딸렸는데 형편 좀 봐주면 안 되느냐?' 정도겠지. 나는 반데라스가 이기기만을 바라며 기다리고 섰을 밖에. 뒤이어 반데라스가 미소를 지으며 짐은 내려놓고 걱정 말고 가보란다. 나는 하고 싶은 말을 속으로만 삼킨다.

'잘생긴 아저씨, 그거 오늘 그랑바자르에서 30분 넘게 흥정한 건데, 꼭

좀 잘 지켜주세요.'

아야 소피아는 그리스어로 '성스런 지혜'(Holy wisdom)란 뜻으로 그리스도를 상징한다고 한다. 이 사원은 유스티아누스 황제의 명에 의해 537년에 건립되었다. 애당초 그리스정교의 성당으로 건립되었지만 1453년 이후 500년 이상 이슬람 사원인 모스크로 사용되었고 1935년 이후에는 박물관으로 이용되고 있다. 소피아 사원을 완성하고 난 뒤 황제는 그 거대한 위용에 감격한 나머지 이렇게 외쳤다고 한다.

'나를 택하시어 이 거룩한 성전을 완성케 하신 신을 찬양할지어다! 솔로몬 왕이여! 내가 드디어 당신을 능가했소!'

아이와 갤러리까지 다 돌아보는 데, 3개의 사탕이 소요되었다. 아이는 이제 엄마가 원하는 바와 자신이 원하는 바가 상충될 때 어떻게 타협해야 하는지를 터득했다. 마리아가 아기 예수를 안고 있는 10세기 후반 모자이크 앞에서 아이와 한동안 이야기를 나누었다. 기독교라는 종교와 예수, 마리아의 관계에 대해 동화처럼 쉽고 단순하게. 아이는 흥미로워했다.

소피아 성당에서는 중빈이처럼 어린아이를 찾아볼 수 없었다. 우리나라 아이들이 어릴 때부터 미술관이나 박물관 구경을 하는 것과는 사뭇 대조적인 모습이었다. 어느 터키인이 중빈이를 보더니 나를 향해 고개를 젓는다. 이렇게 어린아이가 올 만한 곳이 못 된다는 뜻이다. 나는 그저 미소 지었다. 그에게 우리가 지난 한 달 동안 했던 일들을 이야기해준다면 아마도 까무러치겠지.

아타투르크 공항에 가기 위해 트램을 타고 다시 지하철로 갈아탔는데 아이가 꾸벅꾸벅 졸기 시작한다. 궁여지책으로 생각난 것이 바퀴 달린 여행가

방 위에 태우는 것. 10여 미터나 탔을까? 아이는 어느새 기분이 최고로 좋아졌다.

"엄마, 이따가 또 타자!"

인천공항에서 아빠를 만나게 될 거라는 내 말을 오해한 아이는, 아타투르크 공항에 아빠가 나와 있지 않은 것이 실망스러운 눈치였다.

"아빠한테 양말 가져온 거 얘기해주고 싶은데……."

아이는 올림포스에서 깜깜한 밤에 정원에 두고 온 양말을 찾으러 혼자 나갔다 온 적이 있었다. 내가 오래 설득한 끝에 가지러 갈 용기를 낸 것이기는 해도 아이는 그 일 이후로 자신이 얼마나 용감한지 곧잘 떠벌리곤 했다.

"이제 곧 아빠한테 다 얘기해줄 수 있을 거야. 중빈이가 얼마나 용감하게 여행을 잘했는지, 얼마나 아빠를 보고 싶어 했는지 우리 아빠를 만나면 다 얘기해주자. 비행기 타서 한잠 자고 눈 뜨면 한국일 거야."

비행기가 이륙했다.

이륙과 함께 기계 소리가 갑자기 커지자, 창밖을 내다보던 아이가 고개를 돌려 "엄마, 왜 이렇게 소리가 커?" 묻는데, 거친 기계음 때문일까? 때마침 그 목소리가 너무나 아기 같다. 발음마저 부정확한 어리디어린 아기. 내가 저렇게 어린 것을 다그쳐가며 여행을 했나 싶은 생각에, 울컥 미안한 마음과 고마운 마음과 대견한 마음이 한데 뒤섞여 아이를 꼬옥 끌어안아주지 않을 수 없었다. 그런데 이 기특한 녀석, 어떻게 내 마음을 알았는지 믿을 수 없게도 내게 이렇게 말한다.

"엄마, 그동안 잘해줘서 고마워……."

모든 여행에는 질문과 답이 있다. 사실 모든 질문에 대한 답은 공히 우리 마음속에 있는 것이지만, 그 질문과 답 사이의 멀고도 가까운 거리를 극복하기 위해 우리는 여행이라는 틀을 꿈꾸고 떠난다. 먼 곳을 돌아 다시 제 안의 것을 들여다볼 용기와 지혜를 얻게 된다는 것, 이것은 수많은 예술 장르에서 차용된 서사 구조이기도 하려니와 탄생과 성장을 거쳐 죽음에 이르는 우리의 생이 최초에 의도된 구조이기도 하다. 그러니 우리는 여행이라는 틀로써 주어진 일상의 틀을 부수고 나가는 것을 꿈꾸지만, 이 또한 커다란 생의 구조 속에서는 '작은 일상'일 뿐이다.

그렇다면 우리에게 그 '작은 일상'은 어떤 의미였을까? 돌이켜보면 흥미진진했던 것 같기도 하고, 어찌 보면 우리의 사고와 행동방식이 이곳 생활과 크게 다르지 않았다는 점에서 평이했던 것 같기도 하다. 아이가 세 돌 무렵에 처절하게 배낭여행을 했다고 해서 제 친구들과 부쩍 다르게 행동하느냐 하면 그건 물론 아니다. 토마스에 열광하고, 사소한 일에 울고 웃으며 정확히 제 나이에 기대되는 행동반경을 유지한다. 다만, 몇 가지 사소한 차이점은 존재한다.

처음 어린이집에 보냈을 때, 그곳에 있는 선생님이 조금 놀라운 듯이 내게 말했다.

"중빈이가 통이 참 커요. 다른 아이들은 소꿉놀이할 때 자동차 타고 이마트 갔다 온다고 하는데, 중빈이는 비행기 타고 베트남에 다녀오겠다고 해요."

아이는 이 세상에 한 가지 인종만이 있는 게 아니라는 것을 안다. 또, 한 가지 언어, 한 나라만이 존재하는 게 아니라는 것을 숙지하고 있다. '나'라는 것 외에 '너'가 있는 '우리'를 인식한다는 것은 매우 중요한 일인지도 모른다. 그것은 경계를 설정하는 일인 동시에 그 경계 너머를 꿈꾸는 일이다.

KTX를 보면 아이는 대뜸 이렇게 묻는다.

"일본에서 가장 빠른 기차는 뭐지?"

"미국에서 가장 빠른 기차는 뭐지?"

"터키에서는?"

내가 아이의 질문에 이것저것 대답해준 뒤, 터키는 아직 초고속 열차가 필요할 만큼 경제적으로 성장한 나라가 아니라고 덧붙이면 아이는 이렇게 반박 아닌 반박을 하며 편을 든다.

"그래도 괜찮아. 터키에는 우리나라에도 없는 트램이 있잖아."

또, 내가 론리 플래닛 '페루'편을 들고 있으면, 곁으로 와 끝없는 관심을 보인다.

"페루 사람들은 어떤 말을 해? 스페니쉬? 좀 가르쳐줘봐. 굿 바이가 아디오스라고? 헤헤헤! 아디오스, 아디오스…… 그거 재밌다. 더 가르쳐줘봐. 헬로는? 쏘리는? 페루 아이들은 어떻게 생겼어? 페루 놀이터에도 그네가 있어? 기차는……."

그리고 "엄마와 또 여행 갈래?" 물으면 한껏 들뜬 얼굴로 만면에 미소를 띠고 내게 묻는다.

"지금 당장?"

그러니 적어도 아직까지는 그 '작은 일상'이 아이에게 단순한 일상 이상의 의미를 지니고 있다고 말하는 것이 정확할 것 같다.

그렇다면 너는 그 작은 일상에서 무엇을 얻었느냐? 누군가 내게 물을지도 모르겠다. 모름지기 나에게 여행이라는 것은 채우는 것보다는 비우는 것에 중점이 주어지지만, 잘 비우는 것도 얻는 것의 일부가 될 수 있다면, 나는 감히 이렇게 대답할 수 있겠다.

'나는 조금 더 잘 보인다'고.

여행이란, 내가 있던 자리를 떠나 내가 있던 자리를 보는 일이다. 나는 터키 여행을 통해 아이의 자리와 나의 자리를 보았다. 샴쌍둥이처럼 붙어 지내던 시기를 마감하고, 둘 사이의 적정한 간격을 보았다. 그리고 무엇보다도, 서른 중반을 향해 가는 생에서의 현재 위치를 보았다. 그러고 나니, 내가 할 수 있는 것과 할 수 없는 것이 더 잘 보였다. 할 수 있는 것 가운데 하고 싶은 것만이 분명해졌다.

나는 더 떠돌기로 했다. 그것이 내가 하고 싶은 것이었다. 출산과 모성이라는 진한 삶의 경험은 그 이전에 내가 했던 여행에서는 볼 수 없었던 것들을 내게 보여주었다. 이전에는 거울을 들여다보듯이 세상을 들여다보았다면, 이제는 거울에 비춰진 '나'라는 반영을 부수고 판단 없이 세상을 향해 뛰어들 수 있을 것 같았다. 제대로 더 많은 사람을 만날 수 있을 것 같았다. 그들 가운데 아프고 힘든 이들은 안아줄 수도 있을 것 같았다. 떠돎의 종착지가 어떤 것이 될지는 미리 생각하지 않기로 했다. 여행은 늘 나를 능가하는 현명함으로 나를 데려다주었으므로.

다음 해, 아이와 나는 사막을 보기 위해 아랍으로 떠났다.

© Beirut, en Barcelona

바람이 우리를 데려다주겠지

1판 1쇄 2009년 4월 20일
1판10쇄 2020년 1월 28일

지은이 오소희
펴낸이 김정순
기획·편집 서영희
디자인 김리영 모희정
마케팅 김보미 양혜림 이지혜

펴낸곳 (주)북하우스 퍼블리셔스
출판등록 1997년 9월 23일 제406-2003-055호
주소 04043 서울특별시 마포구 양화로 12길 16-9(서교동 북앤빌딩)
전자우편 editor@bookhouse.co.kr
홈페이지 www.bookhouse.co.kr
전화번호 02-3144-3123
팩스 02-3144-3121

ISBN 978-89-5605-343-1 03810

이 도서의 국립중앙도서관 출판도서목록(CIP)은 e-CIP 홈페이지(http://www.nl.go.kr/cip.php)에서
이용하실 수 있습니다. (CIP제어번호 : CIP2009001023)